El Crucero

El Crucero

Caroline James

Cualquier forma de reproducción, distribución, comunicación pública o transformación de esta obra solo puede ser realizada con la autorización de sus titulares, salvo excepción prevista por la ley. Diríjase a CEDRO si necesita reproducir algún fragmento de esta obra.
www.conlicencia.com - Tels.: 91 702 19 70 / 93 272 04 47

Editado por HarperCollins Ibérica, S. A.
Avenida de Burgos, 8B - Planta 18
28036 Madrid

El crucero
Título original: The Cruise
© 2023 Caroline James
© 2024, para esta edición HarperCollins Ibérica, S. A.
Publicado por One More Chapter, una división de HarperCollins Publishers Limited, UK.
© De la traducción del inglés, HarperCollins Ibérica, S. A.

Todos los derechos están reservados, incluidos los de reproducción total o parcial en cualquier formato o soporte.
Esta edición ha sido publicada con autorización de HarperCollins Publishers Limited, UK.
Esta es una obra de ficción. Nombres, caracteres, lugares y situaciones son producto de la imaginación del autor o son utilizados ficticiamente, y cualquier parecido con personas, vivas o muertas, establecimientos comerciales, hechos o situaciones son pura coincidencia.

Diseño de cubierta: CalderónSTUDIO®

ISBN: 978-84-10021-65-5

*Para Vicky, que me enseñó que la creatividad viene de dentro
y a escribir desde el corazón.
Gracias, hermanita. Con todo mi cariño.*

1

En una húmeda tarde de diciembre, la reunión de la promoción del 74 de la escuela secundaria de chicas de Garstang estaba en el Oso Bailarín, una elegante posada del siglo XVI situada en el corazón de la ciudad de Lancashire. Mujeres que no se habían visto en muchos años abarrotaban el salón del *pub*, donde crepitaba el fuego de una estufa de leña y corría el vino. Fuera, una lluvia torrencial golpeaba los cristales empañados, pero el ambiente en el interior era alegre. Los recuerdos de la escuela hacían rememorar a las amigas aquellos días más alegres, cuando la juventud se daba por sentada y el futuro de la generación del *baby boom* de la posguerra parecía prometedor.

—¿No es esa Sylvia Adams? —Jane Bellwood dio un codazo a sus dos compañeras.

Las tres mujeres se volvieron para mirar a su alrededor, por la abarrotada sala, donde había una mujer en la mesa contigua. Alta y musculada, se sacudía el pelo perfectamente peinado, con mechones rubios que caían sobre sus bien formados hombros. Tenía una copa de *chardonay* en una mano, mientras con la otra hacía movimientos exagerados para enfatizar la broma que estaba gastando.

—Sí, lo es —contestó Anne Amberley, y se puso en pie para ver mejor—. ¿No recuerdas que en el colegio la llamábamos Sylvia la Estirada?

—Recuerdo el apodo que le pusimos. Siempre fue una arrogante y me miraba por encima del hombro. —Jane se sirvió vino de una botella que compartía con Anne y se la quedó mirando.

—¿Cómo puede alguien de nuestra edad tener tan buen aspecto? Me encantaría conocer su secreto.

—Un marido rico y la cirugía estética —dijo Anne y jugueteó con el cuello de su vestido mientras observaba a su antigua compañera de colegio.

No ajena a los efectos potenciadores de los tratamientos antienvejecimiento, Anne se pasó las manos por los costados de su esbelto cuerpo y frunció los labios de color rosa nacarado.

—Ahora tiene un apellido compuesto —dijo Kath Taylor, que se sentó en un rincón del bar y frunció el ceño, con sus gafas de montura gruesa, mientras la multitud que rodeaba a Sylvia soltaba estridentes carcajadas.

—Más de una vez ha adquirido un apellido compuesto —añadió Anne—; tantas veces que he perdido la cuenta.

Kath se ajustó las gafas, cogió una lista de la mesa y comprobó los nombres de los asistentes a la reunión.

—Actualmente es la señora Adams-Anstruther. —Levantó la vista y contempló la versión madura de la Sylvia Adams que había conocido en el colegio.

—Doble A en su apellido. Debe de haber elegido a su marido a propósito. —Jane se tomó la bebida de un trago y se pasó los dedos por el pelo, que llevaba muy corto—. Siempre sacaba sobresalientes en el colegio, y yo la detestaba.

—Todavía la odias, por el ceño fruncido que tienes. —Anne soltó una risita.

—¿Recuerdas las clases de educación física? —preguntó Jane—. Sylvia solía colocarse un lápiz debajo de las tetas y luego lo dejaba caer al suelo, solo para demostrar que tenía las tetas firmes y erguidas.

—Lo recuerdo. —Kath negó con la cabeza—. Era una tortura, y siempre se me atascaba el lápiz.

—Tuviste suerte. Sylvia me hizo poner un estuche abultado debajo de las mías. —Jane tiró de los tirantes del sujetador para levantar su amplio pecho—. Se me cayeron tanto las tetas que el estuche no se movió, y Sylvia pregonó que yo estaba oficialmente fláccida a los dieciséis años.

—He oído que está celebrando su último divorcio —dijo Anne.

—¿Celebrando? —Jane negó con la cabeza—. ¿Cómo lo hace? Yo no tengo ni un anillo de boda en el dedo, a diferencia de la joyería de la que ella hace alarde.

Jane tiró del brazo, vestido con una rebeca, de Kath y señaló los diamantes que brillaban en los dedos de Sylvia. De sus orejas colgaban gotas brillantes, que hacían juego con un gran colgante en forma de corazón.

—¿Por qué no le preguntas? —dijo Kath. Se agarró las rodillas y sujetó con las manos un incómodo bolso de mano—. Mira, se va a acercar...

Vieron cómo Sylvia se escabullía de su grupo y, fijando sus felinos ojos verdes en las tres amigas, se dirigía hacia ellas. Kath retrocedió y Jane arrastró su pesado cuerpo. En cambio, Anne se irguió todo lo que le permitían sus sesenta y tres centímetros y extendió la mano. Agarró el brazo de Sylvia y se puso de puntillas para darle un beso al aire en las mejillas.

—¡Sylvia Adams, estábamos diciendo lo maravillosa que estás! —exclamó Anne—. ¡Qué vestido tan precioso!

—Harvey Nicks, Diane von Furstenberg.

—Pero has añadido a Adams otro apellido más. —Anne echó un vistazo a la lista de la mesa—. Ahora eres la señora Adams-Anstruther.

—Doble A, para abreviar, queridas —dijo Sylvia mientras se elevaba sobre Anne—. Dios mío, casi no os reconozco. Sois Kath y Jane, ¿verdad? —Inclinó la cabeza y agitó sus pestañas postizas—. Y pensar que fuimos juntas al colegio...

Sylvia estudió la túnica sin forma y los pantalones anchos y holgados de Jane antes de dirigir a Kath la misma mirada crítica.

—No en la misma clase —dijo Anne—, pero tú eras una chica de sobresalientes, como yo.

—Sí, lo recuerdo. —Sylvia miró a Anne—. Nosotras, las chicas A, sí que nos hemos cuidado. —Sus brillantes labios rojos se curvaron en una sonrisa y asintió con la cabeza con aprobación mientras estudiaba a Anne desde la parte superior de su peinado recogido hacia un lado hasta la punta de sus tacones de aguja con estampado animal. Se volvió hacia Kath—. Estabas en el grupo B y siempre ganabas un premio en el día de los deportes, en *hockey*. Eras portera, si no recuerdo mal.

Kath agarró su bolso. Escuchaba a Sylvia con los labios fruncidos.

—Recuerdo tu poco favorecedora camisa acolchada, los pantalones con cinturón y las botas con puntera de acero. No era un atuendo glamuroso. —Sylvia sonrió—. No como Anne y yo, que dábamos vueltas por el campo vestidas de corto, con faldas plisadas y pulcras bragas azul marino. —Sylvia se volvió entonces hacia Jane, con una expresión de perplejidad que apenas dibujaba una línea en su tersa frente—. Jane —empezó a decir—, nunca pasaste de la categoría D, rara vez jugabas al *hockey* y siempre te quedabas la última en la carrera de sacos.

Kath sintió que Jane se movía hacia delante. Tenía las piernas abiertas y la silla crujió. Tirando de la túnica de Jane, Kath consiguió impedir que su amiga se pusiera en pie. Si Jane tuviera un palo de *hockey* en la mano, Sylvia recibiría un golpe en el antebrazo.

—Díganme, señoras, ¿qué hacen después de tantos años?

Sylvia miró de una a otra.

—He hecho carrera en la aviación —dijo Anne— y he viajado por todo el mundo.

—Ah, sí, había oído que eras azafata. —Sylvia se mostró desdeñosa—. Y ¿recientemente divorciada?

—Barry y yo decidimos separarnos tras un largo matrimonio.

Anne no admitió que el marido descarriado al que había soportado durante muchos años se había marchado recientemente con la capitana del club de golf de Garstang. El adúltero cabrón de su exmarido apuntalaba ahora el bar del hoyo diecinueve de La Manga Club, en la Costa Cálida.

—Barry Amberley —reflexionó en voz alta Sylvia—, muy guapo. —Le guiñó un ojo—. Me acuerdo bien de él. ¿Era algo de la cubierta de vuelo?

—Capitán de aerolínea.

—Que por fin ha volado. —Sylvia se rio.

Anne se tensó y se preguntó si a lo mejor Sylvia tuvo una aventura con Barry. Él se había acostado con muchas mujeres a sus espaldas y con la mayoría del personal de cabina de la aerolínea.

—Kath, por supuesto, ha tenido una carrera de gran éxito en la banca —añadió Anne—, y Jane es la niña mimada del mundo culinario de los famosos, ya que ha trabajado con algunos de los mejores chefs del país.

Kath se quedó boquiabierta, y Jane, que se había terminado el vino, abrió los ojos como platos. Aun así, Anne continuó:

—Pero, Sylvia, ¿qué has hecho en todos estos años, quemar el mundo? —preguntó, observando que Sylvia había dado un paso atrás cuando tres pares de ojos se giraron hacia ella. Antes de que Sylvia tuviera tiempo de responder, Anne, con expresión inocente, sugirió—: ¿No hiciste de la caza de maridos tu misión en la vida?

—Bueno, puede que me haya casado un par de veces.

—En el último recuento eran cuatro y he oído que estás en el mercado a por el número cinco. —Anne acarició el brazo de Sylvia—. Qué pena que nunca hayas tenido un trabajo de verdad. Con sesenta y seis años, debes de necesitar una nueva fuente de financiación para pagar todos los arreglitos que te han hecho.

—Bueno, ¡en serio! —Sylvia siseó y se volvió para asegurarse de que nadie la había oído—. No estoy ni cerca de los sesenta y seis años...

—Oh, querida, tu memoria también está fallando. —Anne frunció el ceño—. Recuerdo que mi madre me dijo que habías estado en el extranjero con tus padres. Cuando te matriculaste en la escuela secundaria de Garstang, llevabas tres años de retraso escolar. —Anne se examinó la manicura francesa—. Mamá me dijo que no dijera nada de tu falta de educación, sino que hiciera lo posible para que te sintieras acogida, mientras ibas a clases extras para ponerte al día.

Jane se cruzó de brazos.

—Al menos, ya cobrarás la pensión. —Sonrió—. Nosotras

todavía estamos esperando la nuestra, porque aún no hemos alcanzado la edad de jubilación.

A pesar de sentir cada día sus sesenta y tres años, Jane se puso muy contenta de ser más joven que Sylvia.

—Espero que hayas solicitado tu bonobús —añadió Kath—. Probablemente no conduzcas durante mucho más tiempo.

Sin palabras y girando sobre sus talones, Sylvia murmuró que debía regresar con sus amigos.

—No se ha quedado mucho tiempo. —Jane vio alejarse a la abusona del colegio—. La esnob de Sylvia siempre fue una bruja conmigo, pero no tenía ni idea de que fuera mayor que nosotras.

Kath dio un sorbo a su zumo de naranja y entrecerró los ojos.

—Me encantaría saber dónde encuentra a sus maridos.

—En cruceros —dijo Anne.

—¿Eh?

—Siempre está de crucero con su amiga Beverly Barnett, la que tenía una tienda de ropa. —Anne se encogió de hombros—. Sylvia zarpa hasta que clava sus garras en un viudo rico con una esperanza de vida limitada y ¡bingo! —Chasqueó los dedos—. La señora de los apellidos compuestos, o lo que sea en lo que se convierta, se compromete de nuevo y pronto navega hacia el altar, apoyando a otro geriátrico, antes de añadir un nuevo apellido a su certificado de matrimonio.

—Y, poco después de la boda, cuando el marido número cinco estire la pata, ¿ella recibirá una gran herencia? —adivinó Jane.

—Exacto —afirmó Anne.

—Todo me parece sórdido. —Kath suspiró y se apartó un mechón de flequillo que le había caído sobre la frente. Su cabello seguía siendo tan fosco y rebelde como cuando era niña, solo que el color había cambiado de un glorioso castaño a un envejecido entrecano.

—Al contrario, míranos. —Anne hizo un gesto con la mano—. Nos hemos dejado la piel toda la vida, y ninguna de nosotras está rejuveneciendo. Jane está soltera y hace poco la despidieron de un trabajo que le encantaba, Kath se ha quedado viuda y está preocupada por su futuro, y yo estoy divorciada. ¿No es hora de que nos permitamos el lujo de dejar a un lado nuestras preocupaciones y nos divirtamos un poco?

Jane se erizó ante las palabras de Anne. La verdad dolía. Pero se quedó pensativa y contestó:

—Un crucero podría ser divertido, con bufés repletos de comida exótica que no he preparado. —Pasó de mirar a Anne a mirar a Kath—. He oído que hay restaurantes donde se sirve comida deliciosa las veinticuatro horas del día y que hay un equipo de limpieza a tu disposición para limpiar todo lo que ensucies.

—Pero los cruceros cuestan mucho dinero. —Kath negó con la cabeza y se acomodó el bolso sobre las rodillas—. Jim ni se lo planteaba, y nunca fuimos más allá de Bournemouth.

—Bueno, ¡no se puede decir que no tengas dinero! —Se rio Anne—. Apuesto a que ese bolso está lleno.

Kath puso los ojos en blanco.

—Que te crees tú que voy a llevar dinero encima. —Palmeó su bolso—. Aquí guardo todo lo que hace falta para una emergencia.

—Pero nunca vamos a ningún sitio donde pueda haber una emergencia. —Anne levantó las manos—. Jim debe de haberte dejado un buen montón de dinero, pues su repentina muerte provocó el pago del seguro. No tienes hipoteca de la casa y recibes una pensión de la sociedad de crédito hipotecario. —Se volvió hacia Jane—. Tú también habrás ahorrado una buena suma a lo largo de los años —dedujo—, y, al heredar las propiedades de tus padres, nunca te verás apurada.

Mientras Kath y Jane asimilaban estas palabras, Anne levantó la cabeza y miró a Sylvia, que volvía a ser el centro de atención. El brazo de esta se enlazó con el de Beverly Barnett y se echaron a reír a carcajadas con una historia de caza de maridos en alta mar. El grupo de su alrededor escuchaba atónito.

—Estás a kilómetros de aquí —dijo Kath—. ¿En qué piensas?

Anne suspiró.

—Ver a Sylvia me recuerda que probablemente estuviera en la lista de visitas a domicilio de Barry. Se acostaba con tantas mujeres que perdí la cuenta. —Las lágrimas empezaron a resbalarle por las mejillas.

—No te enfades. —Jane, alta y ancha, se agarró a los brazos de la silla y se levantó. Rodeó los hombros de Anne con el brazo y le tendió un pañuelo—. Se supone que estamos pasando una velada agradable, poniéndonos al día con los amigos del colegio.

—Siempre pensé que teníamos un matrimonio razonable; sin embargo, ya sabéis que me ha dejado tirada —resopló Anne. Todavía tenía los ojos húmedos cuando miró a sus amigas.

Kath y Jane eran conscientes de que había poco que mostrar del matrimonio de Anne. La casa que compartía con Barry, muy hipotecada, estaba a punto de venderse, por lo que le quedaba poco de la vida llena de comodidades que llevaba. Aunque su pensión de la compañía aérea era una ayuda, no era suficiente para comprar una propiedad.

—Te he dicho muchas veces que puedes venirte a vivir conmigo. —Jane sonrió—. Yo estoy a mi bola en la casa de campo.

—Gracias —dijo Anne y dio unas palmaditas en el brazo de Jane.

Anne aún podía oler el costoso perfume que Sylvia usaba y pensó en el bolso de diseño y los tacones que hacían juego con su exquisito atuendo. Anne sabía que le esperaban días difíciles, pues la vida que había conocido se disolvía, y sintió una opresión en el pecho al contemplar la despreocupada actitud de Sylvia.

Pero, de repente, a Anne se le iluminó la bombilla. La solución a su problema estaba clara. Cuando la voz de Sylvia sonó en el *pub*, Anne sintió un vértigo en el estómago.

—Se acercan las Navidades —anunció—. En lugar de quedarnos en casa mirando los tejados grises y la llovizna, ¿por qué no nos damos un capricho y reservamos un crucero al sol?

—¿Qué has dicho? —Jane cogió el vino, pero la botella estaba vacía.

—¿Hablas en serio? —Kath se quedó boquiabierta.

—Hablo muy en serio. —Anne enderezó la espalda y se apartó de Sylvia—. Voy a pedir una ronda, mientras, vosotras vais sacando los teléfonos y buscáis en Google cruceros de Navidad.

Kath y Jane se quedaron mirando mientras Anne cruzaba el local.

De repente se animó y se detuvo a charlar con antiguas compañeras de colegio, asintiendo con la cabeza de vez en cuando en dirección a sus amigas.

—¡Maldita sea! —protestó Kath—. Le está contando a todo el mundo que nos vamos de crucero. —Miró al suelo para ocultarse el rostro—. Aún no he superado que le dijera a Sylvia que he tenido una exitosa carrera en la banca.

—Bueno, la tuviste.

—Estar sentada detrás de la caja de la sociedad de préstamo inmobiliario de Garstang durante cuarenta y tantos años no es suficiente en el mundo de las finanzas globales.

—Y yo he estado a la sombra de todos los personajes importantes para los que he cocinado. Era invisible para todo el mundo siempre que la preparación de mi comida fuera perfecta —repuso Jane.

—Quiere ir a buscar marido, como Sylvia. —Kath se asomó por debajo del flequillo para ver a Anne pedir más bebidas en la barra.

—No la culpo —dijo Jane—. No tiene muchas perspectivas de futuro. —Luego, ladeó la cabeza—. Pero apostaría a que Anne sería el alma de un crucero y atraería a un hombre antes de llegar al primer puerto.

—Bueno, yo no quiero buscar marido —dijo Kath—. Jim ha sido el único hombre que he conocido de verdad, y he estado casada con él toda la vida. No quiero otro marido.

—No podría buscar pareja a mi edad. No la encontré cuando era joven, así que ¿quién me va a encontrar atractiva ahora? —Jane se sacudió su blanco pelo.

—No tenemos que cazar maridos, ¿verdad? —Kath se quedó pensativa—. Puedo entender lo que ha dicho Anne de tratarnos bien a nosotras mismas.

—No recuerdo la última vez que me fui de vacaciones, y sería un descanso maravilloso —dijo Jane pensativa.

Kath miró al otro lado de la sala y vio a Anne encandilando al joven camarero.

—Anne quiere encontrar una nueva pareja —dijo Kath con cuidado, sopesando sus palabras—, y necesita nuestro apoyo. No está muy bien sola.

Kath pensó en la angustia de Anne cuando su matrimonio se había roto. Junto con Jane, había pasado muchas horas consolando a su atribulada amiga.

Jane tenía una mirada lejana.

—No recuerdo la última vez que he ido a un sitio que no estuviera relacionado con el trabajo —dijo y empezó a imaginar playas tropicales y un mar turquesa.

—Quizá podríamos acompañarla —opinó Kath. Se recolocó en la silla y, soltando el bolso, se alisó la rebeca y se subió las mangas—. Después de todo, sería nuestro deber censurar a los pretendientes inadecuados.

—Y asegurarnos que no vuelva a caer en la autocompasión. —A Jane empezó a gustarle la idea. Puede que fuera el efecto del vino que había bebido, pero de repente se sintió temeraria—. ¿Sabes buscar en Google?

—Sí, por supuesto.

—Bueno, ¡manos a la obra!

Un rato más tarde, Anne apareció con un cubo de hielo.

—Le he dicho al encantador muchacho de detrás de la barra que estábamos celebrando la soltería a los sesenta años, y me ha contestado que ojalá su madre se pareciera a mí. —Descorchó hábilmente una botella de *prosecco* y empezó a servir.

—Qué oportuno. —Kath cogió una copa rebosante y la levantó—. Estas burbujas son como pequeños diamantes —dijo—, y Jane acaba de encontrar un maravilloso crucero en un barco llamado Diamond Star.

—¡¿Qué?! —Anne abrió sus ojos azules de par en par—. ¿Estáis las dos dispuestas? —Miró fijamente a sus amigas—. Esperaba que os resistierais.

—¡Nos unimos! —Kath levantó su copa.

Jane sostenía su bebida en una mano y el teléfono en la otra. Entrecerró los ojos ante la pantalla mientras empezaba a narrar su búsqueda en Google:

—El Diamond Star es un barco pequeño que se enorgullece de ofrecer cruceros de lujo para mayores de cincuenta años.

—Perfecto —dijo Anne—, pero ¿hay plazas?

—Sí, lo he comprobado en el sistema de reservas *on-line* y he reservado camarotes interiores. Es lo único que les queda, además solo tenemos veinticuatro horas para confirmar y pagar el total.

—Vamos —le ordenó Kath.

—Una vez a bordo del Diamond Star —continuó Jane, leyendo lo que aparecía en su teléfono—, comienza su crucero de Navidad y podrá relajarse sabiendo que se ocuparán de todas sus tradiciones favoritas. —Bebió otro sorbo de *prosecco*—. Con toques de lujo y brillo, disfrutará de deliciosa comida, efervescencia festiva y experiencias que le harán sentir bien.

—Guau —dijo Anne—, lo quiero ya.

—Y no tendré que pelar ni una sola col. —Kath pensó en todos los años que había estado encerrada en la cocina, trabajando sobre un fogón caliente, preparando la gran comida familiar.

Jane bajó el teléfono.

—He guardado los detalles —comentó—, pero, como solo falta una semana, ¿puedo sugerir que quedemos mañana en mi casa para tomar café y hacer planes para zarpar?

—Brindo por ello. —Anne sonrió.

—Yo también —aceptó Kath, y brindaron.

—Por el Diamond Star. —Jane sonrió.

—Y por todos los hombres encantadores que navegan en él. —Anne sonrió.

Los ojos le brillaban de expectación cuando se unió a sus amigas al brindis por la emocionante aventura que les aguardaba.

2

Selwyn Alleyne estaba sentado en el salón de su casa de Carlington Crescent, en Lambeth, y golpeaba con sus uñas pulcramente cuidadas la superficie lustrosa de una mesa de nogal mientras de un equipo de música que había cerca sonaba una de sus canciones favoritas. Era un ritmo *reggae* tocado y cantado por su héroe, Bob Marley. Asintió con la cabeza cuando Bob cantaba con el sol naciente, mientras tres pajarillos se posaban en la puerta de su casa cantando dulces melodías. Cuando Bob llegó al estribillo, Selwyn se levantó de la silla y empezó a bailar.

—*Don't worry, 'bout a thing* —cantaba Selwyn con los brazos en alto y los ojos cerrados—, *every little thing gonna be all right*.

La canción siguió sonando y Selwyn se perdió en el momento, con la cara levantada y el cuerpo balanceándose.

Cuando terminó la canción, extendió la mano por la mesa hasta que sus dedos alcanzaron un folleto brillante. La portada representaba un reluciente crucero que navegaba a través de un profundo océano azul.

—Voy a disfrutar del sol.

Sonrió y acarició las letras doradas en relieve: «Crucero en el Diamond Star». Apoyándolo contra un jarrón de flores artificiales descoloridas, Selwyn se acercó a un espejo biselado que colgaba de una cadena sobre la repisa de la chimenea. Con su metro ochenta de estatura, dobló las rodillas para contemplar su reflejo mientras sus dedos jugueteaban con el nudo de una pajarita que asomaba por el cuello de una camisa de algodón, recién comprada y pulcramente planchada. Luego, se llevó una mano a los tirantes que cruzaban por su pecho y dio un tirón al elástico escarlata. Se llevó la otra mano a la abundante cabellera, canosa en las sienes, y se sacudió un grueso nudo de rastas entre los omóplatos; después giró la cara para acariciarse la piel oscura, que se arrugaba en líneas de risa en las comisuras de los ojos.

En un estante había un marco de plata. Mostraba una fotografía de una pareja vestidos de novios, jóvenes y sonrientes, con los brazos entrelazados. Sus expresiones rezumaban felicidad, y Selwyn estudió la imagen sepia. Se llevó un dedo a los labios, lo besó y, a continuación, lo acercó al rostro de la mujer.

—Dulces sueños, Florence —susurró.

Fuera, sonó una bocina, y Selwyn se apresuró a asomarse a la ventana. Levantó el visillo y vio un taxi. Tras saludar al conductor con la mano, Selwyn cerró las gruesas cortinas de terciopelo y echó un vistazo a la habitación para cerciorarse de que todo estaba en orden. Cogió una chaqueta y se colocó un sombrero de fieltro rojo en la cabeza mientras salía al vestíbulo, donde las maletas descansaban sobre el suelo de parqué pulido. Se palpó los bolsillos y se aseguró de que llevaba el pasaporte, el dinero y los billetes. Activó la alarma y le dijo a la casa:

—Cuídate mientras estoy fuera.

Traqueteó la manilla de la puerta para comprobar que estaba cerrada y, levantando las maletas, le entregó la más grande al conductor, que la colocó en el maletero.

—¿Heathrow? —preguntó el conductor y empezó a arrancar.

—Sí, por favor —respondió Selwyn.

—¿Va a algún sitio interesante?

—Al Caribe, amigo mío; las hermosas islas.

—¿La primera vez? —preguntó el taxista, que se incorporó a un carril de tráfico denso.

—Mi primera vez en un crucero —contestó Selwyn.

Sentado en el taxi, dejando atrás Lambeth, Selwyn miraba por la ventanilla las casas y apartamentos suburbanos que se extendían por Battersea y Putney. La carretera se dirigía hacia el oeste y serpenteaba por pasos elevados y cruces en forma de espagueti, lejos de las calles de Londres donde Selwyn había pasado la mayor parte de su vida. Mientras viajaban por la A-4 a través de Hounslow y aparecían las señales del aeropuerto, pensó en sus hijas. Gloria estaba contenta de que su padre se fuera de vacaciones, pero la mayor, Susan, se había quedado atónita cuando se había enterado de que su padre se iba de vacaciones con un grupo de desconocidos. No podía aceptar que Selwyn viajara al extranjero tan poco tiempo después de la muerte de su madre.

—No está bien —había argumentado ella—. Deberías mostrar algo de respeto. ¿Qué pensará la comunidad de nuestra iglesia? No estaría tan mal si llevaras a mamá a casa.

Por «casa», Susan entendía Jamaica, la isla donde habían crecido los padres de Selwyn y Florence antes de establecerse en Inglaterra.

Selwyn pensó en la comunidad de la Iglesia baptista de Lambeth, donde había acudido cada domingo durante toda su vida de casado. Los amables hermanos y hermanas se habían reunido en torno al recién viudo. Tan generosas eran las señoras, llevándole comida y otros productos, que Selwyn notaba cómo la cinturilla de los pantalones bien cortados le apretaban cada día más. No le había contado a la congregación lo de sus vacaciones. En cambio, sí se lo había mencionado al pastor Gregory después del servicio del domingo anterior. El pastor pareció ansioso cuando se enteró de que Selwyn pretendía superar su pena yéndose de crucero.

—Puede que sea demasiado pronto para que sigas este camino —dijo el pastor Gregory, frunciendo el ceño—. Te recomendaría un retiro más religioso.

A pesar de ello, Selwyn no tenía intención de cambiar de opinión. Sabía que Florence, o Flo, como a él le gustaba llamarla, estaría frunciendo el ceño desde arriba, con su voluminoso cuerpo erguido, los brazos cruzados, los labios fruncidos y las cejas levantadas bajo su sombrero de gala. Parca en palabras, pero mortal en significado.

—Que el Señor te acompañe —añadió el pastor Gregory cuando se dio cuenta de que Selwyn estaba decidido—, y, mientras confías en Jesús en tus horas de necesidad, que el recuerdo de tu esposa nunca se oscurezca, a través de tus pensamientos y acciones, oraciones y meditación.

Sentado en la parte trasera del taxi mientras el conductor salía de la autopista y se dirigía al aeropuerto, Selwyn golpeaba con los dedos el lateral de su equipaje de mano. El pastor Gregory no tenía por qué preocuparse de que el recuerdo de Flo se apagara. Ocultas en una vieja lata de té Typhoo, las cenizas de Flo estaban bien guardada en la maleta de Selwyn y le acompañarían en su viaje.

Sonaba música por la radio del taxi y Selwyn se inclinó hacia delante para mirar por la ventanilla y observar los vuelos.

Every little thing gonna be all right, cantaba la alegre voz de Bob Marley.

—¿A que sí? —Selwyn sonrió y empezó a cantar también.

Dicky Delaney llegaba tarde. El tren de Doncaster se había retrasado y tenía que atravesar Londres a toda prisa para coger el vuelo. De estatura media y complexión delgada, se subió al metro que se dirigía al aeropuerto de Heathrow y se agarró a una correa de la barra que había por encima de su cabeza, aguantando el amontonamiento de cuerpos que se aplastaban en el vagón. Dicky evitaba el contacto visual con los rostros anónimos de los viajeros, cargados de mochilas, maletas y equipaje de mano. El éxodo masivo por Navidad había comenzado.

No podía faltar este bolo. Su futuro dependía del dinero que ganara en el crucero de dos semanas, y le pagarían muy bien por entretener a los pasajeros. Además, Dicky tenía varios trucos en la manga para complementar sus ingresos. Se había ganado el apodo de Dicky el Ruin entre sus colegas cómicos del circuito, y sus estancias en complejos turísticos, hoteles y clubes nocturnos habían provocado rumores sobre sus travesuras fuera de horario. Sin embargo, existía un código tácito entre los cómicos y el público: lo que ocurría en el crucero se quedaba en el crucero, en lo que a Dicky el Ruin se refería.

A Dicky le ardían las mejillas y sentía que la cara se le enrojecía de calor. El día anterior se había pasado con el tiempo de la sesión en la antigua cama bronceadora de su mujer. Para Dicky Delaney lo más importante era estar guapo y, a sus cincuenta y tantos años, sabía que seguía siendo atractivo, con su piel bronceada, su pelo rizado y sus dientes blancos y rectos. Se mantenía en forma y se sentía seguro cuando llegaba el momento de desnudarse y relajarse en la piscina. Para eliminar todos los signos de encanecimiento del cabello, un tinte oscuro, en opinión de Dicky, le quitaba años de encima. Cuando el metro llegó a la última parada, Dicky vio su reflejo en el cristal de la puerta y se sintió satisfecho de haberse tomado algunas molestias con su aspecto.

—La siguiente estación es el aeropuerto de Heathrow, terminal tres —dijo una voz automática, y Dicky se agachó para coger sus maletas.

Caminando lentamente entre la multitud, se unió al grupo que se dirigía a la terminal. En el mostrador de facturación de su vuelo, por muchas galanterías que hizo, no consiguió un ascenso de clase y, con un suspiro, Dicky cogió su tarjeta de embarque y buscó el bar más cercano. En el pasado, un par de billetes en el pasaporte y una sonrisa simpática le habían llevado sin problemas a la clase preferente, pero esos días ya eran historia, y él tendría que conformarse con la clase de turista durante las próximas nueve horas. Al menos, estaría cómodo en el barco, pensó mientras pedía un *whisky* con soda. La naviera de cruceros Diamond Star era muy generosa a la hora de acomodar a sus artistas, y Dicky sabía que su cabina sería una litera exterior con un ojo de buey, por lo menos.

Sonó su teléfono y se llevó la mano al bolsillo.

—¡¿Todo en orden y listo para embarcar?! —gritó Clive, el agente de Dicky.

—Sí, he hecho el *check-in* —contestó Dicky con una mueca y apartándose el teléfono de la oreja.

—Ni se te ocurra fastidiarlo; he puesto en juego mi reputación para conseguirte esta actuación —atronó Clive.

Dicky visualizó a su agente en su oscuro despacho, junto a Wardour Street, en el Soho. Con el pelo repeinado y los pies apoyados en el escritorio para aliviar la dolorosa gota; el humo del puro empañaba la habitación sin aire.

Tomando un trago de su bebida, Dicky respondió:

—Sé que lo has hecho, Clive, y te lo agradezco. Me aseguraré de que mi espectáculo reciba un informe elogioso del director de entretenimiento.

—A la mierda el director de entretenimiento. Quiero una llamada del capitán, el capitán Kennedy, por lo menos —rugió Clive—. ¡Mantén las manos en los bolsillos y los ojos en el trabajo, y aléjate de las mujeres!

Clive colgó el teléfono de golpe.

Dicky suspiró e hizo un gesto con la cabeza al personal del bar para que le rellenaran el vaso. Había trabajado con Clive desde que tenía memoria y, en sus mejores tiempos, siempre se había asegurado de que Dicky obtuviera el mejor cartel en cualquier concierto al que le enviara. Sin duda, Clive se había ganado el diez por ciento como agente y nunca había defraudado a Dicky. Pero un incidente con la mujer del director de un teatro había provocado un escándalo cuando saltó a los titulares en el pueblo costero donde Dicky tenía una residencia de verano. El periódico local se explayó:

¡Pareja cómica pillada con las manos en la masa!

El titular resaltaba encima de una fotografía comprometedora y el contrato de Dicky se vio interrumpido bruscamente. Su matrimonio había sobrevivido a duras penas, y Dicky se encontraba en una época de vacas flacas, luchando por pagar las facturas. Cuando le llegaron rumores de que un actor de comedia había caído enfermo y no podía hacer un crucero por el Caribe, Dicky corrió a Londres e irrumpió en el despacho de Clive.

Solicitó que le dieran el trabajo.

—Me debes una —le amenazó Clive tras su llamada a la compañía de cruceros—. Peter, el director de entretenimiento, es un amigo íntimo, así que no lo fastidies.

Dicky se terminó la bebida y oyó que anunciaban su vuelo por megafonía. No tenía intención de estropear este trabajo y se encaminó deprisa hacia la puerta de embarque. Pero aprovecharía cualquier oportunidad. Después de todo, se había salido con la suya en el pasado y, con miles de kilómetros de distancia entre él y Clive, confiaba en poder salirse con la suya en el futuro.

—Buenos días. —La encantadora sonrisa de Dicky era amplia cuando saludó a la azafata que le dio la bienvenida a bordo del vuelo—. ¿Hay hueco para uno más en *business*?

3

Anne, Kath y Jane, sentadas en una cafetería del aeropuerto de Manchester, contemplaban a través del ventanal las luces de los aviones moviéndose por la pista. La lluvia helada rebotaba contra el cristal mientras el cielo del amanecer cambiaba del gris marengo al gris suave.

—Cuando volaba, siempre pensaba que el amanecer era como una invitación a un día diferente —recordó Anne mientras se toma un capuchino y mira hacia fuera—. Un regalo sin abrir. Nunca sabía lo que había dentro hasta que las capas de luz se retiraban y el avión volaba hacia una nueva zona horaria, llena de posibilidades y esperanza.

—Dios mío, ¿cómo puedes ser tan poética a estas horas tan intempestivas? —murmuró Kath desde detrás de su *latte*. Una capa de espuma lechosa le formaba un bigote en el labio superior—. Estoy tan cansada que apenas puedo hilvanar una frase. —Se quitó las gafas y empezó a sacarles brillo.

—Hacía mucho tiempo que no nos levantábamos tan temprano. —Jane miró el reloj. No había pegado ojo y estaba vestida y preparada mucho antes de que llegara el taxi que las llevaría al aeropuerto.

—Echo de menos volar. —Suspiró Anne—. Mi vida de entonces era maravillosa.

—Antes de que te cayeras al suelo y te hicieras un chichón, y Barry y un bebé lo estropearan todo. —Jane bostezó.

Kath levantó un sombrero *trilby* y le dio la vuelta mientras estudiaba su tela negra.

—¿Creéis que hemos sido impulsivas al comprarlo? —preguntó—. ¿Deberíamos haber optado por algo más sutil? —Puso cara de duda mientras giraba el sombrero en la mano.

—No, son divertidos. —Anne llevaba el suyo colocado en un ángulo alegre—. Nos hace destacar.

Kath puso mala cara.

—Solteras de sesenta y tantos de crucero —murmuró—. Debería haber un eslogan que dijera «Bésame pronto». Me siento como si estuviéramos en una despedida de soltera en Blackpool.

—Casi. —Anne rio—. Barbados y las maravillosas islas del Caribe nos llaman. —Cogió su equipaje de mano y se levantó—. Vamos, acaban de anunciar nuestro número de puerta.

Con Jane y Kath a la zaga, Anne cruzó corriendo la terminal, en medio de la marea de turistas. Pero, con las prisas, tropezó y chocó accidentalmente con un hombre que se abría paso entre la multitud.

El capitán Mike Allen extendió una mano para sujetar a la persona que casi le había arrancado la bolsa de vuelo de la mano.

—No puede ser —dijo Mike mientras miraba a la rubia que le agarraba la manga del uniforme—. ¿Anne? —preguntó mientras fruncía el ceño, con surcos en su curtida frente, y los ojos se le iluminaron en señal de reconocimiento.

—¡Mike! —exclamó Anne—. Creía que te habías jubilado hace años.

—Ahora estoy en la formación para capitanes. Solo me faltan unos meses para colgar las alas —respondió Mike—, pero ¿y tú?

Anne le explicó que había volado todo el tiempo que le había permitido la empresa y luego había cobrado la indemnización por despido. Se dirigía a Barbados con unas amigas para viajar en un crucero.

Casualmente, Mike estaba en la cabina de mando. Para asombro de las tres amigas, las recolocó en *business* y embarcaron poco después.

Anne, Jane y Kath apenas podían creer la suerte que habían tenido.

—Oh, Dios —susurró Kath mientras se acomodaba—, no tenía ni idea de que los aviones fueran tan bonitos como este. —Miró alrededor de la cabina—. Es mejor que un viaje a Bournemouth y una estancia en el Hotel Sunnyside.

—No es primera clase, pero es una gran mejora con respecto a nuestros asientos en turista. —Anne sonrió—. Y todas las bebidas y comidas son gratis.

Jane llevaba puesto un poncho de lana gruesa, cosa que lamentó mientras metía trozos de tela en los laterales de su asiento. «Por favor, por favor, que no me obligue a llevar un alargador del cinturón de seguridad», suplicó en voz baja cuando se acercó un inmaculado auxiliar de vuelo vestido con un impecable traje a medida.

—Tal vez le resulte más cómodo esto. —Sonrió el auxiliar y le entregó a Jane el alargador.

—Quítate el poncho —susurró Anne.

Humillada, Jane no quería quitarse el poncho. Sabiendo que en Barbados haría calor, había elegido una camiseta fina de manga corta para ponerse debajo y prefería dejar para el último momento la visión de sus brazos de murciélago y su pecho amplio. Con un suspiro, encajó el alargador en su sitio y se acomodó los michelines del vientre a su alrededor.

El asistente les tendió una bandeja y las amigas tomaron ansiosas una copa de champán.

—¿Así que esto es lo que hacías para ganarte la vida? —Kath miró a Anne—. Pasabas todo el tiempo en un atuendo elegante volando por todo el mundo. —Estaba asombrada mientras veía a la tripulación prepararse para el despegue.

—No es tan glamuroso como crees —respondió Anne—, aunque en mis primeros tiempos el trabajo era más fácil y llevábamos unos uniformes preciosos, con faldas escocesas y chaquetas a juego con blusas blancas almidonadas. —Sonrió, con ojos soñadores—. Solíamos disfrutar de largas estancias con generosos gastos pagados.

—Y acogedoras noches con el capitán Mike —añadió Kath—. No se ha olvidado de ti, a pesar de los años que han pasado.

El avión estaba listo para despegar y rodó por la pista antes de surcar el cielo. Kath se agarró a su asiento y empezó a rezar; por su parte, Jane, retorciéndose incómoda, se ajustó el cinturón de seguridad. Anne sonrió y recordó tiempos pasados en los que su época de azafata era envidiable. Sus horas de trabajo consistían en estar en un lugar exótico tras otro con locas fiestas para la tripulación que duraban toda la noche. Una estancia de diez días en Río de Janeiro con Mike había sido memorable, llena de días soleados y noches apasionadas.

Pero la burbuja había estallado cuando su vuelo de regreso le llevó a Mike de vuelta con su mujer.

El papel de Anne como número uno le daba la posición privilegiada de trabajar en primera clase, atendiendo las necesidades de los pasajeros adinerados. Sin embargo, cuando la compañía cambió de dueño, nada fue igual. Las escalas eran mínimas, los gastos pagados, inexistentes, e incluso su nuevo uniforme parecía de mala calidad. Como muchos tripulantes de cabina, Anne ambicionaba casarse con un piloto. Cuando una noche en Ibiza se llevó a la cama al capitán Barry Amberley, este opuso poca resistencia. A las pocas semanas se enteró de que estaba embarazada y dio un puñetazo al aire de felicidad. «Asunto resuelto», se dijo Anne antes de darle la noticia a Barry.

—Un penique por tus pensamientos —quiso saber Jane cuando el avión volaba a gran altitud y Kath dejó de rezar.

—Estaba recordando cuando Barry y yo nos casamos —dijo Anne.

—Fue una boda preciosa —susurró Kath—. Fue la sensación del pueblo, Garstang nunca había visto nada igual —rememoró—. Jane y yo íbamos guapísimas como damas de honor.

Jane hizo una mueca de dolor. El vestido a juego que Anne había insistido en que llevaran estaba enterrado en lo más profundo de una caja etiquetada como «El peor día de mi vida». Se había sentido como un merengue gigante avanzando por el pasillo, sin aliento en un corsé donde el satén rosa y los lazos de encaje rebotaban en cada bulto. Anne, mientras tanto, navegaba por delante, deslumbrante, con un sedoso vestido de diseño. Kath había cogido el ramo, y, como Jim, padrino de boda, le guiñó el ojo, el resto, como suele decirse, fue historia para Kath.

—¿Te acuerdas de tu tarta de boda? —preguntó Jane—. Insististe en que fuera de seis pisos y yo hice cada uno de ellos. —Negó con la cabeza—. Me llevó semanas de trabajo, pero pudiste usar el piso superior para el bautizo de Belinda poco después.

—¿Cómo está Belinda? —Kath ojeaba las páginas de una revista de a bordo.

—Es muy feliz —respondió Anne, y pensó en su hija, que vivía en Australia con un surfista y sus cuatro hijos. Su hija se había enamorado durante un año sabático en Australia y nunca había regresado—. Nuestro crucero le parece estupendo. —Sonrió ella al recordar su reciente llamada telefónica.

—Ojalá los dos míos estuvieran en la otra punta del mundo —refunfuñó Kath—. Siguen queriendo que les ceda la casa, y los dos están convencidos de que he perdido la cabeza desde que murió Jim.

—El dolor muestra su forma de diferentes maneras. No es de extrañar que olvides cosas; la muerte de Jim fue tan inesperada. —Jane extendió la mano y acarició el brazo de Kath.

—Quizá, pero no estoy preparada para ir a una residencia de ancianos con un sillón reclinable y un babero de plástico.

—¡Menuda estupidez! —resopló Jane—. Ni pensarlo.

—Hugh y Harry pueden ser chicos muy persuasivos.

—No son niños —insistió Jane—, son hombres, con familia y capaces de abrirse camino en la vida, sin apoderarse de tu dinero mientras aún tienes tiempo de gastarlo y disfrutarlo.

Jane recordaba a Hugh y Harry de muchas reuniones a lo largo de los años. A ella no le caía bien ninguno de los dos, y pensaba que se parecían a su padre, que trataban a Kath como a una criada y esperaban que los atendiera con esmero. Incluso ahora, Jane sabía que las tardes de Kath estaban ocupadas con tareas de niñera. Se pasaba el día limpiando y cocinando para sus nueras, que nunca le correspondían con palabras amables o un ramo de flores.

La señal del cinturón de seguridad se había apagado, y Anne se levantó y estiró los brazos.

—Puedo sugerir que dejemos atrás nuestras vidas actuales —dijo y se dirigió al pasillo—. Durante las próximas dos semanas vamos a disfrutar de las vacaciones de nuestra vida y, para empezar, tomemos champán en el bar.

Comenzó a caminar hasta llegar a una escalera.

—No puedes subir —susurró Jane—. Es para pasajeros de primera clase. —Junto con Kath, observó, con los ojos muy abiertos, cómo las sandalias enjoyadas de Anne desaparecían escaleras arriba—. Maldita sea, solo nos queda que nos echen —dijo, y se desabrochó el cinturón.

Kath le dio un codazo y animó a su amiga a levantarse. Como dos colegialas furtivas que salían a hurtadillas de un dormitorio por la noche, esperaron a que no hubiera auxiliares y siguieron a toda prisa a Anne.

—Me siento como uno de los Blues Brothers —dijo Jane mientras se sujetaba a los brazos de Kath y Anne y colocaba un pie inseguro delante del otro.

Con sus nuevos *trilbies*, sus gafas de sol y sus sonrisas, el trío bajó tambaleándose la escalerilla del avión y se dirigió a la sala de aduanas del Aeropuerto Internacional Grantley Adams. El asfalto ardía bajo sus pies mientras un sol radiante golpeaba a las recién llegadas.

—¿Pueden encerrarnos por llegar borrachas a Barbados? —Kath tropezó con la correa de su voluminoso bolso.

—Shh, shh —dijo Anne—. Aparenta que estás sobria y ponte derecha.

Jane se tapó los ojos con el sombrero.

—Bueno, hemos pasado la mayor parte del vuelo en el bar —dijo.

—Tonterías —replicó Anne—, las dos almorzasteis y luego merendasteis, y entre medias estabais durmiendo y roncando.

—¡Caramba, qué calor! —exclamó Kath y se abanicó la cara con la mano.

—Me siento como si nos hubiéramos metido en un horno —se quejó Jane mientras se ajustaba el poncho y se secaba la frente.

—¡Pasajeros del Diamond Star! —gritó una voz, y cuando las mujeres se giraron vieron a un hombre, por encima de la multitud, con un portapapeles en la mano—. Por aquí. —Sonreía mientras comprobaba los nombres y reunía a los viajeros—. Pasen por la salida de aduanas y vayan directamente al autobús A. Su equipaje va delante.

Kath entrecerró los ojos para leer la placa, con su nombre, que llevaba prendida en el uniforme, pero Jane tiró de la rebeca de Kath y la hizo retroceder.

—Peter Hammond, director de entretenimiento de la naviera Diamond Star —dijo—. Encantado de conocerlos.

En un abrir y cerrar de ojos, las amigas pasaron la aduana y se encontraron sentadas en los asientos delanteros de un lujoso autobús con aire acondicionado. Tras reunir a todos sus pasajeros, Peter subió también.

—Buenas tardes a todos —dijo por megafonía—, y bienvenidos a lo que es el comienzo de unas vacaciones memorables.

Varios viajeros aplaudieron.

—La hora ha cambiado y han ganado cuatro horas, así que ajusten sus relojes. —Se señaló la muñeca—. Somos una empresa pequeña y nos enorgullecemos de ofrecer un servicio personalizado. Yo mismo o alguien de mi equipo estamos a su disposición, y ahora son oficialmente miembros de la familia Diamond Star, así que no duden en venir a hablar con nosotros si tienen cualquier duda.

Mientras los clientes contemplaban el paisaje, Peter comentaba las vistas que iban apareciendo.

—La ciudad de Bridgetown es la capital de Barbados —explicó Peter—. Además de estar declarada Patrimonio de la Humanidad por la UNESCO, es conocida por su arquitectura colonial británica y los famosos edificios del Parlamento.

Las tres amigas estaban fascinadas mientras el autobús recorría la concurrida autopista adyacente a la costa sur de la isla. Kath dio un codazo a Jane mientras vislumbraban el mar, más allá de los tejados de las casas y las coloridas chabolas que bordeaban la carretera.

—¡Mira! —exclamó Kath, y señaló a un hombre junto a un puesto lleno de cocos verdes.

Llevaba unos vaqueros que le colgaban del cinturón y el torso desnudo. El sudor brillaba en un cuerpo musculoso que sostenía un machete en una mano. Agitó el cuchillo, decapitó un coco y se lo entregó a una mujer con gorro y vestido de vivos estampados, que bebió el contenido con sed.

El autobús aminoró la marcha mientras un grupo de niños esperaba para cruzar la calle, y Jane sonrió al ver la hilera de pequeños vestidos con ropas de aspecto inmaculado, pulcramente arreglados con camisetas y pantalones cortos. Las niñas llevaban calcetines blancos de encaje con cuentas y cintas de colores en el pelo y saludaban a los pasajeros del autobús. Mientras el conductor sorteaba las concurridas calles de Bridgetown, Peter explicó que estaban pasando por una zona conocida como Garrison Savanna. Los pasajeros contemplaron un conjunto de edificios militares. Se enteraron de que se construyeron en 1790 como barracones para los soldados cuando Barbados se utilizaba como base para el Regimiento británico. Peter señaló que la Garrison Savanna era un entorno natural para las carreras de caballos desde la época colonial y sede de la famosa Copa de Oro de Barbados.

—Como se puede ver —dijo—, en la zona se pueden hacer otras actividades, como volar cometas, hacer *footing* o simplemente sentarse a ver pasar la vida.

Kath contempló las palmeras que se balanceaban a lo largo de la ruta y se tapó los ojos mientras una bruma de calor resplandecía sobre el mar turquesa.

—Daría lo que fuera por zambullirme ahí —murmuró—. Nunca he visto un mar tan tentador.

Jane miró con anhelo el agua seductora y deseó refrescarse el cuerpo. Pero se estremeció al pensar en desnudarse y exponer su carne. Rezó para que hubiera un lugar privado en el barco donde tomar el sol, lejos de las miradas tóxicas. Jane pensó en su encantadora madre, que no se había dado cuenta de que había provocado una adicción en Jane al darle comida a su hija como capricho. A diferencia de las adicciones invisibles, la de Jane era demasiado obvia para pasarla por alto.

El conductor tomó un desvío de la autopista que llevaba al puerto y apareció a la vista la terminal de cruceros de Bridgetown. Anne señaló con el dedo.

—Mirad —dijo—, ahí está nuestro barco.

El Diamond Star surgió de las aguas color verde azulado con la proa pintada de azul marino y una regia franja dorada. Un magnífico santuario flotante con cubiertas amplias y relucientes. Todo el mundo bajó del autobús y se dirigió al barco, donde una banda de tambores metálicos tocaba música calipso navideña mientras llegaban más vehículos, y los pasajeros se agolpaban en la explanada. Bailarines con coloridos trajes de carnaval, muchos de ellos con gorros de Papá Noel, se movían entre la multitud en señal de bienvenida. Los bailarines retozaban junto a personas disfrazadas, algunas con zancos, ataviadas con trajes tradicionales del siglo XVII, mientras una sonriente tripulación uniformada ofrecía vasos de ponche de ron y refrescos.

—¡Nos han vuelto a subir de categoría! —exclamó Anne mientras el personal los registraba—. Se han quedado sin camarotes interiores y nos han trasladado a una *suite*. Se llama Hibisco.

—Qué maravilla —dijo Jane mientras se quitaba el pesado poncho y, cogida del brazo de Kath, seguía a Anne hasta un ascensor que las llevó a toda velocidad a la cubierta superior.

El trío recorrió un largo pasillo en busca de su alojamiento. Comprobaron las puertas con placas de latón que tenían nombres de flores del Caribe.

—Orquídea, Buganvilla, Jazmín, Lirio... Mirad —dijo Anne mientras estudiaba las placas—, aquí está Hibisco.

Acercó la llave a la puerta y cruzaron el umbral con los ojos encendidos.

—¡Tenemos balcón! —exclamó Kath al entrar en Hibisco. Se quedó con la boca abierta cuando abrió la puerta y descubrió una zona para sentarse al aire libre.

En el amplio salón, Jane arrojó el poncho sobre una de las camas y cogió una toalla doblada en forma de cisne. Susurró acariciando la suave tela. Junto al cisne había una galleta de Navidad con artículos de aseo gratuitos.

—¡Hay un bar! —gritó Anne y se agachó para abrir de un tirón la puerta de una nevera repleta de botellas de licor y vino en miniatura.

—Es tan navideño —dijo Kath mientras contemplaba un bonito árbol en un rincón—. Mirad qué adornos.

Los adornos dorados y plateados centelleaban a la luz del sol.

—Nuestras maletas han llegado antes que nosotras. —Jane señaló un portaequipajes donde estaban apiladas las maletas—. Todo está muy bien organizado.

Las tres mujeres reclamaron cada una, una cama y, arrojándose sobre los gruesos cubrecamas acolchados, estiraron los brazos y se quedaron mirando al techo, suspirando de felicidad.

—Ah, aire acondicionado. —Jane suspiró. Cerró los ojos y se acurrucó en el cómodo colchón.

—No me puedo creer que esté aquí —Kath cerró los ojos y se tumbó—, pero estoy agotada y creo que tengo resaca.

—No te pongas demasiado cómoda —dijo Anne—. Si caes ahora, no dormirás nunca más, y hay tanto que ver.

—Esto es la felicidad —dijo Jane. Disfrutaba del aire fresco que le acariciaba el cuerpo cansado y pegajoso.

Anne se desabrochó la camisa.

—¿Por qué no nos cambiamos y nos damos una vuelta por el barco antes de cenar? —propuso.

—Buena idea. —Kath pasó con cuidado las piernas por encima de la cama.

—Estoy lista. —Jane se incorporó y tiró de la túnica para ponérsela por encima de la cabeza.

Anne agitó su blusa y la lanzó al aire.

—Señoras —anunció—, ¡ha comenzado nuestro crucero de Navidad!

4

Selwyn no había tardado mucho en deshacer la maleta y su ropa ya colgaba ordenadamente en el camarote interior que le habían asignado. De pie frente al largo espejo que daba al armario, se alisó las solapas del traje de lino. Tiró de las mangas de la chaqueta para dejar entrever el colorido puño de la camisa, con los eslabones dorados esmaltados en rojo, verde y amarillo de la bandera jamaicana. Tentado de ponérsela en la cabeza, decidió que era mejor dejarla sobre la mesa, junto a la maltrecha lata de té Typhoo.

La vieja lata estaba gastada, y Selwyn recordó los largos dedos de Flo tratando de alcanzarla del armario de la cocina, su mano, una máquina automatizada. La tarea de preparar tazas de té para las numerosas hermanas y hermanos de la Iglesia baptista de Lambeth era interminable. Para frustración de Selwyn, los fieles se reunían regularmente en su casa. Optaban por leer pasajes de la Biblia y cantar canciones góspel cuando Selwyn quería escuchar a Bob Marley, cuya dulce voz era bíblica para Selwyn y la única forma de religión que quería practicar.

—Duerme tranquila, Flo —susurró, con los dedos colocando la lata.

Selwyn cantó mientras salía al pasillo y seguía las señales que le guiaban por el barco, deteniéndose de vez en cuando para familiarizarse con el entorno. Subió las escaleras que conducían a la cubierta principal y paseó por un salón donde un anciano caballero estaba sentado en un extremo de la barra. Llevaba zapatos de cubierta, pantalones cortos y una gorra de capitán decorada con trenzas doradas. Su camiseta tenía impreso el lema «Vivir la vida crucero a crucero».

—Buenas tardes, capitán —dijo Selwyn al pasar.

El capitán levantó la vista.

—Salud. —Levantó un vaso de *whisky*, rodeando la base con sus dedos nudosos y artríticos—. ¿Le apetece acompañarme? —Los ojos reumáticos se centraron en Selwyn—. Pareces un hombre que había viajado muchas veces en alta mar.

La piel arrugada, tan seca como el pergamino, temblaba en la garganta del anciano, y a Selwyn le recordaba a un pavo.

—Tal vez más tarde, amigo mío —saludó Selwyn y se alejó.

Los pasajeros se mezclaban en las distintas zonas del barco mientras Selwyn avanzaba sonriente. En la tienda libre de impuestos, decidió comprar algo para leer. Consciente de su soltería, un libro podría ser un objeto valioso en el que refugiarse en caso de necesidad. Mientras ojeaba los estantes repletos de novelas, Selwyn oyó a un hombre hablando con una tripulante que estaba junto a un punto de venta.

—Mi libro tiene que estar colocado en un lugar destacado —dijo el hombre y metió la mano en una caja—. Los pasajeros harán cola para comprarlo cuando hayan visto mis espectáculos. Tiene que estar en la parte delantera de la tienda.

Intrigado, Selwyn se volvió para observar al hombre mientras movía un expositor de galletas navideñas y empezaba a apilar una pila de libros sobre el mostrador.

—Señor Delaney... —comenzó a decir la mujer.

—Llámame Dicky, cariño; no seamos formales.

Selwyn notó que la mujer hacía una mueca de disgusto. Se pasó un mechón de pelo rubio por detrás de la oreja.

—Me llamo Diane, no «cariño» —dijo—. Diane Johns, para ser exactos, y soy la encargada de la tienda.

—Diane, cariño, para mí es lo mismo, solo estoy siendo amistoso. —Dicky sonrió.

—Colocaré su mercancía donde me parezca oportuno —respondió Diane y frunció los labios—, y su comisión se pagará sobre las ventas, al final del crucero.

Haciendo caso omiso de los libros, giró su esbelto cuerpo y, con ello, bloqueó a Dicky y se puso a examinar la mercancía en una estantería.

Dicky vio que Selwyn le observaba.

—Qué mujer tan amargada —susurró Dicky y puso los ojos en blanco—. ¡¿Todo bien?! —gritó—. No te olvides de venir a mi espectáculo mañana por la noche, en el salón Neptuno, después de la cena.

Selwyn asintió con la cabeza y vio al hombre alejarse. Miró el libro que estaba encima de la pila y leyó el título: «Dicky Delaney, *Mi vida en el mundo del espectáculo*». Selwyn estudió la cara sonriente de la portada.

—Un cómico —dijo en voz alta.

Diane se dio la vuelta y miró fijamente a Selwyn.

—Eso dicen algunos —contestó ella. Se aclaró la garganta y cogió un libro. Entrecerró los ojos y se detuvo a pensar dónde colocarlo.

—Me llevaré uno de esos —dijo Selwyn, metiéndose la mano en el bolsillo.

—Espero que lo disfrute. —Diane fue cortés mientras le cobraba—. Verá actuar muchas veces a Dicky Delaney en las próximas dos semanas.

—Estoy deseando ver su espectáculo.

Diane asintió con la cabeza y acabó de cobrarle.

—Disfrute del viaje —dijo.

Selwyn se guardó el libro debajo del brazo y salió de la tienda. Mientras seguía explorando, llegó a un vestíbulo donde había un mostrador de recepción de forma curvada, a lo largo de una extensa pared. Personal sonriente atendía a los huéspedes que preguntaban por los horarios de las comidas y las excursiones en tierra. Selwyn se acercó y una chica muy guapa levantó la vista.

—¿En qué puedo ayudarle? —preguntó ella.

Una placa prendida en su blusa blanca indicaba su nombre y que era de atención al cliente.

—Buenas noches, Diwa —empezó a decir Selwyn—, por favor, ¿podría indicarme dónde está el restaurante Terrace? Voy a cenar allí.

Diwa le dio instrucciones claras y le explicó a Selwyn que las bebidas previas a la cena se servían en el salón principal.

Siguiendo sus indicaciones, se puso en marcha y pronto se encontró en el lugar correcto. Apareció un camarero y Selwyn aceptó un colorido cóctel y bebió un sorbo. Se relamió ante el delicioso sabor del ron y el sirope combinados con un toque de nuez moscada. Delicioso. Suspiró de placer y se puso a estudiar el vestíbulo, donde un gigantesco árbol de Navidad dominaba una escalera central. Estaba adornado con lazos de tartán, chucherías y cientos de luces centelleantes.

—Flo —susurró Selwyn mientras observaba el magnífico espectáculo y miraba al cielo—. Este árbol avergüenza a tu Papá Noel.

Selwyn recordaba el viejo Papá Noel a pilas que había sobre la chimenea del salón. El adorno navideño favorito de su esposa había pertenecido a la familia desde que sus hijos eran pequeños. Mientras miraba el árbol, Selwyn supo que aquel Papá Noel andrajoso y bailarín no volvería a ver la luz del día.

Una banda de tambores metálicos empezó a tocar, y a Selwyn se le iluminó la cara al reconocer la melodía.

Selwyn daba golpecitos con el pie y contoneaba las caderas mientras permanecía de pie bajo las brillantes luces y observaba con deleite cómo se reunían los viajeros. Al igual que él, se fijaron en la variada reunión de pasajeros que serían sus compañeros de barco durante las próximas dos semanas. Tomando otro ponche de ron, Selwyn empezó a charlar con una pareja que tenía al lado. Se presentaron como Harold y Nancy, de Yorkshire, y Selwyn respondió sin vacilar cuando Harold le preguntó si le hacía ilusión el crucero.

—Estas son las vacaciones de mi vida, y voy a aprovechar al máximo cada momento. —La sonrisa de Selwyn surgió de lo más profundo de su interior, como cuando se despliegan los pétalos de una flor, y levantó su copa—. Salud —dijo—, y felices vacaciones.

***

En el restaurante Terrace, un pianista se sentó al piano de cola y tocó melodías populares mientras los huéspedes eran guiados a sus mesas. El *maître*, impresionantemente vestido, saludó a Anne, Kath y Jane. Su traje de cola estaba impecable, y su voz, suave como la seda, rezumaba encanto.

—Me llamo Nathaniel —dijo—. Bienvenidos a la terraza. Permítanme que les acompañe a su mesa.

Nathaniel marcó el nombre de «Hibisco» en su plano de los asientos y les indicó que le siguieran mientras se deslizaba por la sala.

—Parece que compartiremos mesa —dijo Jane y se acomodó en un asiento, agradeciendo que no hubiera reposabrazos. La mesa estaba puesta para seis y Jane se sintió incómoda—. Manteneos juntas, no me dejéis sola.

La mayoría de la gente solo veía su tamaño y a menudo la trataban como si fuera a contagiarle algo.

—Todo irá bien —respondió Anne, que se sentó en el lado opuesto de la mesa. Esperó mientras Nathaniel desplegaba hábilmente una servilleta y se la colocaba en el regazo—. Seguro que tendremos compañeros de cena interesantes.

Se humedeció los labios color melocotón y miró esperanzada a su alrededor.

En cambio Jane estaba incómoda. Le aterrorizaba que el asiento no soportara su peso y sentía que el vestido le apretaba. Se había metido en una faja de licra que le esculpía el cuerpo y amenazaba con romperse en cualquier momento.

—Te haré compañía —dijo Kath y se sentó junto a Jane.

Esta última dio las gracias con la cabeza mientras un camarero servía agua helada en vasos de cristal.

Jane jugueteó con la servilleta y observó la reunión de alojados con dinero mientras se llenaban las mesas y se hacían las presentaciones. Observó que las mujeres llevaban vestidos elegantes que debían de costar una fortuna. Las joyas les brillaban bajo la sutil luz mientras su ánimo decaía. Si se hubiera molestado en comprar ropa y accesorios más cómodos...

No era que Jane no pudiera permitirse estar en el crucero. Al contrario, reflexionó, había trabajado duro y ahorrado toda su vida y, como hija única y heredera de la casa de sus padres, no tenía que preocuparse por el dinero.

Cuando su contrato con la productora de televisión en la que había trabajado durante años se rescindió abruptamente, se instaló sin hipoteca en Garstang. Pero, sin rutina, sus días se alargaban. Los programas de cocina ocupaban su tiempo mientras comprobaba los nombres de sus sucesores. Jane sabía que habían prescindido de ella por su avanzada edad. Una economista doméstica envejecida y con sobrepeso ya no encajaba con los jóvenes ejecutivos, ambiciosos y prometedores del equipo de producción de moda. Jane ponía caras conocidas a los nombres cuando aparecían los títulos de crédito de los programas en los que había trabajado, y se desesperaba al ver que ninguno superaba la treintena.

—Estás muy callada. —Kath le dio un codazo a Jane—. ¿En qué estás pensando?

—En que me siento mayor y en que este crucero ha sido un error. —Jane se tiró del vestido, intentando que la tela se le acomodara al cuerpo—. No creo que sea capaz de llevarme bien con desconocidos.

—¿Acaso importa eso? —preguntó Kath—. Nos tienes a nosotras como compañeras, y Anne se va a encargar de que lo pasemos bien. —Miró al otro lado de la mesa, donde Nathaniel ayudaba a un señor mayor a sentarse.

Anne saludó al nuevo comensal y se aseguró de que estuviera cómodo a su lado.

—Huele el dinero. —Jane sonrió mientras observaba el procedimiento y se fijó en que el recién llegado llevaba una americana azul marino con brillantes botones de latón y una gorra de capitán náutico.

—¿Crees que ha comprado la gorra en una tienda de disfraces? —susurró Kath.

—Está impresionando a Anne —dijo Jane—. Le ha llamado Capitán.

—La caza del marido ha comenzado.

—No estoy seguro de que pueda soportar mirar.

—Relájate —dijo Kath, tocando el brazo de Jane con afecto—. Nunca pienses que no eres tan buena como los demás.

—Me siento tan fuera de lugar. —Jane miró a su alrededor—. Todo el mundo es glamuroso y yo me siento tan grande e incómoda.

—No soy precisamente la reina del baile. —Kath se tocó el pelo canoso y se alisó la parte delantera de un vestido que había visto días mucho mejores—. Pero vamos a sacar el máximo provecho de las cosas.

Jane suspiró y bebió un sorbo de agua. Hizo girar el hielo de su vaso y cogió un menú del centro de la mesa para estudiar los distintos platos que pronto degustarían. Tenía la costumbre de analizar cada plato cada vez que comía fuera. Se imaginaba los ingredientes y el método de cocción y, tras haber ayudado a muchos chefs de talento a lo largo de los años, se preguntaba cuál sería su opinión sobre la comida que pronto llegaría. Sus hábiles dedos habían pasado horas preparando comida, cuidando hasta el más mínimo detalle antes de que las cámaras rodaran, permitiendo al chef ser la estrella del programa. Sumida en sus pensamientos, Jane no se percató de que la silla de al lado se había retirado y un hombre elegantemente vestido se había sentado. Como una descarga eléctrica, su pierna tocó la suya y Jane retrocedió. Para su horror, el agua se le derramó del vaso, empapó el menú y se acumuló en la mesa.

—Oh, Dios, lo siento mucho —dijo Jane, con el rostro sonrojado.

El hombre extendió la mano y limpió la mesa con la servilleta.

—No pasa nada —respondió.

Nathaniel apareció y al instante remedió el inconveniente. Cuando volvió a poner el menú en la mano de Jane, a esta le dio un vuelco el corazón. Se encontraba en la angustiosa situación de tener que conversar con un desconocido y miró con odio al otro lado de la mesa mientras Anne hacía las presentaciones.

—Hola, soy Anne —dijo—. Te presento al Capitán, a mi derecha, y estas dos señoras son mis amigas, Kath y Jane.

—Encantado de conocerlos a todos —contestó el hombre, con una sonrisa—. Me llamo Selwyn.

—¿Hay hueco para una más? —Una mujer sacó una silla y se sentó entre Kath y el Capitán. Aferró un bolso de lentejuelas y lo colocó sobre la mesa. Hacía juego con su vestido de cuentas—. Bridgette Haworth —anunció—. Mis amigos me llaman Bridgette la Mandona, pero les aseguro que no lo soy. Estoy en el crucero como conferenciante invitada.

—Buenas noches —respondió el grupo.

Se entabló conversación y se revelaron detalles de sus viajes mientras comenzó la cena y se sirvió vino. Todos, salvo Jane, empezaron a relajarse.

Selwyn explicó que había viajado desde Londres. Su vuelo desde Heathrow había sido de lo más agradable y, a pesar de que la diferencia horaria le producía cansancio, ya se sentía relajado.

Bridgette contó a los invitados que el Capitán tenía la *suite* del ático y se pasaba el tiempo viajando por todo el mundo.

—Imagina cuánto dinero se necesita para pasar todo ese tiempo en un barco —susurró Kath mientras estudiaba al Capitán—. Debe de estar forrado, pero a mí me parece un poco vago.

—Probablemente se olvide de desembarcar después de cada crucero —respondió Jane.

Observaron cómo la sopa de espárragos resbalaba por un lado de la boca del Capitán. Se asomó bajo el sombrero, y sus ojos eran vagos mientras miraba a los invitados, como si se preguntara cómo había viajado a través de tantas décadas para llegar a esta mesa.

—Deje que le ayude —dijo Bridgette. Explicó que conocía al Capitán de cruceros anteriores y que con los años se habían hecho amigos. Inclinándose hacia él, le limpió la boca con una servilleta, le quitó el sombrero con cuidado y lo dejó a un lado. Las arrugas de preocupación de su rostro se suavizaron.

—Gracias, querida. —El Capitán sonrió.
—¿Crees que está en los primeros estadios de la demencia? —le susurró Jane a Kath.
—Si es así, me llevaré bien con él. —Kath había terminado su sopa y, desconcertada, se tocó los lóbulos de las orejas—. Creía que llevaba pendientes, y ¿dónde están mis gafas?
—Había un par de pendientes junto al lavabo del baño y tus gafas están en tu cabeza.
—Ah, claro. —Kath suspiró.
—Tus pendientes estarán ahí cuando volvamos a la *suite*; no pasa nada —dijo Jane.
—Bridgette me ha dicho que es jardinera. —Selwyn se volvió para hablar con Jane y a ella le dio un vuelco el corazón—. Una excelente jardinera que ha ganado muchos premios.
—Qué bien.
—Impartirá charlas del tipo «De tu jardín a un jardín de exhibición». —Selwyn bebió un sorbo de vino—. ¿Le gusta la jardinería?
—La verdad es que no. Mi casa tiene sobre todo césped —respondió Jane.
—A mí me gustan más las macetas.
Selwyn tosió y su pierna volvió a rozar el muslo de Jane. Ella se estremeció, se agarró las rodillas y apartó los pies. Jane observó las rastas de Selwyn y su hermosa y suave piel. Era del color del ébano y brillaba por su buena salud.
—¿Quiere decir que le gusta la marihuana? —preguntó Jane—. Oh, lo siento, no debería haber dicho eso.
—Bueno, sí, eso también me gusta.
La voz de Selwyn era rica, y su mirada hipnótica, y Jane se quedó boquiabierta al clavar los ojos en unos marrones profundos, tan indulgentes y tentadores como el chocolate.
Bridgette interrumpió:
—He ganado muchos premios, incluido el oro en Hampton Court y en el Chelsea Flower Show.
—Debe de tener mucho talento —dijo Jane, pero no estaba

prestando atención. Había algo en Selwyn que la inquietaba y solo deseaba que terminara la cena. Ignorando a Bridgette, se volvió hacia Kath—. Por favor, habla conmigo —siseó.

—Parece que lo estás haciendo muy bien por tu cuenta. —Kath asintió con la cabeza mientras comía su plato principal—. Pero come. Esta lubina está deliciosa, aunque no estoy segura de qué más hay en el plato. —Hurgó con el tenedor en la comida cuidadosamente dispuesta.

—Hojas de albahaca fritas, coliflor al curri y vinagreta de alcaparras —respondió Jane como una autómata.

—Me pregunto si habrá segundos platos. —Kath comía contenta.

—Habrá montañas de comida en las próximas dos semanas. Tendrán que trasladarme en helicóptero. —Sin embargo, mientras Jane miraba la cena, se dio cuenta de que, de repente, no tenía apetito y sentía un ruido sordo y extraño en el pecho.

—¿Estás bien? —Kath preguntó—. No has tocado tu cena.

—Estoy bien —soltó Jane, aterrorizada de que otros en la mesa pudieran notarlo. ¿Tenía un ataque de pánico, o algo más serio? Empujó la silla hacia atrás y se levantó con dificultad—. Lo siento mucho —empezó a disculparse—, pero estoy agotada y voy a acostarme pronto.

—Debe de ser por el largo viaje —dijo Kath y miró la comida sin terminar de Jane.

—Es mucho mejor dormir un poco que estropear las vacaciones —insistió Bridgette.

Todos intercambiaron miradas. Era fácil ver cómo Bridgette se había ganado el apodo de «la Mandona».

—¿Puedo acompañarla a su camarote? —Selwyn, preocupado, dejó la servilleta sobre la mesa.

—Por Dios, no. —Jane se puso nerviosa y, antes de que él pudiera ponerse en pie, cogió el bolso y se alejó a grandes zancadas.

—Sabía que no tenía que haber venido a este crucero —le anunció ella a Nathaniel mientras se colaba entre los comensales.

Nathaniel, temiendo que algo de lo que había comido le hubiera sentado mal, se mostró preocupado.

—¿Hay algo que yo pueda hacer? —preguntó.

—Ponme a dieta y mándame a clases de autoestima. —Jane resopló y, mientras se le llenaban los ojos de lágrimas, salió corriendo de la sala.

5

A la mañana siguiente, Kath se despertó temprano. Tardó unos instantes en recordar que no se estaba despertando en un lado del colchón hundido que había compartido con Jim durante muchos años. Esta cama era cómoda. Era acogedora y mullida en todos los lugares adecuados, y Kath se dio cuenta de que acababa de pasar la mejor noche de sueño que había tenido en mucho tiempo.

La habitación se hallaba a oscuras cuando apartó el edredón y deslizó las piernas por el lateral de la cama hasta que los dedos de los pies tocaron la mullida alfombra. Kath se quedó quieta, disfrutando de la tranquilidad. En Hibisco reinaba la paz, con el suave zumbido del aire acondicionado. Un rayo de sol asomaba tras las pesadas cortinas y daba la luz suficiente para que Kath viera a Jane en la cama de al lado, un montículo rítmico, dormitando profundamente. Anne, también dormida, yacía sobre las sábanas, con un camisón corto cubriéndole las caderas, con los brazos y piernas en alto. Kath se estiró y volvió la cabeza. A pesar de la comodidad, le dolía todo aquel viaje. Echaba de menos su paseo diario, y su cuerpo le decía que necesitaba moverse. La rigidez de sus articulaciones aumentaba con el paso de los años; aun así, el ejercicio regular de Kath, caminar al menos ocho kilómetros al día, la ayudaba a mantenerse erguida y robusta. Puede que su mente le jugara malas pasadas, pero su cuerpo se cuidaba solo.

Kath se levantó de la cama y cruzó de puntillas la habitación hasta el balcón. El Diamond Star aún estaba en puerto y no zarparía hasta primera hora de la tarde, tenían todo el día en Barbados. Kath recordó que Anne les había sugerido desembarcar después del desayuno y, si era posible, hacer una excursión por la isla.

Kath se quedó mirando el Caribe. La negra noche estrellada se había fundido en el horizonte y el sol bañaba el mar. La luz era tan pura como nunca había visto, y el cielo infinito, azul y brillante, con nubes a la deriva. Se sujetó a la barandilla e inclinó la cara hacia el sol.

¿Qué pensaría Jim de ella? Se revolvería en su tumba si pudiera verla en pijama en el balcón de un crucero por el Caribe. Imaginó su horror por el gasto. Barbados sustituyendo a Bournemouth.

Habían transcurrido ocho meses desde la muerte de su marido y Kath se había pasado el día resolviendo el papeleo necesario, ordenando facturas y cuentas y enviando una montaña de ropa de Jim a tiendas benéficas. Abrió los ojos, miró al exterior y recordó que también había sido un día soleado cuando Jim había salido de casa y se había caído de repente por las escaleras que bajaban de la puerta principal. Cuando sus pies, enfundados en suaves zapatos de cuero, intentaron agarrarse a las erosionadas ondulaciones de la piedra, saltó por los aires. Ambas manos respondieron demasiado tarde, y su cuerpo, un peso muerto, cayó a lo largo bocabajo sobre el sendero. Kath corrió hasta él, que yacía inconsciente, se arrodilló y le cogió la muñeca para tomarle el pulso.

El cartero apareció en la puerta. Tenía el rostro ceniciento mientras pedía ayuda por teléfono. La respiración de Jim se había ralentizado, su piel se había enfriado, y Kath había tragado saliva rápidamente mientras contemplaba al hombre con el que había pasado toda su vida adulta. La sangre se acumulaba alrededor de un corte en la cabeza y ella había llevado los dedos a la herida con mano temblorosa, sintiendo el líquido caliente y pegajoso. Los minutos pasaban mientras Kath intentaba comprender lo ocurrido. Miró a su alrededor, confundida.

—Pero... él —había hablado entrecortada, con voz temblorosa.

Kath recordó el sonido de una sirena lejana y al cartero tocándole el brazo.

—Ha llegado la ayuda —le había dicho él.

Entonces, se desató el infierno cuando un equipo de intervención rápida apareció en el lugar, seguido de personal sanitario en una ambulancia. Vecinos ansiosos se reunieron junto a la puerta y lo que siguió fue un borrón. En la casa, los dedos de Kath, aún pegajosos, dejaron una huella marrón rojiza en el paño bordado de la mesa de la cocina. Sorbió una taza de té dulce y un técnico sanitario le dijo con amabilidad y delicadeza que lo sentían, pero que su marido había fallecido. Luego llegó la policía local para preguntar por la naturaleza de la muerte de Jim.

Ahora, frotándose los ojos y balanceándose mientras se sujetaba a la barandilla, Kath recordaba vagamente que habían hablado con el cartero antes de darle a ella el pésame.

—No se culpe —había dicho el cartero—. Le he dicho a la policía que los escalones de su casa son empinados, y a menudo me tambaleo cuando empujo el correo a través de la puerta. Su esposo se ha llevado un buen golpe cuando tropezó; no ha sido culpa de nadie.

Al recordar aquello, a Kath se le cayeron lágrimas y se las limpió. Se volvió cuando la puerta se deslizó hacia atrás y Anne salió al balcón.

—¡Qué madrugadora! —dijo Anne y bostezó. Levantó una mano para protegerse los ojos del sol y miró fijamente a Kath—. ¿Estás bien? Parece que has estado llorando.

—Me he acordado del accidente de Jim y me he sentido culpable por estas vacaciones. Él nunca volverá a tener vacaciones.

—Pues no deberías —dijo Anne. Su voz era suave y alargó un brazo para rodear a su amiga—. Su caída no fue culpa tuya; los accidentes ocurren todo el tiempo.

Kath suspiró. Metió la mano en un bolsillo y se secó los ojos con un pañuelo.

—Supongo que todavía estoy en estado de *shock* —dijo—. Ha sido todo tan inesperado, y ahora, como ya sabes, los chicos quieren que me vaya a vivir con uno de ellos y que venda la casa.

—Pero ¿por qué? Eres feliz allí; ha sido tu hogar toda la vida. —Anne se acomodó en una silla.

—Ya les he dado una buena suma —Kath resopló—; aun así,

creo que esperan que desarrolle demencia y, si les cedo la casa, podrán venderla e ingresarme en una residencia.

—Oh, por favor...

—Tal vez debería.

—No volvamos a hablar de este tema mientras estemos de vacaciones. —Anne suspiró—. No hay absolutamente nada malo en tu mente, aparte de los signos normales del envejecimiento.

—Eso es lo que dijo mi médico. ¿Recuerdas la prueba de memoria que hice, por insistencia de Hugh y Harry?

—El médico dijo que tu memoria era mejor que la suya. —Anne sonrió—. Así que recordarás que anoche acordamos que hoy daríamos una vuelta por la isla.

—Sí, y lo estoy deseando. —Kath se sintió más alegre—. ¿Deberíamos organizar algo a través del conserje?

—No, se llevarán una comisión, y solo podremos ver las cosas turísticas. —Anne cruzó las piernas y movió los dedos de los pies, inclinando la cabeza para admirar el brillante esmalte de uñas—. Iremos a Bridgetown y buscaremos un taxi con un conductor local (es la mejor manera de moverse).

—¿Estás segura? —Kath, poco acostumbrada a viajar al extranjero, tuvo visiones de que la secuestraban, pero, pensándolo bien, supuso que lo más probable era que no corrieran ningún peligro, dada su edad.

—Sí, será divertido. Ahora despertemos a Jane y tomemos un desayuno decente antes de irnos.

—Jane apenas tocó su comida anoche —dijo Kath.

—Estaba demasiado cansada e incómoda; por eso se fue a la cama. Vamos a tener que hacer algo con su vestuario. Necesita ropa que la ayude a relajarse con el calor.

—A mí también me vendrían bien unos vestidos nuevos. —Kath sonrió y se imaginó gastando dinero en ropa. Casi podía oír el chirrido de la cerradura oxidada de la cartera de Jim. Bueno, qué demonios. Ahora era su momento y lo iba a aprovechar al máximo. Corrió las cortinas y abrió las puertas de par en par—. ¡Despierta, Jane! —gritó—, ¡nos vamos de excursión!

6

Las amigas no tuvieron que ir muy lejos para encontrar a su chófer del día. Con gran alivio, Jane acomodó su cuerpo acalorado y sudoroso en el asiento trasero de un taxi que esperaba clientes pasadas las puertas de la autoridad portuaria. Se tiraba de unos pantalones de algodón que se le hacían incómodos y de una camiseta que se le pegaba a la piel.

Anne negoció una tarifa con Errol, su anfitrión por ese día, y él le aseguró que les organizaría una visita que nunca olvidarían.

—¿Estás segura de que es de fiar? —le susurró Kath a Anne. Llevaba un top sin mangas y unos pantalones cortos de algodón que le llegaban hasta las rodillas, y dejó la pesada bolsa en el suelo mientras subía al coche y se deslizaba junto a Jane.

—¿Qué podría salir mal? —dijo Anne mientras Errol aseguraba la puerta y corría alrededor del vehículo hasta el lado del conductor—. Hay cámaras de circuito cerrado en el puerto que nos han captado en el taxi. Estamos a salvo. —Miró por la ventanilla y sonrió.

Jane enarcó las cejas y Kath se encogió de hombros.

Errol les explicó que era un guía experto, nacido y criado en Barbados. Conocía todos los tesoros ocultos que se encontraban al desviarse de los caminos trillados.

—Hombre seguro, seguro —murmuró mientras se alejaba del puerto e iniciaban la excursión.

Jane frunció el ceño. Le costaba entender a Errol. Su acento era marcado y, al abrir su teléfono, buscó en Google «Palabras en criollo bajan», un completo glosario de expresiones coloquiales. Convencida de que pasaría el día entendiendo perfectamente la conversación local, Jane se relajó durante el trayecto, agradeciendo en silencio a Errol el aire acondicionado del coche. Después de sentirse tan fuera de sí, y de forma tan inesperada, además, la noche anterior, estaba decidida a disfrutar del día.

Errol abandonó la autopista y se dirigió al centro de la isla. Les explicó que la geografía de la isla se componía de once parroquias. Las amigas se aferraron con fuerza mientras él maniobraba para bajar otra pendiente complicada o una curva cerrada de la carretera. Llegaron con alivio a una aldea de la parroquia de San José, situada peligrosamente en la ladera de una colina.

—¡Una bebidas! —anunció Errol mientras salían.

Kath se quedó mirando el paisaje. Era impresionante.

Colosales árboles de caoba bordeaban la carretera, y Jane, estudiando una guía turística en su teléfono, indicó que la zona había formado parte de una plantación de azúcar. Más allá de los árboles y a gran altura sobre el nivel del mar, podían ver el terreno caía hacia abajo de forma espectacular. Enormes olas rodaban en el lejano océano, abriéndose paso con fuerza hasta la orilla, y Errol les dijo que estaban viendo el Atlántico en la costa oriental de la isla.

—Dios mío, es impresionante —dijo Kath—, no se parece en nada al mar donde está anclado el barco.

—Esto es diferente —contestó Errol—. A diferencia del Atlántico, la costa oeste ha sido bendecida con el tranquilo mar Caribe a lo largo de su costa.

—Es hora de beber algo. ¡Estoy muerta de sed! —gritó Anne, y cuando Kath y Jane se giraron la vieron entrar en una cabaña hecha de palés de madera pintados de rojo y naranja—. ¿Sirven alcohol aquí? —preguntó.

Errol sonrió.

—Veinticuatro siete —dijo—. Aquí puedes comprar un litro de Cockspur a cualquier hora del día.

—Debe de ser un tienda de ron. —Jane consultó su glosario—. Al parecer, hay cientos repartidos por toda la isla, y ofrecen de todo, desde comestibles y provisiones hasta alcohol y una partida de dominó.

Entraron en la cabaña, donde una mujer corpulenta vestida con unas bermudas ajustadas y un chaleco diminuto estaba sentada en un taburete junto a la barra. Unas trenzas de pelo negro brillante le rodeaban la cabeza y saludó con la misma. En un rincón de la habitación, abierta a la intemperie, había un grupo de hombres sentados en palés de madera, jugando al dominó sobre una mesa.

Las fosas nasales de Jane se abrieron. Algo se estaba cocinando y olía delicioso.

—¿Cuál es la bebida local? —preguntó Anne a Errol.

Vistiendo pantalones cortos vaqueros con bonitos bordados en los bolsillos, Anne se había anudado una blusa de cuadros bajo los pechos, dejando al descubierto su bronceada barriguita.

—Aquí dice que *suck-a-bubbi* es una bebida que se compra en una tienda de ron —dijo Jane, leyendo en su teléfono.

Los hombres del rincón levantaron la vista.

—Creo que, si pides uno de esos, quedarás más que satisfecha. —Anne miró nerviosa a los hombres y luego se volvió hacia Errol—. ¿Qué me recomiendas?

—Prueba el agua de coco y el ron —respondió él, fijándose en las torneadas piernas de Anne, que estaba sentada en un taburete.

—Tres de esos. —Anne metió la mano en el bolso.

Habían hecho un bote con dinero para gastar, y Anne estaba a cargo.

Fuera se sentaron en un banco y contemplaron las vistas. La bebida era refrescante, y Jane, que tenía calor y sed, se lo bebió y pidió otra ronda de lo mismo.

Errol señaló una plantación a lo lejos y les explicó que era uno de los primeros lugares históricos de Barbados. Hoy era un lugar de bodas con una destilería que producía el mejor ron para la exportación mundial.

—Si es el mismo ron que estamos bebiendo, desde luego está bien —dijo Jane—. Es una de las mejores bebidas que he probado. —Se lamió los labios y bebió otro trago.

—Toma, toma el mío —dijo Kath y le dio su ron a Jane. No estaba acostumbrada al alcohol y la bebida se le estaba subiendo.

—Iré a por un refresco —dijo Errol y se metió en la choza.

Volvió y le dio a Kath el refresco; luego, tendiéndole un cuenco, le ofreció un aperitivo.

—¿Qué es? —preguntó Kath, y cogió una tira de masa frita y se la llevó a la boca.

—Mollejas de pollo, un manjar.

Kath empezó a tener arcadas y buscó un pañuelo en el bolso a toda prisa. Las mollejas no eran la experiencia gastronómica de cinco estrellas que esperaba.

—Ah, eso es lo que olía, qué delicia —dijo Jane y, cogiendo un puñado, empezó a masticar.

—Creo que voy a pasar —confesó Anne, dándose una palmadita en el vientre plano—, pero veo que has recuperado el apetito.

—Anoche me sentí bastante mal —contestó Jane y cogió una segunda ración—. Me pareció que me palpitaba el corazón.

—Te dará un infarto si sigues comiendo ese tipo de aperitivos —razonó Anne al pensar en las calorías de la masa que Jane estaba haciendo crujir.

Jane se lamió los dedos grasientos y se los frotó en los pantalones. Bebió otro trago y el ron la reconfortó. Le dio un brillo interior y, sintiéndose muy relajada, se alegró de que, en aquel momento, no le importaran ni su talla ni su ropa incómoda. Cogió el teléfono y pasó el dedo hasta que el glosario volvió a aparecer en la pantalla.

—¿Sabíais que «pick-pick» es el pene? —preguntó y empezó a reírse—. Estoy aprendiendo mucho hoy.

—Es hora de sacarla de aquí. —Anne puso los ojos en blanco. Esperaba que los hombres que jugaban al dominó no hubieran oído el comentario de Jane, Anne y Kath cogieron cada una un brazo de Jane y la guiaron de vuelta al taxi.

—Hombre seguro, seguro. —Rio Jane.

Errol arrancó el motor y se puso de nuevo en marcha. Condujo hasta un embarcadero donde el mar golpeaba contra varias pequeñas embarcaciones pesqueras. Unas garcetas blancas, con las alas batiendo, se abalanzaban sobre el agua y chillaban en lo alto. Errol indicó a sus pasajeras que le siguieran y las condujo a un gran cobertizo.

—Les presento a Carnetta —dijo, y levantó una mano para saludar a una mujer que trabajaba en el otro extremo.

Carnetta, vestida con un mono blanco, sostenía un cuchillo y se dedicaba a limpiar y destripar pescado. Tenía los dedos ensangrentados mientras agitaba un antebrazo fornido.

—Hola, grandullón. ¿Quieres un pez volador? —gritó ella.

—¿Peces voladores? —preguntó Kath con el ceño fruncido.

—Otro manjar local —respondió Errol. Señaló un mostrador donde había capas de pescado precocinado sobre placas de hielo—. Tenéis que probarlo.

Jane estaba intrigada. Había intentado preparar ese manjar para un chef antillano que salía en la tele a la hora del almuerzo. Pero, cuando probó la carne blanca y pura, marinada con hierbas frescas y especias, entendió que no había acertado con la receta. Nada podía imitar al auténtico.

Carnetta explicó que ese pez parecido al arenque podía planear por el aire y desplegar sus aletas, por lo que parecía estar volando para escapar de los depredadores. Hizo un gesto con los dedos ensangrentados.

—Seguro que ello impide que los peces grandes les muerdan. —Sonrió.

Errol se dirigió al este para su siguiente parada. La costa presentaba escarpadas formaciones pétreas con vistas panorámicas. Era una ruta perfecta para los turistas, con paisajes ondulantes y rústicos. Aparcó bajo unos árboles colgantes junto a una cala aislada, donde se extendía una piscina natural, encerrada por acantilados de poca altura.

Se quedaron mirando las tranquilas aguas azules.

—¿Queréis nadar? —preguntó Errol mientras salían del coche.

—Me apunto la primera —dijo Anne y se quitó los pantalones cortos. Se desató la blusa y dejó al descubierto un bikini rosa.

—Tengo un bañador por aquí. —Kath rebuscó en su bolso y sonrió cuando encontró uno. La prenda, que una vez fue azul aguamarina, estaba descolorida y desgastada, pero a Kath no le importó y cogió una toalla.

Jane hinchó las mejillas. Aunque ansiaba zambullirse en el agua, hacía siglos que no nadaba y no podía hacerlo vestida. No tenía nada adecuado para nadar.

—¿Has traído una camiseta de repuesto? —preguntó Kath, notando la incomodidad de Jane.

—Sí.

—Bueno, póntela —la animó Kath—. No hay nadie aquí que nos vea cambiarnos.

Jane miró alrededor de la playa desierta. Errol había desaparecido en los pliegues de una hamaca colgada entre dos árboles y círculos de humo gris y blanco flotaban sobre su cuerpo tendido mientras la hamaca se mecía suavemente.

—A la mierda —dijo Jane mientras se ponía en pie sobre la arena blanca y rosa—. ¡¿Por qué no?! —exclamó, y en un momento se había quitado la ropa y se había puesto la camiseta por encima de la cabeza.

—¡Solo se vive una vez! —Anne gritó mientras salpicaba en las olas, animando a sus amigas a unirse a ella—. Meteos; es precioso.

Cogidas de la mano, Kath y Jane cruzaron la playa. Jadeaban al meterse en el agua, pero, como niñas, no tardaron en chapotear.

—Esto es el paraíso —dijo Kath, tumbada de espaldas y mirando al cielo, acariciando el suave mar con los dedos.

—Es de lo que están hechas las vacaciones. —Anne rio.

—Mírame. —Rio Jane, y, mientras Kath y Anne la miraban, se agarró el borde de la camiseta y se la puso por encima de la cabeza.

—¡Maldita sea...! —exclamó Kath.

—Bueno, ¡yo nunca! —Se rio Anne.

—¡Aprovecha el día! —gritó Jane mientras sus pechos desnudos rebotaban y sus anchas nalgas se sumergían bajo una ola.

Salió triunfante y dio un puñetazo al aire. El sol sonreía desde el cielo, y sus cantarinas palabras resonaban por toda la pequeña cala.

—¡Lo que pasa en la isla, se queda en la isla!

7

Selwyn había empezado el día con un satisfactorio desayuno en el Deck Café. Sentado en una mesa bajo un toldo, a la sombra del sol radiante, había disfrutado de una agradable conversación con Harold y Nancy, la pareja de Yorkshire que había conocido el día anterior, quienes le contaron que estaban celebrando sus bodas de rubí. Casualmente, habían reservado la misma excursión que Selwyn. Estaban deseando abandonar el barco y subirse a un autobús que los llevaría a la Cueva de Harrison, situada en el centro de la isla. Harold le explicó que Nancy sufría mareos y que excursiones como nadar con tortugas o dar un paseo en catamarán no eran adecuadas para ella. Selwyn se preguntó por qué Nancy había elegido unas vacaciones en un barco para su gran celebración, pero decidió mantener sus pensamientos para sí mismo.

Diwa, la chica de recepción, le aseguró que la Cueva de Harrison le iban a gustar. Sentado en un cómodo asiento de un tranvía eléctrico, que circuló por el laberinto de túneles de la encantadora caverna, admiró las formaciones naturales de estalactitas y estalagmitas. Selwyn se quedó embelesado mientras el guía le explicaba que estas maravillas llevaban formándose cientos de años. Nancy respiraba con dificultad cuando recorrieron las cascadas subterráneas, al tiempo que Harold, agarrado a una barandilla, afirmaba que le parecía estar en una atracción mágica de Disney.

De vuelta en su camarote, Selwyn recordó la belleza de las piscinas de color aguamarina y sonrió cuando sus dedos se introdujeron en un bolsillo y sacaron una pequeña bolsa de plástico con cremallera

—¿Te ha gustado la excursión? —preguntó y dejó la bolsa vacía junto a la lata de té Typhoo en el tocador.

Se preguntó qué le habría parecido a Flo el agua fresca y sedosa mientras esparcía un puñado de sus cenizas en la piscina. A Flo nunca se le dio bien nadar, así que probablemente estuviera maldiciendo a Selwyn por su inesperado chapuzón.

Por la tarde, disfrutó de un par de horas de relax en la piscina del barco. Ahora ya se había cambiado y estaba listo para la velada que le esperaba. La cena sería de nuevo en el restaurante Terrace, y tenía que admitir que lo estaba deseando. Se le había abierto el apetito.

Alisándose el pelo suelto, Selwyn sintió las gruesas rastas caer libremente sobre sus hombros y se preguntó si sus compañeros de cena serían los mismos de la noche anterior. Bridgette estaba deseosa de compartir sus amplios conocimientos de horticultura y él había disfrutado hablando con ella. También habían hablado de forma confidencial sobre las ventajas de cultivar marihuana. Ella le explicó que había estado experimentando en su casa de Lancashire, una mansión con un magnífico jardín que abría al público. Había conservado una serie de viejas tuberías de hierro en su invernadero victoriano, alimentado por una estufa original. El calor proporcionaba unas condiciones de cultivo ideales en un lugar resguardado. Una sofisticada iluminación funcionaba las veinticuatro horas del día gracias a una combinación de paneles solares y electricidad generada para la mansión por una turbina eólica. Selwyn había quedado impresionado. La hierba era para su consumo privado, y ella le dijo que había sido muy beneficiosa para su dolor y sus cambios de humor desde que había perdido a su amado esposo, Hugo, hacía casi un año. Un fuerte resfriado se había convertido en neumonía, le había explicado, y Hugo falleció poco después.

Aunque comprendía la pérdida de Bridgette, Selwyn rio mientras se untaba el *aftershave* y admiraba su reflejo en el espejo. Dudaba que Bridgette compartiera esa pequeña pepita de información útil sobre las plantas de marihuana en sus charlas.

Satisfecho con su aspecto, se dispuso a disfrutar de un cóctel en el bar, seguido de una buena cena. Un *cabaret* en el salón Neptuno contaría con una cantante femenina, y la noche se completaría con la actuación de Dicky Delaney.

Antes, junto a la piscina, había leído los primeros capítulos del libro de Dicky Delaney *Mi vida en el mundo del espectáculo* y estaba deseando ver al cómico interpretar su número. Selwyn se preguntaba hasta qué punto el libro era real y si la vida del autor era tan fantasiosa como sugerían el libro. Dicky había escrito sobre lugares conocidos en los que había actuado a lo largo de los años y mencionaba a famosos con los que había trabajado. Ver al cómico cobrar vida sería interesante y esperaba que el espectáculo fuera entretenido.

Al acercarse a la barra, Selwyn vio al Capitán sentado en un extremo. El anciano levantó una copa e invitó a Selwyn a unirse a él.

—Póngalo en mi cuenta —dijo el Capitán mientras Selwyn pedía una copa.

—¿Te has aventurado lejos hoy? —preguntó Selwyn.

—¿Eh? —El Capitán parecía desconcertado. Tenía los ojos nublados mientras miraba al recién llegado.

—¿Has estado fuera del barco? —Selwyn paseó los dedos por la barra.

—Ah... No, amigo mío, he estado demasiado ocupado en el puente con el jefe de máquinas, preparándome para zarpar.

Selwyn tomó nota de la camiseta del Capitán. El logotipo rezaba «Viajando por el mundo, crucero a crucero». Se preguntó cuánto tiempo llevaba el Capitán en el mar. Quizá fuera cierto que el anciano caballero había pasado sus últimos años navegando alrededor del globo de un barco a otro, fantaseando con la idea de capitanear el navío.

—¿A qué hora es el bufé de medianoche? —preguntó el Capitán. Miró el reloj y vació el vaso.

Selwyn sonrió.

—Todavía hay tiempo de sobra —respondió y pidió al camarero que le sirviera más.

—No quiero perdérmelo. —El Capitán se frotó el estómago—. Ha sido un día ajetreado.

Selwyn cargó sus bebidas a su cuenta y le dio una palmada en el hombro al Capitán. Le agradeció su compañía y le dijo que lo vería más tarde. Minutos después fue uno de los primeros en llegar al restaurante Terrace, donde Nathaniel le indicó su sitio.

—Puede cambiar de mesa, si lo prefiere. —Nathaniel explicó que los invitados no tenían por qué sentarse con los mismos compañeros cada noche.

—Esto bien aquí —respondió Selwyn y se reclinó en la silla para observar a los recién llegados que de repente llenaban la sala.

Después de un día en tierra, muchos tenían el rostro enrojecido por el sol y expresiones eufóricas. Se preguntó si las tres damas que habían cenado en su mesa la noche anterior se unirían a él y esperaba que así fuera. Anne, la guapa rubia, había mencionado una excursión por la isla, y él estaba deseando oír hablar de su aventura.

—¡Hooola! —Se oyó una voz y Selwyn vio que Bridgette se acercaba—. Podría comerme el sombrero, del hambre que tengo —dijo ella mientras Selwyn le acercaba una silla y se encumbraba sobre la menuda mujer.

Llevaba un vestido hasta el suelo con un estampado de hojas y follaje, por lo que Selwyn pensó que Bridgette se parecía a una de las muchas plantas de las que hablaba con tanto conocimiento.

—He estado en la cubierta de la tripulación todo el día, practicando mis charlas —dijo ella mientras se deslizaba a su lado—. Hace un calor de mil demonios y no hay sombra, pero, al menos, me he puesto morena al completo.

Sirviéndoles agua a ambos, Selwyn tuvo que mirar dos veces.

—¿Al completo? —preguntó.

—Dios, sí, es bueno estar en armonía con la naturaleza —respondió. Ignorando el agua, cogió una botella de vino—. Le dije al sobrecargo que debía tener mi rincón privado, lejos de miradas indiscretas.

Selwyn asintió con la cabeza, seguro de que el sobrecargo no rechazaría a aquella pequeña mandona.

—Hay sitio de sobra allí arriba, si alguna vez quieres acompañarme.

—Eh, gracias, recordaré tu amable invitación. —Selwyn también cogió el vino. La imagen de una Bridgette totalmente expuesta requería algo más fuerte que el agua. La imaginó pavoneándose bajo el sol mientras ensayaba su texto.

—Me aficioné al nudismo durante una estancia en un balneario. Es muy liberador —explicó Bridgette.

Y, mientras Selwyn sorbía su *sauvignon*, se preguntaba cuál sería la siguiente revelación.

Kath, Jane y Anne entraron en el restaurante y saludaron a Nathaniel como si fueran viejos amigos.

—Qué guapas están, señoras —dijo el *maître* mientras las guiaba—. El sol les sienta bien.

Kath miró a Anne con complicidad. Antes, le habían dado a Jane una charla para animarla a ser más extrovertida y amistosa con los demás pasajeros. Cuando se sentaron, no dejaron a Jane otra opción que ocupar el asiento al lado de Selwyn. Incapaz de apartarse, Jane se mordió el labio y saludó a Selwyn y Bridgette, forzando un esbozo de sonrisa.

—¡Dios mío! —exclamó Bridgette—, habéis traído la luz del sol a la habitación. —Se quedó boquiabierta ante la transformación de Jane y Kath, que llevaban batas de caleidoscopio de color—. Supongo que habéis descubierto las *boutiques* de la costa oeste en vuestra excursión. —Bridgette sonrió con aprobación—. Mis diseñadores favoritos están en el centro comercial Lime Grove. —Se tocó la cintura y acarició la *H* dorada de su cinturón Hermes.

—Tuvimos una maravillosa excursión de compras —intervino Kath.

Se resistía a explicar que Errol, atendiendo a su petición de ir de compras, les había llevado a una pequeña tienda en una callejuela alejada de la ruta turística, en una zona bien de Bridgetown, a un millón de kilómetros de las caras tiendas de diseño que Bridgette había mencionado.

—Nuestro chófer nos llevó a una tienda muy exclusiva especializada en ropa a medida —le aseguró Kath a Bridgette.

Kath se inventó un cuento sobre su exclusiva experiencia de compras. Pero, mientras se alisaba la falda del vestido nuevo, recordó la compra de los conjuntos.

Después de su hazaña en la playa, habían vuelto a subir al taxi, al que Kath había apodado «el coche de la hierba».

—A Errol le gusta el *whisky* —había susurrado, agitando la mano para ahuyentar el olor mientras Jane abría la ventanilla.

Concentrado en la carretera, Errol dio una calada a los restos de un canuto que había empezado a fumar mientras se relajaba en la hamaca de la playa. Anne, sentada, cerró los ojos e inhaló profundamente.

—Me recuerda a cuando estaba en Lagos. —Sonrió—. Fue maravilloso; perdí tres días enteros...

—Y eso que estabas a cargo de una cabina de primera clase. —Kath hizo un gesto de desaprobación.

Kath escuchó ahora cómo Anne le explicaba a Bridgette que su chófer las había llevado a una exclusiva *boutique*. Ella no describió la habitación oscura y cochambrosa a la que Errol las había conducido en la parte trasera de un edificio abandonado. Jane estaba a punto de salir corriendo, pero Kath y Anne, también nerviosas, la condujeron a la habitación, repleta de fardos de tela, donde en un rincón había una vieja máquina de coser Singer.

—Necesitamos algo brillante y cómodo para nuestra amiga —balbuceó Kath cuando una mujer colosal se acercó.

Se alzaba por encima de Jane, tanto en circunferencia como en altura, y sus ojos parecían satélites mientras miraba fijamente al trío.

—¿Qué me has comprado? —le dijo la aterradora figura a Errol.

—Tita, estas señoras necesitan tu ayuda. Enseguida vuelvo —contestó y desapareció en otra habitación.

Con las manos fornidas sobre sus generosas caderas, la tía rodeó a Jane. Frunció los labios y asintió con la cabeza.

—Cuando llegas a tierra, llegas a la orilla... —dijo, y miró a Jane como calculando mentalmente su tamaño.

—¿Qué ha dicho? —preguntó Jane y cruzó los brazos sobre el pecho para formar una barrera entre ella y la mujer, que rodeó íntimamente con un dedo el centro de Jane.

—Creo que quiere decir que va a utilizar todos los recursos de los que dispone —respondió Kath. En realidad, no tenía ni idea de lo que quería decir la tía de Errol, pero, con un poco de suerte, ella se lo explicaría a Jane.

La tía desapareció. Al cabo de unos instantes, regresó con un trozo de tela gris en las manos e indicó a Jane que se quitara la camiseta y los pantalones. Animada por Kath y Anne, que tiró de su ropa, Jane pronto se quedó en medio de la habitación en sujetador y bragas.

La tía se arrodilló y manipuló la tela para colocarla en su sitio. Sus labios agarraron alfileres que eran cogidos con dedos ágiles mientras moldeaba una prenda en torno al cuerpo de Jane. Mirando alrededor en la habitación, la tía se levantó y seleccionó un fardo de tela. Con unas tijeras afiladas cortó un trozo limpio y, tras desprender el patrón del cuerpo de Jane, se sentó delante de la máquina de coser y empezó a trabajar.

—¿Cuánto va a durar esto? —se lamentó Jane—. ¿No podemos ir a buscar a Errol y volver? —Odiaba toda la atención y temía lo que se avecinaba. Había pocas posibilidades de que esa mujer local pudiera crear algo para mejorar la apariencia de Jane.

—Dale una oportunidad. —Kath habló con firmeza. Estaba fascinada con el trabajo de la costurera.

El tiempo parecía alargarse mientras el pedal de la máquina chirriaba bajo los pies enfundados en zapatillas de la tía. Kath se acercó a una barra de ropa y, levantando una percha, desplegó una prenda.

—¿Puedo probarme esto? —preguntó y miró esperanzada a la tía.

—Claro, señora.

Al final, la tía levantó triunfante un vestido. Cruzó la habitación y, girando la prenda hacia el lado derecho, la colocó sobre los hombros de Jane y cayó suavemente en su sitio.

—¡Oh... Dios! —balbuceó Jane. Se quedó boquiabierta al sentir cómo la suave y colorida tela se derretía sobre su cuerpo.

La tía sacó un espejo de cuerpo entero que había formado parte de un armario. Unas bisagras oxidadas colgaban de un lado. Se rio cuando Jane hizo girar y balancear la falda del vestido ante el espejo. Su silueta parecía más esbelta, y el corte del vestido hacía que Jane pareciese kilos más ligera.

—¡Oh, tía! —exclamó Jane—. Haces milagros y me encanta.

—Si el codicioso espera, lo caliente se enfriará. —La tía sonrió, con una expresión amable y cálida.

Kath parecía perpleja.

—Supongo que la paciencia tiene su recompensa —dijo y asintió con la cabeza.

—Estás estupenda. —Anne sonrió al ver que Jane extendía los brazos y abrazaba a la tía de Errol.

Los ojos de Jane brillaban cuando Errol entró en la habitación.

—Tienes buen aspecto —dijo él—. ¿Cuántos vestidos quieres?

—¿Puede la tía hacer más?

—Todos los que quieras, y os los entregaré en el barco antes de que zarpéis esta noche.

—Lo que pueda producir en muchos colores diferentes. —Jane acordó un precio con Errol.

—Yo también me llevo tres —dijo Kath y le tendió la prenda que le había quedado perfecta.

Cuando Kath empezó a cenar, miró a Jane. Su amiga hablaba con el Capitán, que había llegado tarde, agarrando su andador. Jane tenía los hombros relajados y la tensión que solía mostrar ante los extraños parecía haberse disipado. El colorido vestido le sentaba bien. Suavizaba el tono de su piel, a diferencia de los colores negro y marrones oscuros y envejecidos que solía llevar.

Con un poco de suerte, pensó Kath mientras degustaba un delicioso trozo de filete de salmón, el nuevo vestuario de Jane la ayudaría a disfrutar de los días venideros.

8

Dicky Delaney se sentó entre bastidores en el salón Neptuno y se miró la cara en el espejo iluminado. Teñido y bronceado, sonrió con aprobación.

—No está mal, pero que nada mal —dijo.

La habitación era pequeña y estaba llena de prendas femeninas colgadas sobre una silla adyacente. El tocador estaba cubierto de barras de labios, rímel y sombras de ojos. Dicky extendió la mano, cogió un tubo de maquillaje y se aplicó una capa sobre la piel. Compartía camerino con Melissa Montana, la vocalista principal del barco, que era la mujer más desordenada que había conocido. Sin embargo, Dicky no veía ninguna razón para no usar los cosméticos de ella. Atrás habían quedado los días en que tenía una zona privada. Independientemente del sexo, ahora los artistas tenían que hacer literas y repartirse las instalaciones.

Miró el lápiz corrector de Melissa y aplicó la punta sobre sus ojeras. Dicky pensó en aplicarse polvos translúcidos en los pómulos.

—Mejor no. —Sonrió y guiñó un ojo a su reflejo—. No quiero dejar pruebas en la almohada de nadie —dijo en voz alta.

Pensó en los pasajeros que había conocido mientras paseaba por el barco. Como de costumbre, las mujeres superaban en número a los hombres, y había un buen porcentaje de solteras. En su mayoría, jubiladas, viudas y adineradas, necesitaban entretenimiento y el terreno que pisaba Dicky resultaría fructífero durante el crucero. Sus víctimas nunca hablaban de sus relaciones ilícitas. Estaban demasiado avergonzadas para admitir que eran sexualmente activas y que las habían engañado para sacarles dinero, y Dicky había disfrutado de decenas de engaños a lo largo de los años. Solo hubo una vez en que se libró por poco de un marido enfadado que le perseguía. Pero el barco había atracado, lo que permitió a Dicky desembarcar y marcharse a toda velocidad.

Dicky se quitó la toalla que había colocado en el cuello de su impecable camisa blanca para proteger el tejido del maquillaje. Echó la silla hacia atrás, se levantó y se abrochó los puños; luego, respirando hondo, giró los hombros y, a continuación, lentamente, la cabeza.

Un golpe en la puerta alertó a Dicky, y una voz anunció:

—Diez minutos para la hora del espectáculo, señor Delaney.

—Voy para allá —contestó Dicky.

Alargó la mano para descolgar de una percha de madera la chaqueta. Esta tenía solapas brillantes, que hacían juego con una franja similar en la costura lateral de sus pantalones. Mientras se ataba los cordones de los zapatos, vio su rostro en el reluciente charol negro. Cogió un frasco de *aftershave* de fragancia de limón y, cerrando los ojos, se roció generosamente.

—¡Cinco minutos, señor Delaney!

Dicky se enderezó. Se miró por última vez en el espejo y se palpó los bolsillos en busca de sus apuntes. No era porque fuese a necesitar ninguna indicación, ya que había representado ese número cientos de veces ante públicos similares y sabía que comerían de su mano.

Abriendo la puerta, Dicky salió.

A un lado del escenario del salón Neptuno, se asomó por entre las cortinas. La primera noche estaba llena. El público estalló cuando Melissa Montana tocó la nota alta de su última canción entre vítores y silbidos.

—¡Mejora eso! —Sonrió Melissa al bajar del escenario y chocar con Dicky.

—Haré que se levanten de sus asientos, pidan más y me aplaudan. —Sonrió Dicky.

—No con esa peste que llevas... —Melissa arrugó su linda naricilla.

—Mírame...

—¿Es mi corrector lo que tienes en las bolsas de los ojos? —Melissa negó con la cabeza y estudió la cara de Dicky.

Pero Peter estaba anunciando la actuación de Dicky y, cuando la banda empezó a tocar, él se escapó. Le lanzó un beso a Melissa y salió a las luces.

—Damas y caballeros, un gran aplauso para nuestro animador de cruceros número uno. Con ustedes, ¡Dicky Delaney!

Tras la cena, se invitó a los invitados a subir a cubierta mientras el Diamond Star se alejaba suavemente del muelle y contemplaban el cielo tintado de estrellas. En el muelle, una banda de tambores metálicos empezó a tocar un popurrí de canciones festivas para dar una serenata al barco que se alejaba de Bridgetown.

—Me han parecido preciosos los villancicos con música calipso —dijo Anne mientras se dirigía al salón Neptuno para asistir al *cabaret* de la noche y se acomodaba en una banqueta en la parte delantera de la sala—. Casi había olvidado que solo faltan seis días para Navidad. —Llevaba un bonito vestido color melocotón que le llegaba justo por encima de las rodillas y cruzó las piernas mientras miraba a su alrededor para ver si tenía admiradores.

—Qué alivio no tener que decorar la casa con mis viejos adornos de Navidad —dijo Kath—. Jim nunca me dejaba comprar nada nuevo, y yo vivía con el miedo de que las antiguas luces hicieran saltar la luz de toda la casa la mañana de Navidad. —Negó con la cabeza—. Tampoco voy a estar encerrada en la cocina durante días cocinando y horneando; es la primera Navidad, desde mi infancia, en la que me van a atender.

—¿Siempre viene la familia en Navidad? —preguntó Anne.

—Siempre. Hugo, Henry, sus mujeres e hijos. Además de parientes ancianos de Jim.

—Me sorprende que nunca te hayas puesto firme y te hayas negado a atender cada año.

—No podía discutir con Jim. Era más fácil aceptarlo.

Pidieron bebidas y se dieron cuenta de que el salón se había llenado de invitados que, como las tres amigas, también esperaban con impaciencia el espectáculo.

—El baño de esta tarde ha estado muy bien —dijo Anne—. Esa hermosa bahía a la que Errol nos ha llevado era tan pequeña que nunca la habríamos encontrado nosotras solas.

—Solo teníamos que preguntar por Shark's Hole Bay. —Jane se cruzó de brazos—. Menos mal que Errol no nos dijo cómo se llamaba hasta que regresamos al coche. Yo nunca me habría metido en el agua.

—Al menos no había tiburones mientras nadábamos —dijo Kath frunciendo el ceño.

—Pero imagínate —dijo Jane—. Bridgette es nudista.

—¿Cómo lo sabes? —Anne y Kath se quedaron boquiabiertas.

—Selwyn me lo ha contado durante la cena. Al parecer, ella tiene su propia área privada en la cubierta superior donde toma el sol.

—Caramba. Mañana pasaremos el día en el mar. Voy a escucharla hablar. Me pregunto si lo mencionará. —Anne levantó las cejas—. ¿O nos invitará a acompañarla?

—Ni hablar —dijo Jane—, no me voy a desnudar.

—Y no me quitaré el bañador por nadie. —Kath se tocó los lóbulos de las orejas y frunció el ceño. Se había olvidado de ponerse pendientes—. Pero mañana tenemos todo el día en el mar. —Se animó—. Me ha encantado la salida; la banda de tambores metálicos fue maravillosa y la manera perfecta de dejar Barbados.

Estiró las piernas y admiró sus sandalias amarillas de cuero. Las había comprado para la boda de su hijo mayor, sin saber que la siguiente vez que las exhibiría sería a bordo de un crucero de lujo.

—Me gustan esas sandalias —comentó Anne. Llegaron las bebidas y ella bebió un sorbo de licor con sabor a coco.

—Jim las odiaba —respondió Kath—. Me hizo ponerme zapatos planos y cómodos el día de la boda de Hugh porque decía que estas sandalias eran demasiado modernas para la madre del novio.

—¡Qué tristeza! ¡Espero que le dijeras dónde podía irse! —exclamó Anne.

—Nunca le planté cara. Él siempre dictaba mi vestuario, y yo siempre llevaba zapatos aburridos. Me sentía como una solterona con el paso de los años.

Anne y Jane intercambiaron miradas. Habían hablado de las etapas del duelo tras la muerte de Jim, y parecía que Kath estaba pasando por la ira; aun así, nunca la habían oído menospreciar o criticar a su marido. En estas vacaciones, sin embargo, era como si se estuviera desahogando.

—Mírate ahora. —Jane sonrió—. Somos como dos pavos reales de colores con nuestros vestidos nuevos.

—Tengo que hacer algo con mi pelo. —Kath se echó el flequillo hacia un lado—. Tenía una cita en la peluquería de Garstang antes de venir. Pero se me olvidó ir. —Sus cejas se juntaron, lo que pronunció una arruga profunda—. Mi memoria me ha vuelto a fallar.

—Nunca he ido a la peluquería —dijo Jane—; siempre me he cortado el pelo yo misma.

—Quizá te apetezca darte un capricho —razonó Anne—. Tu corte corto es bastante masculino, y el pelo blanco puede envejecer. —Jane miró a Anne por encima del borde de su licor de crema de *whisky* irlandés. Agitó el hielo del vaso, hizo una mueca y sacó la lengua. Anne ignoró la mueca de Jane—. Hay un salón de belleza a bordo. ¿Por qué no vemos si podemos conseguir citas mientras estamos en el mar?

—Me apunto. Parece que me gusta el cambio. —Kath se acarició el vestido nuevo y bebió un sorbo del licor de coco.

—Ni hablar. —Jane negó con la cabeza—. Puedes seguir soñando si crees que voy a hacerme retoques y permanentes. Mi pelo me ha traído hasta aquí tal como está. Estoy segura de que no cambiará nada mantener el mismo estilo hasta el final de mis días.

—No debes tener miedo de salir de tu zona de confort —dijo Anne—. Has empezado por comprarte ropa más alegre y mira lo feliz que te sientes.

—Mi pelo está bien. —Jane se mantuvo firme—. El *cabaret* está a punto de empezar, así que sentémonos y disfrutemos.

Jane se acomodó y echó un vistazo al auditorio. Vio que Bridgette estaba sentada junto a Selwyn, unas filas más allá. Mientras miraba, Selwyn levantó la vista. Sus grandes ojos se clavaron en Jane y su rostro esbozó una sonrisa. Habían hablado brevemente durante la cena y había algo en aquel hombre que la inquietaba, pero no lograba averiguar qué era. No se le daba bien relacionarse con personas del sexo opuesto. La mayoría de la gente consideraba que Jane no tenía sexo y la describía como una solterona.

Cuando empezó el *cabaret*, Jane vio que Selwyn seguía mirándola y, avergonzada, se dio la vuelta.

La compañía de baile del Diamond Star realizó una deslumbrante actuación durante los quince minutos siguientes, y se le unió en el escenario una cantante. Melissa Montana tenía una voz poderosa y cantó un repertorio de versiones de canciones conocidas por el público; además, muchos asistentes se unieron a ella. Cuando Melissa abandonó el escenario, apareció Peter y presentó el acto final de la velada.

—Este cómico debería ser bueno. —Anne dio un codazo a Kath y aplaudió con entusiasmo—. He visto su libro en la tienda libre de impuestos.

—Señoras y señores, un gran aplauso para nuestro animador de cruceros número uno. Con ustedes, ¡Dicky Delaney!

Dicky subió al escenario. La calurosa respuesta del público ya le hacía vibrar. La banda empezó a tocar y, cogiendo el micrófono de Peter, se lanzó a cantar.

Oh, the weather outside is frightful.
But the fire is so delightful.

*Since we've no place to go
let it snow, let it snow, let it snow.*[1]

—¡Os habéis equivocado de crucero! —gritó, escrutando los rostros que tenía delante.

Hubo una carcajada mientras Dicky estudiaba al público. Confiado en que todos tenían una «cierta edad», empezó su número.

—Vuestra pensión no va muy lejos en un crucero, ¿verdad? —Hizo una pausa—. Barbados, Bermudas, Aruba... —El público se echó a reír—. Hoy la limpiadora estaba pasando el aspirador junto a mi camarote y oí al jefe decirle: «¿Puedes pasar el aspirador por la alfombra en el ascensor?». —Dicky se puso la mano libre en la cadera—. «¿Qué?», respondió ella. «¿En todos los pisos?».

Sus chiste continuaron:

—«Hoy me he cortado el pelo...». «¿Cuál?», dijo Harold. —Dicky levantó la mano y sonrió—. Me lo he cortado para una película, señoras y señores. —Volvió a hacer una pausa—. Mañana voy a ver una película.

Relajado al final de un día ajetreado y sorbiendo bebidas de la tentadora carta de cócteles, el público disfrutó de los chistes pasados de moda de Dicky. Cuando empezó a cantar su última canción, Dicky miró a la mujer más atractiva de la sala y le guiñó un ojo mientras abandonaba el escenario. Siempre había preferido a las rubias y tenía intención de buscar a la guapa mujer del vestido color melocotón, de piernas bellamente bronceadas, que se había sentado en primera fila y había sonreído durante toda su actuación.

Mientras chocaba los cinco con Peter entre bastidores, pensó: «Hasta aquí, todo bien».

---

[1] La famosa canción navideña «*Let It Snow*».

9

El Deck Café estaba muy concurrido cuando Kath, Jane y Anne deambulaban entre los madrugadores hasta que encontraron una mesa bajo la sombra de una gran sombrilla. El mar estaba en calma y, de la noche a la mañana, el suave y constante zumbido de los motores del barco no tardó en adormecerlas. Sintiéndose renovadas tras una buena noche de descanso, esperaban con impaciencia el día en que el Diamond Star se dirigiera a la isla Granada.

—Un día entero en el mar. ¿Qué vamos a hacer hoy? —preguntó Kath. Había elegido una ensalada de fruta fresca del bufé del desayuno y, quitándole la tapa a un yogur de piña, lo vertió en un cuenco.

—Voy a comprarme un libro y a sentarme junto a la piscina —dijo Anne mientras mordisqueaba un cruasán—. Tengo que ponerme morena.

—Solo tienes que darte otra capa de *mousse* de St. Tropez. Es mucho más saludable que exponerte al sol del Caribe —dijo Jane mientras vertía miel sobre un bol de mango, y empezó a cubrirse. Odiaba tomar el sol y evitaba exponer su carne al sol.

—Siempre me pongo mucho protector solar, me pongo un sombrero y me embadurno la cara con factor cincuenta —respondió Anne.

—Nunca me ha gustado mucho tomar el sol —reflexionó Kath—. Jim no era de los que se sentaban en la playa.

—Pero siempre estabas bronceada en verano —comentó Anne, recordando el aspecto saludable de Kath cuando se sentaba detrás del mostrador de la sociedad de préstamo inmobiliario de Garstang.

—Oh, eso era de estar en el jardín. Pasaba todo mi tiempo libre trabajando en el huerto. A Jim le gustaba comer verduras y frutas frescas, y, por supuesto, también hay que cuidar el césped y los arriates. —Kath lamió el cremoso yogur—. Jim siempre estaba ocupado en la oficina y cansado cuando llegaba a casa. Le gustaba el jardín como zona de descanso y decía que era una prolongación de la casa y que debía estar siempre impecable.

Anne miró de reojo a Jane y puso los ojos en blanco. Sabían que el marido de Kath había sido demasiado tacaño para contratar a un jardinero. Además de que llevara la casa y trabajara a jornada completa, esperaba que su amiga se transformara en el famoso jardinero Monty Don cada vez que tenía un rato libre.

—Pero él pasaba mucho tiempo en el campo de golf —dijo Jane—, y tú eras viuda de golf varias veces al año cuando él se iba.

—Eso era por trabajo. Siempre decía que el campo de golf era el mejor lugar para reunirse con los clientes.

—Y con amantes, en el caso de Barry —añadió Anne. Suspiró al recordar las interminables rondas de golf que su marido jugaba con la capitana.

—No me importaba —continuó Kath—. Un jardín es un lugar muy tranquilo. La naturaleza es inteligente. Surgen nuevos brotes y se convierten en algo útil. —Suspiró—. Pero he decidido buscar ayuda. Hoy el trabajo pesado de la jardinería es demasiado para mí y prefiero llevar una vida tranquila.

Anne cogió una tostada. Mientras extendía una fina capa de confitura de albaricoque sobre el crujiente pan con semillas, se dio cuenta de que Bridgette había terminado de desayunar y salía a toda prisa del café.

—Deberías ir a escuchar a Bridgette esta mañana —le dijo sosteniendo un ejemplar del *Diamond Star Daily* en el que leía las actividades—. En el programa pone que Bridgette va a dar una charla titulada «Cómo crece tu jardín... en un crucero». —Anne miró a Kath y sonrió—. Te resultará interesante.

—Iré contigo si quieres. —Jane se metió beicon en la boca.

—No me había dado cuenta de todas las plantas que hay a bordo —dijo Kath—, pero supongo que hay cientos de ellas que cuidar. Miró a su alrededor y, de repente, se dio cuenta de que había un pequeño macetero con cactus sobre la mesa y abrevaderos con exuberante vegetación al borde de la cubierta.

Anne continuó leyendo el programa:

—Hay muchas cosas que hacer, desde una clase de escritura creativa hasta una demostración culinaria, y esta noche un grupo toca en el Teatro de la Sirena, se llaman los Marley Men.

—Tienen nombre de grupo de *reggae*. No soporto ese tipo de música. —Jane se limpió la boca con una servilleta y bebió un sorbo de café.

—Será divertido, algo diferente —insistió Anne—. Quizá también podamos bailar.

Jane suspiró. Le encantaría relajarse en su *suite*. Había una tienda preciosa que vendía bombones artesanos, y tenía intención de darse un capricho.

—Bueno, lo que vosotras decidáis. —Anne miró el reloj—. Si vais a ir a la charla de Bridgette, será mejor que os deis prisa si queréis coger un buen sitio. Seguro que hay mucha gente.

—Eres casi tan mandona como Bridgette —dijo Kath y apartó la silla—, pero me gustaría oír lo que tiene que decir. ¿Estás lista, Jane?

—Si no hay más remedio. —Jane cogió un pastelito cubierto de azúcar y lo envolvió en una servilleta—. Uno para el camino —explicó y, metiéndoselo en el bolsillo, siguió a su amiga.

En un rincón tranquilo de la biblioteca, un grupo se había reunido para la clase de escritura creativa. Selwyn estaba sentado junto a un ventanal, con la pluma sobre la página en blanco de un cuaderno. El tutor había mandado un ejercicio de diez minutos en la que los alumnos escribirían una carta a un ser querido, lo que, según él, estimularía su flujo creativo.

El flujo creativo de Selwyn se estimulaba mirando fijamente al lejano horizonte, donde el sol irradiaba rayos como autopistas doradas sobre un azul infinito. No estaba de humor para escribir una carta y, mientras su mente divagaba, se sintió fascinado por el mar. El flujo y reflujo de las olas le recordaban el elaborado peinado que Flo se hacía en ocasiones especiales.

Flo había sido una gran escritora de cartas. Se negaba a entrar en internet, porque decía que era obra del diablo, que difundía secretos de la gente por todo el mundo. En su enérgica opinión, la World Wide Web crearía una guerra mundial. Selwyn recordaba cómo Flo escribía regularmente a amigos y parientes lejanos en Jamaica y en todo el mundo. Pero ahora, desde su fallecimiento, los breves correos electrónicos de Selwyn anunciando la muerte de Flo sustituyeron a los abultados sobres azules de correo aéreo repletos de novedades sobre la familia Alleyne. Todo aquello había terminado, pues él no tenía intención de continuar con la correspondencia.

Se apartó del ventanal. Su página seguía en blanco, a diferencia de la de Flo. Esta pasaba horas sentada a solas en su mesa de nogal, con una tetera a mano y los dedos carnosos alrededor de un bolígrafo, escupiendo noticias a la familia, a los primos de segunda generación y a cualquiera que conociera durante las vacaciones. Su cadena de cartas en Navidad eran legendarias, y Selwyn se preguntaba a menudo si alguien se molestaba en leer el monólogo de su vida en Lambeth.

De repente, sintió que necesitaba salir de la habitación. Los recuerdos eran demasiado poderosos y estaban alterando su estado de ánimo. Sacó una funda de plástico del bolsillo y miró a su alrededor. Nadie le prestaba atención y las cabezas estaban inclinadas sobre los blocs de notas. Selwyn extendió la mano y esparció un puñado de las cenizas de Flo en la tierra de una planta cercana.

—Escribe lo que quieras, querida —susurró. Se levantó y, disculpándose con el tutor, salió de la biblioteca deprisa.

Cuando Selwyn cruzaba el salón, vio que Kath y Jane se acercaban. Vestidas con ropa tan brillante era imposible no verlas.

—Hola, Selwyn. —Kath se detuvo—. Vamos a la charla de Bridgette. ¿Te gustaría venir con nosotras?

—Me encantaría —dijo, e indicó que cada una le cogiera de un brazo.

«¡Oh, diablos!», pensó Jane. De mala gana, cogió el brazo con Selwyn, que llevaba una camisa de manga corta color crema con flores tropicales en tonos soleados. Su cálida piel le puso la carne de gallina. Jane no estaba acostumbrada a estar tan cerca de una persona del sexo opuesto, y sintió que una oleada de calor le coloreaba la cara mientras intentaba relajarse junto al paso ondulante de Selwyn.

Kath, por el contrario, se aferró a Selwyn. Estaba encantada de que las acompañara un hombre y charló sobre plantas y su afición a la jardinería mientras avanzaban.

—Mira —dijo cuando entraron en el salón Neptuno—, ahí está el Capitán. —Señaló a la primera fila.

El anciano estaba sentado, erguido, con un bastón en las manos. Su camiseta anunciaba: «No necesito ayuda; necesito un crucero».

—Eso es discutible —dijo Jane mientras se miraban—. ¿No debería acompañarle una persona sana?

—Puede que esté en el límite —respondió Kath—, pero es probable que las normas sean más flexibles para un viajero tan asiduo, y parece que Bridgette pasa tiempo con él.

—Vamos con él. —Selwyn avanzó.

Jane quedó entre el Capitán y Selwyn y esperaba que ninguno de los dos intentara hablar con ella. Se sintió expuesta al estar sentada en la fila de delante, con un público tan numeroso, y habría preferido sentarse más atrás.

La sala se hallaba abarrotada y la conversación cesó cuando Peter subió al escenario.

—Tenemos un regalo especial para todos ustedes esta mañana. Tengo el placer de presentarles a una mujer que ha ganado más medallas de oro por sus habilidades de jardinería que un equipo olímpico. —Se volvió y extendió un brazo con el que barrió el escenario, y Bridgette apareció de detrás de la cortina—. Juntemos nuestras manos y disfrutemos descubriendo «Cómo crece tu jardín... en un crucero». ¡Demos una calurosa bienvenida típica del Diamond Star a Bridgette Howarth!

Bridgette salió al escenario. Llevaba una versión más corta del vestido con estampado de hojas y follaje, y su impecable melena se veía realzada por una cinta de terciopelo adornada con frondas de hiedra. Jane se quedó mirando los pies de la oradora, esperando ver botas de agua llenas de barro, pero los zapatos de Bridgette, del número 36, se movían con elegancia.

Bridgette recibió un cortés aplauso cuando ocupó su lugar en la tribuna. A modo de introducción, habló de su formación como horticultora. Mostró imágenes en una pantalla de la propiedad de Flaxby Manor, su mansión, y explicó que los jardines estaban abiertos al público. Cuando apareció la imagen del invernadero victoriano de Bridgette, a Selwyn le decepcionó que la cámara no se adentrara en el interior para ver hileras de sanas plantas de marihuana.

Bridgette divirtió al público con anécdotas que amenizaron su charla. Selwyn sonrió cuando ella interactuó con el público preguntando qué sugerirían para dar color a todas las plantas verdes del barco.

—¡Gnomos de jardín! —gritó Harold, y todos soltaron una risita.

Apretando los dientes, Bridgette ignoró al alborotador y describió los cuidados necesarios para mantener los árboles y arbustos en el jardín de la azotea.

El Capitán se había quedado dormido, con el sombrero torcido y la cabeza inclinada. Como sus ronquidos rivalizaban con la voz de Bridgette, Jane se preguntó si debía darle un codazo para que se despertara. Bridgette parecía incómoda mientras miraba desde debajo de su flequillo tipo paje al dormilón, deseando que se callara. De pronto, uno de los ronquidos del Capitán fue *in crescendo* y lo sacudió de su letargo.

—¡Hombre al agua! —gritó el Capitán y empezó a agitar su bastón.

—Tranquilo —dijo Selwyn, calmando al anciano con una palmada tranquilizadora en el hombro.

El Capitán parecía confuso, pero no tardó en calmarse y, al cabo de unos instantes, volvió a dormirse con un suave ronquido.

Bridgette siguió luchando. Describió el cuidado de los frondosos árboles y plantas del Diamond Star, que permitían a los huéspedes disfrutar de una estética despreocupada, especialmente bordeando la piscina, donde había palmeras de sagú en macetas.

—Prefiero ver cómo se seca la pintura a pasarme el día mirando plantas —murmuró Jane y rebuscó en su bolso para encontrar el *Diamond Star Daily*.

—Me ha parecido excelente —dijo Kath, aplaudiendo con entusiasmo cuando terminó la charla—, sobre todo cuando Bridgette nos ha contado por qué tenemos acebo y muérdago en Navidad. Me apetece un café y podríamos ir a buscar a Anne y contárselo todo.

—Estoy segura de que quedará fascinada —contestó Jane, reprimiendo un bostezo mientras leía la lista de actividades programadas para ese día. Se animó al recordar la demostración culinaria—. Voy a echar un vistazo a las tiendas y luego iré a ver al jefe de cocina del barco.

—¿Vais a ir al espectáculo del Teatro de la Sirena esta noche? —preguntó Selwyn.

Jane volvió a mirar el *Diamond Star Daily* y buscó en la página el espectáculo de la noche.

—Humm. ¿Es el de los Marley Men? —preguntó.

—Será uno de los mejores momentos de mis vacaciones. —Selwyn sonrió.

—Seguro que vamos —dijo Kath—. Nos vemos luego, disfruta del día.

Se dio cuenta que Jane fruncía el ceño, y, no queriendo disgustar a Selwyn, Kath cogió el brazo de su amiga y se la llevó.

Cuando las mujeres se marcharon, Selwyn vio a Bridgette sentada en una mesa junto al escenario, firmando ejemplares de sus libros. Una pancarta mostraba los títulos de *Cosecha de hierbas* y *Una afición hortícola*. Intrigado, Selwyn se preguntó qué hierbas estaría dispuesta a cosechar la jardinera con sus lectores y, dejando que el Capitán siguiera durmiendo, fue a charlar con Bridgette y a comprar un libro.

Diane, la encargada de la tienda, estaba sentada junto a Bridgette, y se encargaba de cobrar. Levantó la vista cuando vio a Selwyn.

—¿Eres jardinero? —le preguntó.

—Me interesan algunas plantas —respondió Selwyn. Cogió un ejemplar de *Cosecha de hierbas* y le dio a Diane su tarjeta de crédito.

—¿Es para regalo o para ti? —preguntó Bridgette.

—Es para mí —respondió Selwyn.

Bridgette le dedicó el libro y lo firmó con una floritura. Se echó hacia atrás y, guardándose una ramita de hiedra en la cinta del pelo, miró fijamente a Selwyn a los ojos.

—Pensé que habrías evitado que el Capitán ocupara el centro del escenario con sus ronquidos. Me he dado cuenta de que estabas sentada a su lado.

—No soy su cuidador.

—Vale. —Bridgette le dio el libro a Selwyn—. Espero que lo disfrutes.

—Lo guardaré como un tesoro.

—Si te apetece relajarte un poco esta tarde, estaré en la cubierta superior —dijo Bridgette—. Detrás de las palmeras de sagú.

Selwyn levantó el pulgar. Pero no tenía intención de aceptar la invitación de Bridgette. Su tarde de relax la pasaría con un libro junto a la piscina.

—Completamente vestido —susurró, y sonrió mientras se alejaba.

10

En la zona de la piscina del Diamond Star, las tumbonas se curvaban en filas alrededor de una piscina ovalada donde tomaban el sol cuerpos de todas las formas y tamaños. Cualquier tumbona desocupada estaba reservada, cubierta con una toalla azul y blanca de una pila cercana. Para los asistentes a las actividades, sombreros, libros y bolsas de playa marcaban también su territorio, asegurando un lugar privilegiado en la piscina a su regreso.

En un extremo de la piscina, un *jacuzzi* burbujeaba. Una mujer bien proporcionada, con gorra de béisbol y un tankini con falda, se aferraba a una barandilla antes de sumergir tímidamente los dedos de los pies y deslizarse muy despacio en el agua. La parte superior del tankini se hinchó en las cálidas burbujas, doblando su tamaño cuando se estabilizó y flotó de espaldas.

—Ay, qué bonito. —Se rio y llamó a su marido—: ¡Harold! Ven aquí, te vendrá muy bien para el lumbago.

Harold estaba de pie al borde del *jacuzzi* con las manos en las caderas mientras observaba a su mujer chapoteando. Tenía el torso delgado, la piel pálida y la tela del bañador se le pegaba donde no debía.

—Tranquila, Nancy —dijo—, no querrás marearte.

En una tumbona, protegida de las miradas indiscretas por una hilera de mini palmeras de sagú, Anne se asomó por debajo de un sombrero de ala ancha y observó cómo Harold se acercaba a su esposa. La piel de él aparecía manchada bajo el feroz sol caribeño. Anne esperaba que se hubiera cubierto el cuerpo con una crema de factor alto antes de pasar la mañana en la piscina. Los potentes rayos del sol alcanzarían partes que había olvidado que tenía si no se cubría pronto.

Aceptando que las quemaduras de tercer grado no eran su problema, Anne se recostó. Había disfrutado leyendo sobre la vida del cómico que habían visto la noche anterior. *Mi vida en el mundo del espectáculo*, de Dicky Delaney, era tan divertido como su actuación. Antes había cogido el libro y le había preguntado a la dependienta si se lo recomendaba.

—El libro se está vendiendo bien. Los pasajeros disfrutaron de la actuación de Dicky Delaney anoche —comentó Diane—. Lo encontrará paseando por el barco, si quiere que le firme su ejemplar. —Diane pasó la tarjeta de Anne y añadió—: Es todo un personaje. Tengo la sensación de que no tardará en encontrarla.

A Anne le había parecido un comentario extraño y había querido interrogar más a Diane, pero la encargada se había dado la vuelta y estaba ocupada con otros clientes. Ahora, relajada y cómoda a la sombra, Anne observó cómo apareció una ágil joven vestida con pantalones cortos y un chaleco Diamond Star.

—¡Vamos, cruceristas! —gritó—. ¡Es hora de hacer aeróbic acuático con Armani!

Nancy y Harold salieron del *jacuzzi*.

—Ya vamos, Armani —respondió Harold, y ayudó a su mujer a meterse en la piscina.

—¿Armani? —Anne enarcó las cejas y se preguntó si Armani tendría hermanas llamadas Dolce y Gabbana.

Los pasajeros se agolpaban mientras el instructora de *fitness* empezaba a trotar en el lugar, animando a los nadadores a hacer lo mismo. Varias mujeres en la parte más profunda empezaron a toser y a tragar agua cuando el agua les subió del cuello.

—Ostras, es como un tsunami. —Rio Anne mientras cuerpos de todas las formas y tamaños rebotaban y el agua se derramaba por la orilla.

Como no tenía ganas de zambullirse ni de correr el riesgo de ahogarse, Anne se ajustó los tirantes de su bonito bikini rosa y cogió la loción bronceadora, extendiendo crema de coco sobre su piel. Aunque a Anne le gustaba broncearse, estaba decidida a no quemarse. Procuraba que no le diera el sol en la cara y se pasaba horas masajeando las arrugas que podrían delatar su edad con cremas antienvejecimiento.

Menos mal que existía el bótox, pensó, luego cogió su libro y dejó la loción a un lado. Cuando empezó a pasar una página, se distrajo. Era difícil no pensar en Barry y en la mujer que le había robado a su marido. La Capitana había sido la niña mimada del club, con un hándicap de golf muy bajo. Anne rezó para que Barry dejara a su nueva amante tan hundida como había dejado a Anne. En verdad, Anne seguía queriendo a Barry, aunque solo fuera por el hombre que había sido y no por el hombre en que se había convertido. Pero ¿por qué había sido tan tonta? Las finanzas del matrimonio habían disminuido de forma muy rápida, y Anne no se había dado cuenta de que él gastaba dinero imprudentemente con otras mujeres.

Observó el montón de cuerpos maduros que rebotaban en la piscina. Todos parecían felices y tranquilos, sin preocupaciones que les estropearan el día. A pesar de estar decidida a disfrutar del crucero, Anne sabía que estaba poniendo a prueba sus ahorros, casi hasta el límite. Sus maravillosas amigas estaban ayudando, pero Kath y Jane no tenían ni idea de lo mal que le iban las cosas. La casa que había compartido con Barry durante la mayor parte de su vida matrimonial pronto sería vendida, sus deudas saldadas, y, si no aceptaba la amable oferta de Jane, Anne no tendría dónde vivir. Pensó en lo mal que lo había pasado y se desplomó en la tumbona con un suspiro.

—¿Por qué una chica tan guapa como tú se esconde detrás de estas palmeras? —Anne giró la cabeza.

La voz que acababa de oír era de un hombre que estaba cerca. Frunció el ceño, inclinó el sombrero y miró por encima de las gafas de sol.

—Deberías estar en el agua, divirtiéndote.

Una sombra oscureció el rincón de Anne, quien levantó la mano para protegerse los ojos y ver quién le hablaba.

—Me llamo Dicky —dijo—, pero puede que ya lo sepas. —Señaló con el dedo—. Estás leyendo mi libro.

—Dios mío. —Anne se incorporó y, apartando el libro, metió barriga. Acomodó las piernas en una posición que había practicado muchas veces a lo largo de los años y que le aseguraba una pose favorecedora—. Sí, te vi anoche. —Anne balbuceó—: En el salón N-Neptuno. Estuviste genial.

—Pues déjame decirte que yo también te vi a ti. —Se agachó y puso los ojos a la altura de los de Anne—. Llevabas un vestido color melocotón y recuerdo que pensé en lo guapa que estabas.

Anne se sobresaltó. En un momento estaba suspirando por el único hombre al que había amado de verdad, y al siguiente un conocido artista se le estaba insinuando. Nerviosa, respiró hondo y buscó en el bolso un pintalabios.

—¿Puedo acompañarte? —Dicky no esperó respuesta y, mientras se levantaba para ir a la tumbona contigua, Anne se aplicó brillo de labios.

—Creo que ya hay alguien sentado ahí. —Anne señaló con la cabeza una toalla sujeta por dos pinzas de plástico en forma de loro. Frunció los labios en lo que consideró un mohín sexi y mantuvo la postura a pesar del dolor de una posible dislocación de cadera.

—Oh, estos pajaritos han volado —contestó Dicky, y desenganchó las pinzas y las colocó a cierta distancia. Cogió la toalla que llevaba colgada del hombro y, tendiéndola, se sentó en la tumbona—. ¿Qué tal una copa? —Dicky levantó la mano y llamó a un camarero—. Dos Doble D —pidió.

—¿Qué es un Doble D? —preguntó Anne.

—Es un cóctel de Dicky Delaney, hecho con mi propia receta. El personal del bar sabe lo que me gusta, y a ti también te gustará. —Cogió la loción bronceadora de Anne y empezó a ponérsela por el cuerpo.

Fascinada, Anne se quedó mirando, asimilando a Dicky.

La noche anterior, cuando Anne estaba en la cama, había comentado con Kath y Jane que Dicky Delaney le parecía encantador. Había dado un espectáculo excelente. En cambio, ahora, apenas podía creer lo que veían sus ojos. ¿Anne había frotado la lámpara de Aladino? ¿El hada de la Navidad le había concedido su deseo? Dicky era guapo, delgado y de la altura perfecta. Llevaba atractivos pantalones cortos de estampado tropical, y ella observó que le quedaba bien el bañador, a diferencia de muchos pasajeros. Con una carrera en el mundo del espectáculo, era seguro que el artista gozaría de buena posición económica y no tenía anillo de casado; cumplía todos los requisitos para ser el marido de Anne.

Al darse la vuelta para devolverle la loción, Dicky se pasó los dedos por su espeso pelo rizado y sonrió. Sus dientes, de un blanco perfecto, brillaban. La estética dental debía de costarle una fortuna, pensó Anne, y tuvo que resistirse al repentino impulso de incorporarse y besarlo.

Las bebidas llegaron, y Dicky entregó a Anne un cremoso cóctel decorado con mango y piña.

—A tu salud —dijo él y mordió un trozo de fruta madura—. Ahora háblame de ti.

Anne dio un sorbo a su bebida y el delicioso néctar helado se deslizó por su garganta. «Chúpate esa, Sylvia Adams-Anstruther». Anne pensó en su compañera de colegio y sonrió. «Quédate con tus apellidos compuestos y tus viejos tambaleantes».

En el teatro del famoso chef, Jane estaba en su elemento. Fue la primera en llegar, se acomodó en un asiento central de la primera fila y, cruzada de brazos, esperó pacientemente. El «teatro» era una cocina móvil, montada con gran ingenio para proporcionar un largo mostrador con instalaciones para cocinar y preparar los platos. Un espejo en el techo mejoraba la visión por parte del público, que podía ver cómo el chef cortaba y removía. Jane había trabajado en innumerables montajes similares, siempre entre bastidores, mientras preparaba minuciosamente todos los ingredientes necesarios para el famoso que hacía la demostración. Se sentía como en casa en aquel entorno y estaba impaciente por ver lo que el jefe de cocina del barco iba a cocinar para ellos aquella tarde.

A pesar de haber disfrutado de un almuerzo de bufé con Kath en el Deck Café, Jane seguía teniendo hambre. Rebuscó en su bolso hasta que sus dedos tocaron la sedosa cinta atada a una caja de bombones. Mientras paladeaba la selección artesanal, Jane apenas se dio cuenta de que había alguien sentado a su lado.

—He pensado en sentarme contigo —dijo Selwyn. Cruzó las piernas y se puso un libro en el regazo.

Jane se quedó de piedra. Sorprendida por la repentina aparición de Selwyn, había cogido un bombón y lo había aplastado. Ahora la masa pegajosa se le derretía entre los dedos.

Mientras daba golpecitos con las uñas en su libro y miraba a su alrededor, Selwyn no se percató de la incomodidad de Jane. El auditorio se iba llenando poco a poco.

—Iba a sentarme junto a la piscina después de comer a leer —continuó—, pero no había sitios libres. Tu amiga Anne estaba allí, disfrutando —añadió.

Jane se preguntó qué estaría haciendo Anne. No había ido a comer, y Jane y Kath habían supuesto que querría quedarse en la piscina.

—¿Estaba Anne bien? —preguntó Jane.

—Muy bien, la estaba entreteniendo el comediante del barco. Parece que Dicky Delaney disfruta con sus apariciones dentro y fuera del escenario. —Selwyn sonrió. Le gustaba que la gente fuera feliz, y le alegró el corazón ver a Anne y Dicky riendo y bromeando mientras un camarero les servía cócteles.

Pero Jane no escuchaba. Sintió que el rubor le subía por el cuello mientras se preguntaba qué hacer con sus dedos horriblemente pegajosos. No iba a poder mantener la mano en el bolso durante toda la clase y sabía que el chocolate que rezumaba la estaba ensuciando muchísimo.

¡A la mierda! Jane cerró los ojos y retiró la mano despacio. Abriendo la boca, se llevó los dedos cubiertos de chocolate a la lengua y empezó a lamérselos. Cuando abrió los ojos, Selwyn la miraba fijamente.

—¿Bien? —preguntó él.
—Muy bien.
—¿Quieres compartir?
—¿Por qué no?

Jane sacó la caja de bombones y se los ofreció a Selwyn. Él se lo pensó un momento y luego eligió un *fondant* de forma cuadrada.

—Delicioso —murmuró él y cogió otro mientras las luces del auditorio se atenuaban y un foco iluminaba el escenario.

Peter apareció y dio la bienvenida al público, luego presentó al hombre que todos habían ido a ver.

—Señoras y señores, me complace dar la bienvenida a alguien que hace que su crucero merezca la pena —dijo mientras un foco iluminaba el fondo del escenario—. Este chef ha viajado por todo el mundo y se ha formado en algunos de los mejores establecimientos culinarios para ofrecerles la cocina global que se sirve en el barco.

Jane se quedó boquiabierta mientras se metía otro bombón en la boca.

—Por favor, den una calurosa bienvenida del Diamond Star a nuestro jefe de cocina. —Peter levantó el brazo—. ¡Jaden Bird!

El chef salió entre aplausos entusiastas, encabezados por Jane, que aplaudió más fuerte. Jaden Bird personificaba la profesionalidad vistiendo un traje blanco de cocinero perfectamente planchado, un pañuelo de colores y un delantal almidonado atado a la cintura. Sonrió al público y dio las gracias a Peter por su amable presentación.

—El chef es de Trinidad —susurró Selwyn.

Jaden confirmó aquel dato mientras describía dos de los platos que estaba a punto de preparar. Un sabroso roti y *buljol* horneado con coco, con ingredientes frescos de la isla que era su hogar. A Jane se le hizo la boca agua al ver al cocinero rallar coco fresco. El aroma del pescado salado friéndose suavemente con tomate, cebolla y pimientos era tentador. Cuando Jane compartió sus delicias con Selwyn, sintió una oleada de felicidad. Un chef en activo, cocinando, y mientras ella comía chocolate. Jane había vuelto a su mundo.

Jaden explicó que cualquiera podría hacer esos platos en casa para recordar sus vacaciones, y al final de la demostración se repartirían hojas con las recetas. Jane pensó en los numerosos chefs con los que había trabajado a lo largo de los años. No todos eran tan guapos ni tenían tanto talento como este experto de piel aceitunada, y ella ansiaba pasearse por las cocinas y ver trabajar a su equipo.

Pero pronto terminó la sesión y Jane metió la caja de bombones vacía en el bolso. Selwyn estaba hablando con Diane, que repartía las recetas. Mientras Jane observaba su figura alta y segura, con un lenguaje corporal en sintonía con el de Diane, la compenetración que habían compartido durante la demostración se esfumó. La agradable compañía con quien Jane había compartido los bombones había desaparecido. Selwyn la ponía nerviosa y no sabía por qué. Durante el almuerzo, Kath le había preguntado por qué no hablaba con él. Al recibir un gruñido como respuesta, Kath había supuesto que Jane se sentía incómoda con cualquier hombre que no formara parte de su anterior entorno laboral. Era como si los rechazara.

Al salir sigilosamente del auditorio, Jane pensó que era bastante probable que Kath tuviera razón. En el trabajo, Jane había ocultado su talla tras los delantales y se había concentrado en hacer lo que mejor sabía. Los chefs la respetaban porque era perfeccionista, y el único peso que importaba era el de los ingredientes y el de las porciones perfectamente preparadas de comida que hacía la boca agua. En cambio, fuera del trabajo, el tamaño de Jane había sido su perdición. El mono en el hombro la acompañaba desde la adolescencia. Se quejaba de que no era lo bastante buena y le susurraba que nadie quería a una mujer gorda como compañera o amante. Por muchas dietas que hiciera, después de terminar cada régimen, Jane siempre volvía a engordar y, al final, pesaba más que antes de hacer la dieta. Era una carga que soportaba, aceptando su peso cada vez mayor, sabiendo que la soltería era su destino. Los hombres como Selwyn solo eran amables, y ella no necesitaba compasión disfrazada de conversación cortés.

Respiró aliviada mientras escapaba y cruzaba el barco. Sabía que Kath se había ido a acostar y probablemente seguiría durmiendo. Kath había extraviado su bolso antes del almuerzo y se había desatado un infierno. Lo encontraron en el salón Neptuno. El Capitán, que seguía durmiendo la siesta, había enganchado el mango de su bastón alrededor del bolso.

—¡Piratas! —gritó él cuando Kath le despertó y le quitó el bolso con cuidado.

Mientras Jane caminaba por una terraza abierta, se preguntó si Anne seguiría en la piscina. Parecería un tomate frito si había estado sentada al sol todo el día. ¿Se había entretenido realmente Anne con Dicky, como había dicho Selwyn, o solo se habían saludado mientras disfrutaban del sol? Jane sonrió. Conociendo a Anne como la conocía, sería mucho más que eso. Su amiga había comenzado la caza del marido.

11

El Teatro de la Sirena, en la popa del Diamond Star, se diferenciaba del salón Neptuno por sus banquetas. En él, los asistentes podían sentarse en mesas circulares agrupadas alrededor del escenario. La sala era grande, con dos amplias plataformas y un bar bien surtido. Por la noche, las persianas se cerraban sobre los ventanales que ofrecían unas vistas impresionantes durante el día. La decoración del teatro combinaba con la paleta de colores del barco, y tanto los azules brillantes como los intensos reflejaban el mar y el cielo. Las pequeñas luces del techo titilaban y dos árboles de Navidad decorados se alzaban a ambos lados del escenario.

—¿No es precioso? —dijo Kath cuando tomaron asiento en una mesa frente al escenario. Tenía los ojos muy abiertos mientras estudiaba la sala—. Me siento como si estuviera en una cueva navideña y Papá Noel fuera a salir en cualquier momento.

—Tienes que portarte bien si quieres que te visite Papá Noel. —Anne se acercó a la mesa para estudiar la carta de vinos.

—Eso te elimina a ti de su lista de Navidad —comentó Jane mientras elegía una silla sin brazos. Se relajó y lamentó haber tomado una segunda ración de postre—. He oído que has estado retozando con un cómico durante casi todo el día.

—Has escuchado cotilleos —dijo Anne, evitando la penetrante mirada de Jane—. He pasado un día relajado junto a la piscina, charlando con otros pasajeros.

—Que te lo crees tú. Has estado bebiendo cócteles con Dicky Delaney toda la tarde.

—Eso la que lo sabe soy yo, y lo tienes que averiguar tú. —Anne sonrió—. Me apetece un poco de *prosecco*. ¿Queréis acompañarme?

Jane esperó a que Anne pidiera y preguntó:
—¿Cómo es Dicky?
—Encantador, divertido, amable...
—Va a cantar esta noche antes del acto principal —dijo Kath—. Eso dice el *Diamond Star Daily*. —Se había acordado de ponerse los pendientes y jugueteaba con dos brillantes árboles de Navidad de plata.
—Anne se sabrá de memoria el horario de Dicky —añadió Jane.
Para no quedarse atrás, Anne dio lo mejor de sí.
—Creo que esto demuestra que todavía tengo poder de atracción —dijo y extendió la mano para admirar sus uñas perfectamente pintadas—. Dicky es el hombre más atractivo del barco y hemos quedado más tarde para ir al casino.
—Oh, Dios... —Kath y Jane gruñeron, intercambiando miradas ansiosas.
—Será divertido apostar en las mesas, además, nunca se sabe, podríamos disfrutar de una racha de buena suerte.
—Ten cuidado; no estás en condiciones de despilfarrar el dinero —imploró Kath. Su voz era grave cuando se inclinó y tocó el brazo de Anne.
Jane estaba a punto de hacer su propia advertencia cuando un hombre se acercó a la mesa y, retirando una silla, preguntó si podía sentarse con ellas. Alto y delgado, iba elegantemente vestido con una impecable camisa y pantalones de lino.
—Por supuesto —dijo Kath y movió la silla para hacer sitio.
El hombre hizo una mueca de dolor al sentarse, con una aguda inspiración.
—Es usted Harold, ¿verdad? —preguntó Anne—. Lo he visto con su esposa en la piscina hoy.
—Sí, señorita, lo soy, pero Nancy no me acompañará esta noche.
—Espero que no esté enferma.
—Está mareada, después de tanto trote en la clase de aeróbic acuático, y se ha tenido que echar.

Kath y Anne dieron respuestas comprensivas.

—Pero usted se lo ha pasado bien y veo que le ha dado el sol. —Anne se quedó mirando la cara de Harold, que tenía el color de la remolacha.

—Sí, el sol me ha llegado a partes que no sabía que tenía. —Harold se movió incómodo—. He ido a la enfermería a por crema. —Con una mueca, tiró de la tela de sus pantalones.

El telón del escenario se descorrió y empezó a sonar una banda. La compañía de baile del Diamond Star, ataviada con trajes ochenteros, empezó a interpretar un popurrí de Abba.

Zapateaban con sus tacones de plataforma y sus hombros acolchados, y se dirigían al público para animar a todos a aplaudir y cantar sus canciones favoritas.

—Eres la reina del baile... —coreó Anne—. Joven y dulce, solo...

—¡Sesenta y tres! —Kath y Jane gritaron y se rieron cuando Anne hizo un gesto con las manos para silenciarlas. Miró ansiosa por encima del hombro para asegurarse de que Harold no las había oído.

—Vamos, ¿no estarás intentando quitarte años de encima? —dijo Jane cuando llegaron sus bebidas.

—Dicky cree que tengo cincuenta y tantos. No pude evitar decir: «Igual que yo», cuando me dijo que tenía cincuenta y cinco. Se me escapó.

—Yo no me preocuparía. Es solo un ligue de vacaciones. No hace falta que sepa tu verdadera edad. —Kath miró las burbujas de su *prosecco* y bebió un sorbo.

—Probablemente también se haya quitado diez años. —Jane bebió también.

Los bailarines estaban llegando al final de su coreografía, y el público se unió a la canción final:

—¡Dame! ¡Dame! ¡Dame! Un hombre después de medianoche.

Anne cantaba a pleno pulmón, con el rostro radiante. Llevaba un vestido blanco sin mangas que se le había subido por los muslos al levantar los brazos y aplaudir.

Jane miraba a Harold, quien, hipnotizado por las torneadas piernas de Anne, había olvidado ya cualquier dolor de sus quemaduras solares.

—Espero no haberme perdido nada. —Todos levantaron la vista y descubrieron a Selwyn. Se paró junto a la mesa y acercó una silla vacía a la mesa, al lado de Jane—. Quiero ver a los Marley Men —dijo y se sentó sin esperar a que le preguntaran.

Pidió una copa y otra ronda para todos.

—Salud —añadió cuando llegaron las bebidas.

—Me gusta tu camisa; es muy apropiada —dijo Kath y le dio un codazo a Jane—. ¿No te parece?

—Sí, es encantadora. —Jane miró a Selwyn, sin apartar los ojos de su cara.

La camisa tenía rayas rojas, amarillas y verdes, y Jane se dio cuenta de que reflejaba los colores de su propio vestido. ¡Maldita sea! Se maldijo por no haber pensado en su atuendo cuando se preparaba. La tía, en su sabiduría, le había hecho a Jane un vestido que reflejaba los colores de la música *reggae*.

—Parecemos mellizos. —Selwyn se rio.

Jane negó con la cabeza. Se sentía tres veces más ancha que Selwyn y la mitad de alta.

—¡Oh, mira! —Anne dio una palmada—. Dicky ha subido al escenario.

La banda tocó una introducción mientras Dicky se acercaba a un pie de micrófono y lo agarraba con una mano.

—Buenas noches a todos —empezó a decir Dicky—. ¿Os lo estáis pasando bien? —El público se mostró receptivo—. Espero que hayas visto mi libro en la tienda. No olvidéis venir a verme si queréis que os lo firme en persona. —Sostenía un ejemplar de Dicky Delaney, *Mi vida en el mundo del espectáculo*.

—¡¿Por cuánto?! —gritó Harold.

—Ya veo, el grito típico de Yorkshire. —Dicky se paseaba por el escenario, deteniéndose cuando el público se reía. Su ritmo era impecable en los chistes—. Las mujeres creen que soy un dios del sexo —dijo—. Dicen: ¿sexo? Dios... —Desabrochándose la chaqueta del traje, continuó—: Una vez hice el amor durante una hora y cinco minutos. Era la noche en que se adelantan los relojes.

Anne soltó una risita, y Dicky se detuvo en su mesa para sonreírle, luego se volvió hacia los invitados que estaban sentados a la izquierda del escenario.

—¿Conocéis esa mirada que ponen las mujeres cuando quieren tener sexo? —preguntó—. No, yo tampoco.

La actuación de Dicky continuó con un popurrí de canciones populares que concluyó con una canción de Queen. El público aplaudió, algunos se balancearon al ritmo de la melodía, y, cuando Dicky llegó al estribillo, giró para mirar a Anne.

—*Crazy little thing called love...* —canturreó él, y terminó su actuación con un guiño a la cara sonriente de Anne.

—Eh, eso ha sido grandioso. —Harold aplaudió mientras Dicky abandonaba el escenario.

—El acto principal es el siguiente —dijo Selwyn y observó cómo los técnicos preparaban el equipo y los instrumentos—. Ahora sí que vamos a disfrutar.

A Jane no le gustaba la música *reggae* y se preguntó si podría escabullirse. En su excitación, Selwyn desprendía suficiente calor corporal como para encender un horno, y ella ardería si se quedaba más tiempo. Pero sabía que Kath montaría un escándalo si se escapaba. Su abanico plegable estaba en el bolso y, agitándolo sobre su piel enrojecida, cogió su copa, decidida a sacar el máximo partido de las cosas.

Hubo un breve intermedio antes de que apareciera Peter y el público enmudeció cuando comenzó su introducción al acto final de la velada.

—Algunos de ustedes sabrán que la música *reggae* nació en Jamaica a finales de los sesenta y está influenciada por el *ska*, el *rocksteady*, el *jazz* y el calipso. Su poderosa melodía inspira a la gente y es muy apropiada mientras navegamos por el Caribe.

Las cabezas se giraron cuando los músicos empezaron a colocarse a un lado del escenario.

—Espero que todos se sientan animados tras la actuación de esta noche. ¡Es para mí un gran placer presentarles a los Marley Men!

Sin darse cuenta de lo animados que iban a estar los asistentes, Peter retrocedió cuando salieron cinco músicos con las manos levantadas en señal de saludo. Vestidos con vibrantes camisetas de tirantes, gorras de punto y multitud de abalorios y pulseras, cogieron los instrumentos.

—Buenas noches —dijo el cantante—, me llamo Toots. —Miró al público mientras se echaba las largas rastas por encima del hombro y se ajustaba la guitarra que llevaba atada al cuerpo—. Nos gustaría empezar con una canción que muchos de ustedes conocen. Únanse.

Jane notó que Selwyn se balanceaba a su lado. Vio que tenía los ojos cerrados y que su rostro, levantado, mostraba una expresión de pura alegría mientras cantaba. Toots animó a todos y, mientras Jane seguía abanicándose la cara, pudo ver que Kath, Anne y Harold también se habían unido. Cuando terminó la canción, Selwyn se puso en pie de un salto, aplaudiendo a rabiar. Se llevó los dedos a la boca y silbó tan alto que Jane tuvo que taparse los oídos.

Los Marley Men tenían al público comiendo de su mano a medida que avanzaban la actuación. Tocaron *reggae* y versiones de canciones en un estilo calipso, y, pronto, la mayor parte del público estaba en la pista de baile. Selwyn le tendió la mano a Jane, invitándola a bailar, pero ella negó con la cabeza y se dio la vuelta. Le resultaba difícil verlo bailar. Sus caderas tenían vida propia y su columna vertebral creaba movimientos de serpiente. Un hombre de su edad no podía ser tan ágil y flexible. A medida que la música subía de volumen y el público se animaba, Jane se sintió hipnotizada mientras miraba por el borde de su abanico.

—*We're jammin'!* —corearon los Marley Men al final de la última canción.

—*And we hope you like jammin' too*[2] —respondió el público.

Los brazos maduros se alzaron, las caderas raquíticas se balancearon y las barbillas se bambolearon mientras todos bailaban.

Jane se quedó boquiabierta al ver a Kath de pie. Se había quitado las gafas y, con los ojos cerrados, contoneaba las caderas al ritmo de Harold mientras Dicky giraba con Anne. Pero, cuando el estribillo final alcanzó el clímax, los bailarines se separaron y el Capitán apareció en una silla de ruedas. Bridgette sujetaba las empuñaduras y empujaba con todas sus fuerzas. ¡Llevaba una camiseta teñida con una cara sonriente en la que se leía «Don't Worry. Be Happy!». Bridgette llevaba una bandera jamaicana anudada al cuello, que ondeaba mientras zigzagueaban por la pista de baile.

—¡Dios santo! —murmuró Jane—. ¡Bridgette está desnuda debajo de la bandera!

Peter, de pie junto al escenario, empezó a asustarse. Las cosas se le estaban yendo de las manos, y alargó la mano para coger un vaso de licor de color oscuro de la mano de un observador perplejo. Cerró los ojos, se lo bebió de un trago y, con un escalofrío, se lanzó a intervenir mientras el Capitán y Bridgette, acelerando el paso, dirigían una animada fila de invitados sobreestimulados en una larga conga. Agarrándose a las caderas de la persona que les precedía, los invitados, cantando a voz en grito, daban vueltas por el Teatro de la Sirena, chocando con todo lo que se interponía en su camino.

Jane se levantó y se movió con rapidez. Cuando llegó a la salida, vio refuerzos de la tripulación que se apresuraban a ayudar a Peter y reconoció a Diane, la encargada de la tienda.

—Estarán en la otra punta del barco en poco tiempo —dijo Jane—. Buena suerte.

Diane cuadró los hombros y, chocando los cinco, saludó a Jane.

---

[2] Es la canción «Jamming» de Bob Marley.

—Parece que la vamos a necesitar —dijo mientras seguía a sus colegas—. Esta gente se va a despertar arrepintiéndose de sus tonterías, y la enfermería va a estar muy llena mañana.

12

A la mañana siguiente, tras una buena noche de sueño, Jane se sentó en el Deck Café y estudió el *Diamond Star Daily*. Sus ojos recorrieron los listados que detallaban las actividades. Sería un día tranquilo en el barco, atracado en la isla Granada. Los pasajeros que podían moverse después de la juerga de la noche anterior estaban impacientes por desembarcar para disfrutar de la isla y regresar más tarde, cuando el barco zarpara hacia el este, rumbo a San Vicente.

Mientras Jane comía una tortilla, hizo planes.

Durante el desayuno en su habitación, Kath le había dicho a Jane que había decidido acostarse después de los esfuerzos realizados en la pista de baile. Anne se bañaba tranquilamente después de volver a Hibisco al amanecer, con el subidón de la noche que había pasado en las mesas del casino con Dicky. Todas habían acordado quedar y dirigirse a Saint George, la capital de la pequeña isla. Jane recordó que Diwa les había hablado de un tren turístico que salía de la terminal. Ella había explicado que los pasajeros podían subir y bajar, y que era una forma ideal de descubrir los lugares emblemáticos de la pintoresca y encantadora ciudad.

—Me viene que ni pintado —murmuró Jane mientras untaba una tostada con mantequilla—. No tendré que ir andando a todas partes y pasar calor e incomodidades.

El café empezó a llenarse de madrugadores deseosos de explorar la isla. Mientras Jane mordisqueaba su tostada y miraba a su alrededor, vio que Selwyn llevaba una bandeja y se dirigía hacia ella. Entonces, agachó la cabeza y rezó para que no la hubiera visto, pero ya era demasiado tarde. Estaba a su lado y acercó una silla en un instante.

—Buenos días —dijo Selwyn—, ¿puedo sentarme contigo?

Jane asintió con la cabeza. Tenía la boca llena y se limpiaba las migas que le habían caído sobre el busto.

—¿No bailaste anoche? —preguntó. Jane negó con la cabeza—. Me lo pasé muy bien. La actuación me recordó que tengo vida en los huesos, aunque ellos no me lo agradezcan hoy.

—No me gusta bailar.

—Quizá, si no te importa que te lo sugiera, si escucharas *reggae*, la música te llegaría al alma y animaría a tu cuerpo a moverse al ritmo.

Jane no quería que nada que implicara movimiento llegara a ninguna parte de su cuerpo. Estaba contenta de seguir como estaba.

—Pero te has llevado el espíritu caribeño a tu armario —añadió Selwyn mientras se sentaba—. Tu atuendo es encantador.

Jane tragó saliva y se limpió la boca con una servilleta. Le sudaban las palmas de las manos y se preguntó por qué se sentía ansiosa al hablar con Selwyn.

—Gracias —respondió—. Lo compré en Bridgetown.

—Ah, sí, en vuestro viaje de compras.

Jane se sorprendió de que Selwyn recordara la conversación de la cena, cuando Bridgette también había admirado su ropa nueva. Qué suerte había tenido en aquella excursión. La tía, tal como había prometido, envió a Errol al barco aquella tarde para entregarle una fabulosa selección de conjuntos que le sentaban perfectamente, incluidos los pantalones sueltos y vaporosos y el top a juego que llevaba hoy.

Dio un sorbo a su té y, mirando por encima de la taza, estudió a Selwyn, que tomaba un café y comía muesli con fruta fresca. Jane pensó que vestía muy elegante. Las rastas oscuras le caían sobre los hombros de su camisa *oxford* azul claro y llevaba unos tirantes de color rojo vivo. Le quedaban bien los vaqueros, que Jane sospechaba, eran de marca. Selwyn olía a especias, tan atrayente como el sabor de un plato exótico, y sintió la ya familiar punzada de nerviosismo que siempre la inquietaba cuando él estaba cerca. Mirando de nuevo sus rastas, se pasó los dedos por su corta melena y se preguntó qué sentiría al tener el pelo tan largo y abundante como el de Selwyn. Al ver una pequeña insignia prendida en su solapa, Jane entrecerró los ojos mientras la estudiaba.

—¿Te estás preguntando por qué tengo la bandera de Jamaica en la solapa? —Selwyn apartó su cuenco y cogió un cruasán.

—Bueno, no... Mmm... ¿Sí? —Jane tartamudeó y se bebió todo el té. Estaba enfadada consigo misma por haber sido sorprendida y sintió que le ardían las mejillas.

Selwyn sonrió.

—Estás muy guapa cuando te ruborizas.

Jane estaba mortificada. Quería que el suelo se abriera y se la tragara, lejos de aquel hombre que la desconcertaba por completo. Luchando por mantener la calma y no parecer descortés levantándose de la mesa, decidió preguntarle por el pin.

—Representa mi herencia —respondió él, e hizo una pausa entre mordiscos de esponjosa bollería—. Mis padres vinieron de Jamaica en el Empire Windrush en 1948. Llegaron a los muelles de Tilbury y se instalaron en Lambeth.

Jane olvidó su incomodidad. Había oído hablar del paso de los antillanos que abandonaron valientemente sus hogares para encontrar una nueva vida en Gran Bretaña y estaba deseosa de saber más.

—¿Naciste en Lambeth? —preguntó.

—Sí, en los cincuenta, junto con mis hermanos. Nos criamos en un adosado de dos plantas muy estrecho, pero, a pesar de la falta de espacio, éramos una familia muy feliz.

—¿A qué se dedicaba tu padre? —Jane se removió en el asiento.

—Consiguió trabajo como conductor de autobús y mi madre se formó para ser enfermera.

—Debes de estar orgulloso de ellos. Fue un paso muy valiente venir a un país extranjero y quizá, en aquel momento, no tan acogedor.

—Mi padre había sido artillero en la RAF durante la guerra.

Pensaba que Gran Bretaña sería la tierra prometida. —Selwyn asintió con la cabeza.

—¿Y fue así?

—En muchos aspectos les proporcionó una vida mejor que la que podrían haber tenido en Jamaica; sin embargo, nunca se alejaron mucho de la comunidad que se había establecido en Lambeth.

—¿Es ahí donde vives?

—Sí, allí nací y me crie. —Selwyn rio—. Me casé joven y trabajé para Transportes de Londres, y me hice conductor de metro.

—Es un buen trabajo. —Jane se recostó en el asiento y puso las manos sobre el regazo. Los restos de su tostada estaban sin comer.

—En realidad no; bajo tierra en túneles oscuros todo el día no es el mejor lugar para estar.

—No había pensado en eso. Aun así, estoy segura de que eres un conductor muy capaz.

—Lo era. Ahora estoy jubilado. Mis padres querían lo mejor para mí, pero nuestra primera hija estaba en camino y yo necesitaba mantener a mi familia. De alguna manera, los años parecían escapárseme sin darme cuenta de que la vida también me pasaba a mí. —Selwyn se comió el último cruasán y se pasó un dedo por los labios.

—¿Tu mujer tenía trabajo?

—Sí, Flo trabajaba en el ayuntamiento; estaba en el operativo doméstico.

Jane volvió a ver sonreír a Selwyn. Tenía un brillo en los ojos.

—Entre nosotros, limpiadora. —Selwyn suspiró—. Aunque le gustaba su trabajo, la iglesia era su vida. Murió hace unos hace meses.

—Oh, lo siento mucho; no quería entrometerme ni molestarte.

Selwyn se volvió y miró directamente a Jane.

—No lo has hecho —dijo.

Jane se preguntó cómo sería Flo y conjeturó que debían de llevar juntos una eternidad si se habían casado de jóvenes. ¿Con qué clase de mujer habría pasado Selwyn su vida? Estaba deseando saber más, pero, antes de que pudieran seguir hablando, Kath y Anne aparecieron y se pararon junto a su mesa.

Arreglada y fresca, con unos pantalones cortos blancos y una camisa con las mangas remangadas, Anne dijo:

—Buenos días, Selwyn, hemos venido a robarte a Jane. Vamos a ver Saint George.

—¿Te gustaría venir con nosotras? —preguntó Kath. Iba vestida con sandalias amarillas, pantalones y una bonita blusa color limón, y llevaba el bolso pegado al cuerpo—. Eres bienvenido —añadió.

—No, gracias. Eres muy amable, pero me gustaría pasar el día solo.

Kath y Anne se dieron la vuelta y Jane se levantó de la silla. Le estaba volviendo la ansiedad; pese a ello, sentía que no podía marcharse sin decirle algo a Selwyn.

—He disfrutado charlando contigo —balbuceó—. Gracias por sentarte conmigo.

—El placer, querida, es todo mío. —Selwyn extendió la mano y acarició el brazo de Jane—. Ve y diviértete.

Jane enderezó la espalda e intentó alejarse de la mesa con elegancia. Tuvo la extraña sensación de que una mariposa rebotaba en su vientre. Con sus cumplidos y su suave tacto, Selwyn la hacía sentir especial, y de alguna manera sabía que los ojos de él observaban cómo se alejaba. Mientras seguía a Kath y Anne por el Deck Café, Jane se detuvo junto a la puerta y se volvió.

Selwyn la miraba fijamente.

La mariposa empezó a bailar y su mano se levantó automáticamente. Jane se quedó perpleja y reflexionó sobre aquella nueva sensación.

«Debe de ser algo que he comido», pensó, y se despidió de Selwyn con la mano.

En el camarote 1101 de la cubierta inferior del Diamond Star, Dicky estaba tumbado en su cama, contando un grueso montón de dólares. Le hormigueaban los dedos al acariciar los firmes billetes nuevos, y disfrutaba de la sensación. El hormigueo en los dedos era señal de que vendrían tiempos mejores. No necesitaba herraduras de la suerte ni tréboles de cuatro hojas: Dicky Delaney estaba en racha.

Colocó su alijo en la mesilla de noche y cogió un vaso con brandi de la noche anterior. A pesar de la hora, el rico líquido ámbar tenía buen sabor. Era relajante y adormecía a Dicky. Acurrucado en una almohada, cerró los ojos y pensó en su viaje. Apenas llevaban un par de días de crucero y todo iba según lo previsto. Sus espectáculos, como esperaba, eran un éxito. El público se deleitaba con sus chistes de antaño y sus números de canto y baile recordaban a los pasajeros tiempos pasados en los que la vida era para vivirla, y la vejez, para las décadas venideras. Pero las décadas pronto pasaban, y Dicky recordó la canción de Cat Stevens de que a cada generación le llegaba su día. Le gustaba pensar que, por muchos días que les quedaran a los pasajeros maduros, él se encargaría de que todos, incluido él mismo, se lo pasaran bien.

Para los felices apostadores eran la presa perfecta.

Dicky suspiró de placer al pensar en el dinero que se acumulaba en la caja fuerte del fondo de su armario. Las ventas privadas de su libro y su DVD eran rentables. Disfrutaba paseando entre los huéspedes durante su tiempo libre, haciéndoles saber que no tenían necesidad de comprar su mercancía en la tienda del barco, donde pagarían más de la cuenta. Tenía una provisión de productos que podía dejar en sus camarotes por un precio rebajado. También ofrecía un servicio discreto, mucho más interesante que el material de lectura. Dicky había identificado a un puñado de viudas ricas que podrían estar interesadas en los «extras» que podía ofrecer, y él estaba dispuesto a satisfacer sus «necesidades especiales». Era mucho más lucrativo que los honorarios que ganaba con su contrato con el Diamond Star, y las propinas por esos servicios podían ser generosas. El día anterior, una divorciada le había comprado un reloj deportivo

TAG Heuer en la joyería de a bordo. Insistió en que el regalo fuera lo único que Dicky llevara puesto cuando satisficiera sus lujuriosos deseos.

Fue un somnoliento Dicky quien pensó en Anne. Era tan melosa como el vestido que llevaba en el espectáculo de la primera noche y recordó su preciosa cara mirándolo fijamente cuando él cruzaba el escenario. Anne era la guinda de su pastel. La mimaría y disfrutaría de su compañía, porque parecía traerle suerte. Las ganancias de la noche anterior eran prueba de ello, y él la había escuchado mientras le decía qué números jugar en la ruleta. Entusiasmados por el éxito, bailaron en la discoteca hasta altas horas de la madrugada y, por una vez, Dicky disfrutó de la compañía de una mujer encantadora. Todos los pensamientos sobre la vida en casa, en Doncaster, estaban lejos de su mente.

Dicky había sido caballeroso y había acompañado a Anne hasta su *suite*. No se había aprovechado de ella y decidió que se guardaría aquel capricho. Quizá ni siquiera necesitara la ayuda de sus pastillitas azules cuando se presentara la ocasión, y se le levantaría sin ayuda. Mientras tanto, disfrutaría de su compañía y sacaría el máximo partido de cargar disimuladamente sus bebidas a la cuenta de ella. Las generosas propinas a los camareros permitían esta estafa, y ella nunca lo sabría hasta que fuera a pagar la cuenta, momento en el que Dicky ya se habría ido. Fuera cual fuera el truco que utilizara, se sentía seguro sabiendo que la vergüenza aguda impediría que las mujeres lo descubrieran. Su escapada con Dicky Delaney se achacaría a una broma navideña o a un desafortunado error.

Dicky abrió los ojos y miró su reluciente reloj nuevo, luego se incorporó y, con un bostezo, estiró los brazos. Tras un ensayo en el salón Neptuno para el espectáculo de la noche, dispondría de todo el día. La mayoría de los pasajeros habrían desembarcado para ver los encantos de Granada y habría abundancia de tumbonas vacías junto a la piscina. Dicky podría broncearse sin que nadie lo molestara. Incluso podría regalarse un tratamiento facial con la guapa esteticista del *spa* Marina y Bienestar del

Diamond Star, que le había dicho que se pasara cuando los pasajeros desembarcaran.

La ropa arrugada yacía tirada donde había caído desde la cama unas horas antes. Al pasar por encima de las prendas, Dicky imaginó oír a su mujer regañándole para que no fuera tan desordenado. Sin embargo, mientras dejaba a un lado una camisa sucia, se sentía seguro sabiendo que el Diamond Star ofrecía un servicio de limpieza atento. Todo sería enviado a la lavandería y devuelto antes del anochecer, limpio y planchado.

Entró en el cuarto de baño, cogió una toalla y abrió la ducha a toda potencia. Dicky miró su reflejo en el espejo y pensó en su botín hasta el momento.

—Dicky —dijo y se quitó el costoso reloj de la muñeca—, ¡estás de camino y pronto volverás a estar en funcionamiento!

13

Era media mañana cuando Selwyn decidió abandonar el barco. Junto con algunos madrugadores, sorteó los trámites de seguridad y aduanas del barco y, echándose una chaqueta sobre los hombros, recorrió el largo muelle que conducía al corazón de Saint George. Un quiosco de información turística ofrecía folletos con detalles de comercios y tiendas libres de impuestos. El sonriente personal le aseguró que las deslumbrantes esmeraldas colombianas o el hermoso cristal de Milán eran un excelente recuerdo.

Selwyn pronto se encontró en la histórica calle principal de Saint George, donde ignoró el tren turístico que frenaba a su lado. Rechazó la oferta de un taxi acuático que le llevara a la playa de Grande Anse, una de las más bellas del Caribe. Más adelante había un mercado. Deambuló por los bulliciosos puestos repletos de fruta fresca y verduras coloridas y recordó el mercadillo de Brixton, a solo siete minutos en metro de su casa.

Voces antillanas animaron a Selwyn a comprar.

—¡Prueba mi bollería! —gritó un vendedor, y Selwyn cedió y pagó dos dólares por un pastel hecho con coco recién rallado, azúcar y harina.

El dulce estaba delicioso y le hizo recordar la estrecha pero cálida y aromática cocina de su madre, donde preparaba comidas picantes y sabrosos manjares.

Saliendo del mercado, Selwyn se adentró por una calle lateral. Las tiendas exhibían comestibles y había enseres domésticos apilados y esparcidos por las aceras. Selwyn agachó la cabeza para pasar por debajo de una escalera desvencijada mientras sorteaba brochas, latas de pintura y cacerolas de todos los tamaños que caían de cajas y cajones. El bullicio de la calle era vibrante y unía a los lugareños, que se arremolinaban o se sentaban en los cafés, algunos pasando el tiempo con conversaciones ociosas, otros jugando al dominó, golpeando las fichas bocabajo sobre una mesa. Selwyn pensó en su casa de Lambeth, con su numerosa y bulliciosa comunidad afrocaribeña, pero en Saint George el ritmo parecía más lento, y Selwyn se movía a sus anchas, disfrutando del paseo.

Llegó hasta una galería que parecía extrañamente fuera de lugar entre los demás negocios de la calle. Al asomarse por el escaparate, Selwyn vio cuadros vívidos y le llamó la atención una serie de retratos capturados en momentos desprevenidos. Dos amantes se besaban, con las manos acariciándose el rostro. Un corredor se estiraba, su rostro mostraba angustia mientras mantenía la pierna en ángulo recto sobre una pared derruida. Una anciana desaliñada estaba sentada junto a un montón de trapos, con los ojos apagados y la mirada perdida en una flor que sostenía en la mano.

Selwyn estaba fascinado por la habilidad del artista para captar a los sujetos, que aparecían perfectamente captados en su momento concreto del tiempo. Sus ojos se desviaron hacia un lienzo situado al fondo de la sala que, aunque pequeño, destacaba. Representaba la figura de una mujer que parecía estar bailando. La figura robusta, con curvas, con sobrepeso y sola, era una salpicadura de colores vibrantes. Hipnotizado, Selwyn estaba seguro de oír cantar a la mujer mientras bailaba. El artista le había dado movimiento y libertad, como si desbloqueara la anquilosada realidad de su vida.

Antes de saber lo que hacía, Selwyn abrió la puerta y entró en la galería.

—Feliz Navidad —dijo una voz, y un hombre se acercó. Alto, moreno y sonriente, saludó a Selwyn con un respetuoso choque de puños—. ¿En qué puedo ayudarle? —preguntó.

—No estoy seguro —dijo Selwyn, mirando fijamente el cuadro de la mujer que bailaba—. Solo sabía que tenía que entrar. —La imagen lo detuvo en seco—. ¿Quién es?

—No lo sé. Ella vino a mí en un sueño.

—Pero debes de conocer el contexto de la foto.

—¿Quién te gustaría que fuera? —Selwyn no respondió. Estaba fascinado—. Algunos piensan que es burdo, una mala representación de una mujer.

—Me encanta.

—¿Tal vez sea la mujer de tus sueños?

—Me la llevo.

—¿No quieres saber el precio?

—En realidad no, no quiero que el precio me influya.

—Creo que apreciarás esta obra más que yo.

Selwyn entregó al artista su tarjeta de crédito.

—Por favor, envuélvala con cuidado —dijo, y tecleó su número pin en el datáfono sin mirar el importe.

—Cuida de ella —dijo el artista, y volvieron a chocar los puños.

—Lo haré —le aseguró Selwyn.

Regresó al barco con el paquete bajo el brazo. Selwyn se preguntó cuánto se habría gastado, pero no le importó. Sabía que Flo habría odiado aquel dispendio. Una cantidad considerable de su sueldo iba a la Iglesia, con un porcentaje del salario de Selwyn. Flo había insistido en ello, y Selwyn estaba convencido de que el deseo de su esposa había sido allanar su camino a la eternidad con su generosidad y asegurarse una cómoda vida después de la muerte.

¿Qué diría el pastor Gregory del dispendio de Selwyn? Recordó que el pastor se había opuesto a que Selwyn pasara las vacaciones en el crucero y le había recomendado un retiro más religioso. Hasta el momento, la única religión que Selwyn había encontrado durante su «retiro» era cenar y bailar, y ahora un gasto frívolo.

Al llegar al puerto, Selwyn metió la mano en un bolsillo y sacó la funda de plástico. La abrió lentamente, la agitó y vio cómo un puñado de cenizas caía a la superficie del mar.

—Por muchas más adquisiciones impulsivas, mi querida Flo —susurró Selwyn.

Sintiéndose alegre, Selwyn decidió buscar un taxi acuático. Se dirigió a la playa de Grande Anse. Después de todo, seguro que había un bar y tal vez un restaurante que sirviera comida local. Al ponerse de nuevo en marcha, Selwyn esperaba encontrar un lugar relajante donde poder pensar en su cuadro y soñar con el resto del día.

Anne, Kath y Jane se sentaron en la cubierta superior del Diamond Star, bajo un toldo que ofrecía mucha sombra. Junto al bar de la piscina, la zona de asientos era cómoda, con grandes sofás y generosas sillas reclinables. A medida que los pasajeros regresaban de su jornada en Granada, muchos encontraron asiento junto a las tres amigas. Comenzaron a relajarse y a contar sus experiencias durante el recorrido por la isla.

Jane bebió un vaso de agua helada y se refrescó la cara sudorosa con el abanico. Se le habían hinchado los pies y se había quitado las zapatillas.

—Tengo los dedos de los pies como manitas de cerdo —dijo mientras movía los dedos hinchados—. Menos mal que cogimos el tren turístico y no subimos todos esos escalones hasta el Fuerte George.

—Ha merecido la pena visitarlo —dijo Kath—. Me pareció muy interesante, con todos los cañones antiguos y las placas que señalan puntos de referencia importantes.

—Había una vista maravillosa de la ciudad y el puerto —añadió Anne.

—Lo que más me gustó fue la Casa del Chocolate —dijo Jane. Metió la mano en el bolso, cogió una tableta de chocolate y se metió una onza en la boca—. El chocolate biológico es divino. Coged.

Jane colocó la tableta sobre una mesa baja y cerró los ojos. Sonrió mientras el rico y suave chocolate se le derretía en la lengua.

—¿No era un lugar encantador, una especie de minimuseo y cafetería? —Kath cogió un trozo de chocolate y lo mordisqueó pensativa—. El batido de chocolate y *brownie* de mantequilla de cacahuete estaba delicioso.

—Para algunos, el chocolate es como el agua para una planta —dijo Anne y cogió el chocolate.

—Es bueno para ti. —Jane abrió los ojos—. El chocolate contiene altos niveles de antioxidantes y puede reducir el colesterol. Algunos dicen que incluso puede prevenir el deterioro de la memoria. —Cogió otra onza—. Kath, come.

—Sabes mucho de comida —respondió Kath.

—Tenía que saberlo, era mi trabajo, pero como demasiado. —Jane se acarició la barriga.

—No nos preocupemos por nuestra cintura mientras estemos de vacaciones. —Anne se tocó el fino cinturón que se enganchaba en sus pantalones cortos.

—Recuérdame dónde tengo la cintura. —Jane se terminó el chocolate e hizo una bola con el envoltorio.

Anne sonrió.

—No te preocupes; estás estupenda y enviaremos un equipo de búsqueda, para que encuentre tu cintura, cuando acabe el crucero.

—Espero que el Capitán y Bridgette estén bien —dijo Kath.

—La verdad es que terminaron la actuación de los Marley Men de una forma explosiva.

—Difícilmente llamaría al choque de la silla de ruedas del Capitán contra Harold una «forma explosiva» —dijo Jane—. Casi lo lisian. Tiene suerte de que no haya necesitado pasar por el quirófano.

—Tengo entendido que Harold sufre de la espalda —respondió Kath.

—Seguro que hoy está sufriendo. Pensé que a Peter le iba a dar un ataque cuando Harold se las arregló para ponerse en pie, liderar la conga, sacarla del salón Neptuno y llevarla hasta el bar.

—Sobre todo, cuando todos los pasajeros que tomaban una copa se unieron. —Anne soltó una risita.

Kath se volvió hacia Jane.

—¿Has visto a Bridgette o al Capitán hoy? —le preguntó.

—No, pero el Capitán casi nunca sale del barco, y Bridgette probablemente haya estado paseando en privado en cueros, en la cubierta superior, todo el día. Tal vez esté con ella. Parecen ser buenos amigos.

—Bridgette conoce al Capitán de cruceros anteriores. —Kath sonrió—. Que tengan buena suerte, pero lo más importante que quiero saber es qué pasó anoche con Dicky. —Se volvió hacia Anne—. No nos has dicho adónde fuiste después de que Jane y yo nos fuéramos a la cama.

Anne estaba tomando té y alargó la mano para rellenar su taza.

—Me lo pasé muy bien —dijo.

—Bueno, ¿qué pasó? —Kath se incorporó un poco.

—Fuimos al casino, y le dije a Dicky qué hacer con sus fichas.

—Añade mucha sal y vinagre. —Jane soltó una risita.

—Le di mis números de la suerte.

—Eso fue arriesgado. —Kath negó con la cabeza.

—Al contrario, ganó en todas.

—Dios mío, espero que compartiera sus ganancias contigo.

—No podía pedírselo. —Anne frunció el ceño—. Usó su propio dinero como apuesta.

Jane puso los ojos en blanco y Kath negó con la cabeza.

—¿Os quedasteis en el casino? —preguntó Jane.

—No, fuimos a la discoteca y bailamos hasta que se acabó la música. —Anne tenía una expresión soñadora mientras recordaba cómo se movía por la pista de baile. Hacía años que no se divertía tanto.

—Espero que Dicky no haya hecho ningún movimiento indecoroso. —Kath bajó la voz—. Los hombres como Dicky pueden tener una gran reputación.

—Oh, de verdad, lees demasiadas novelas tontas —dijo Anne—. Dicky fue un perfecto caballero y me acompañó de vuelta a Hibisco.

—Es solo cuestión de tiempo. —Jane sonrió—. Pronto te preguntará si quieres bailar sin pantalones en su camarote.

—Para alguien que está decidida a permanecer célibe toda su vida, tienes una imaginación muy subida de tono.

—Soy realista. Dicky Delaney significa peligro para mí. —Jane se tiró de la blusa, acomodando la tela sobre su estómago—. No es que no quiera que te lo pases bien y que caces hasta hartarte, pero tengo la sensación de que podría darte problemas; eso es todo.

—Bueno, depende de Anne lo que haga. —Kath cogió su bolso y se levantó—. Si no os importa, voy a Hibisco a tomar un baño antes de cenar. Me duelen los pies y un baño sería estupendo.

—Creo que me voy a tomar una copa de vino —dijo Anne mientras veía alejarse a Kath—. ¿Te apetece acompañarme? —Se volvió hacia Jane, que había colocado un taburete bajo sus pies y se había acomodado en su silla.

—Sería maravilloso —respondió Jane, cerrando los ojos—. Me estoy acostumbrando a estar de vacaciones.

Anne pidió y, mientras esperaba, suspiró feliz y contempló cómo el sol descendía lentamente en un cielo color de fuego. El horizonte parecía interminable, oscuro y tentador mientras el barco navegaba por el infinito mar azul.

—Yo también —susurró Anne.

14

Kath se metió en la bañera en el cuarto de baño y acarició las burbujas perfumadas que se elevaban hasta el borde, hasta casi derramarse por el suelo de baldosas. Nunca había conocido un lujo semejante. El anticuado cuarto de baño familiar de Garstang parecía estar a años luz, como el baño de color aguacate del hotel de Bournemouth donde había pasado muchas vacaciones con Jim. En el Diamond Star no había arañas arrastrándose por la cornisa agrietada, ni lechada ennegrecida, ni las toallas finas como el papel que, con los años, habían servido a innumerables visitantes del hotel Sunnyside.

Se preguntó por qué no había insistido en que se fueran de vacaciones a un lugar más lujoso, aunque, en realidad, sabía que cualquier razonamiento con Jim habría sido inútil. Gran parte de su dinero había desaparecido cuando Hugh y Harry se casaron. Sus ahorros se habían esfumado cuando generosamente les habían dado a sus hijos cantidades considerables para que pudieran tener hipotecas más pequeñas. Kath había insistido en que sus hijos debían empezar la vida matrimonial de la mejor manera posible y, para su sorpresa, Jim había estado de acuerdo.

Pero eso fue hacía varios años, y la tacañería de Jim se convirtió en obsesión con el paso del tiempo. Decía que no podían permitirse lujos ni vacaciones lujosas. Era el contable que había en él, se recordó Kath mientras jugueteaba con las burbujas de la bañera. Cualquiera habría pensado que eran tan pobres como ratones de iglesia, cuando, en realidad, como acababa de descubrir, eran todo lo contrario.

El sueldo de Kath se ingresaba en su propia cuenta, y ella se hacía cargo de la economía doméstica, los gastos de mantenimiento de la casa y las facturas de la luz, agua, etc., en los cuales se iba hasta el último céntimo que ganaba. Jim pagaba la hipoteca desde su cuenta. Cuando Jim murió, Kath se enteró de que la hipoteca se había cancelado hacía años y de que sus ahorros había crecido de forma considerable. Le gustaba pensar que Jim había estado ahorrando para llevarla de crucero por el mundo en su aniversario de bodas de rubí o, fantaseaba, para pasar un mes en las Maldivas. Podrían haberse alojado en un lujoso bungaló de madera junto a una playa tropical. Sin embargo, Kath sabía que eso nunca hubiera ocurrido.

La cabra siempre tira al monte.

No obstante, Jim no sabía que se iba a caer antes de tiempo, y su muerte accidental fue un golpe inesperado para todos. Especialmente para el señor Clarke, el compañero de golf de Jim, de Clarke & Co. Abogados de Familia de Garstang, que no entendía por qué Jim no había actualizado su testamento. No es que a Kath le importara. Sin instrucciones, todo el patrimonio de Jim le había llegado a ella, incluido el inesperado seguro de vida. Ahora, ella tenía más dinero del que podía imaginar. Hugh y Harry, naturalmente, habían impugnado el testamento, y Kath cedió una cantidad para evitar sus insistentes demandas. Les dijo que pensaría de nuevo sobre la situación a la vuelta de sus vacaciones, pero la verdad era que no tenía intención de financiar la casa, ni de dejarse intimidar para que se la cediera a sus codiciosos hijos.

—Qué demonios, ahora me toca a mí —dijo Kath y lanzó burbujas al aire—. ¡Voy a gastarme el dinero! —le gritó al fantasma de su marido—. Todos esos años de frugalidad y de contar cada céntimo se han acabado.

Añadiendo más agua a la bañera, Kath pensó en el crucero. Meses atrás habría sido inimaginable contemplar semejante despilfarro. Hugh y Harry se quedarían boquiabiertos si se enterasen del despliegue de pociones y cremas recién compradas que había en su estante del baño.

Kath nunca había oído hablar de la marca La Prairie y siempre compraba su crema facial en Aldi. Pensaba que una *prairie* era una zona de pastizales de las Montañas Rocosas por la que deambulaban vaqueros y búfalos. Pero había descubierto el caviar para la piel en la tienda libre de impuestos cuando le llamó la atención el lujoso envase. La dependienta, atenta a una venta importante, le explicó que la crema devolvería a Kath la armonía de su juventud al «reforzar y redensificar los pilares verticales de su piel». Por un precio que la hizo llorar, Kath esperaba que sus pilares recuperaran su juventud en cuestión de minutos. Tenía la intención de aplicarse generosamente la crema en cuanto saliera de aquel hermoso baño.

Estiró los dedos de los pies hacia el grifo dorado. Cogió el aceite de baño de Jo Malone que la asistente le había asegurado que suavizaría y nutriría la piel cansada, y el aroma a almendras dulces, semillas de jojoba y aguacate fue embriagador. Bostezando, Kath miró al techo, donde la suave iluminación le proporcionaba un brillo favorecedor y la hacía sentir años más joven. Se acarició los brazos, observando solo unas tenues manchas de la edad en la delicada piel.

No había moratones que cubrir con rebecas ni músculos doloridos que tuvieran que recuperarse de los puñetazos, golpes que habían caído por el más mínimo agravio. Jim fue un hombre corpulento. Aunque carnoso en algunas partes, era sólido y competente.

Competente a la hora de maltratar a su mujer.

Kath pensó en todos aquellos temerosos años manteniendo su vida oculta tras las puertas cerradas y el disimulo delante de sus hijos y amigos; los moratones ocultos; la muñeca rota que justificó como una «caída de jardinería»; su falsa sonrisa en la fiesta del jardín del club de golf y en el evento de Navidad de la oficina de Jim. Con vestidos de manga larga, cuello alto y dobladillos vaporosos para disimular sus heridas, Kath repartía regalos de Navidad a los empleados de su marido, regalos comprados con el propio dinero de Kath.

Era la cortina de humo de una vida bien vivida.

Hugh y Harry no tenían ni idea. Se les habían financiado la

universidad y los años sabáticos y, siguiendo el ejemplo de su padre, ambos trabajaban en grandes empresas de contabilidad. Kath se preguntó si también se parecerían a su padre en otras cosas.

Con un suspiro, sintió que el agua se enfriaba y se incorporó. Oyó voces. Anne y Jane habían vuelto.

—¡¿Hay alguien en casa?! —gritó Anne y abrió la puerta del cuarto de baño.

Jane entró y cogió una toalla mullida.

—Después de todo este tiempo, estará como una pasa arrugada —dijo, y fue a ayudar a Kath a salir de la bañera.

—No por mucho tiempo —respondió Kath y cogió un tarro de crema de caviar—. Podéis apartar las zarpas. Yo invito.

—Te lo mereces. —Anne estudió su cara en el espejo—. ¿No es así, Jane?

—Absolutamente. Es bueno ver a Kath disfrutar de un poco de lujo.

Kath se levantó las gafas, miró su reflejo y luego se extendió la crema por su pálida piel. Tenía una fortuna en la cara. Metió los dedos en el tarro y se untó más crema en el cuello. Casi podía oír las protestas de Jim y ver cómo levantaba el brazo, a punto de atacar.

Pero la acobardada Kath había desaparecido.

Erguida y desafiante, dio las gracias en silencio al cerdo de su marido por su prematura muerte. Dondequiera que se encontrara, esperaba que ahora la estuviera observando.

15

A la mañana siguiente, el Diamond Star se dirigió a San Vicente, la mayor de las Granadinas, y la puerta de entrada de los visitantes a la cadena de pequeñas islas situadas a cien millas al oeste de Barbados. Al salir el sol, los que habían madrugado para presenciar la llegada fueron recibidos por largas extensiones de playa bajo un cielo rojo fuego.

—El cielo tiene el color del ruibarbo —dijo Kath mientras contemplaba asombrada cómo los rosas y los dorados se fundían en suaves rayos fundidos—. Me recuerda al huerto de mi casa.

—No estoy segura de que el triángulo de ruibarbo de Kath Taylor se pueda comparar con un amanecer caribeño. —Jane sonrió—. Aunque tu *crumble* es el mejor que he probado nunca.

Apoyadas en la barandilla, observaron con interés cómo el barco era guiado por la lancha del capitán del puerto. Abajo, los miembros de la tripulación se afanaban en los preparativos para atracar en el extremo sur de Kingstown, la capital de la isla.

—Me he dado cuenta de que la arena estaba muy negra a medida que nos acercábamos. ¿Crees que es así en todas las playas? —preguntó Jane al ver Kingstown.

—Anoche oí por casualidad a Peter decir a los pasajeros que San Vicente tiene un volcán y que entró en erupción en abril, por primera vez en más de cuarenta años —respondió Kath—. La ceniza volcánica cubrió todo y provocó una crisis nacional. Arruinó muchas cosechas.

Contemplaron el océano claro y el cielo soleado. Hacia el interior, los arbustos eran de un verde infinito; no obstante, entre la exuberante vegetación se veían manchas de tierra oscurecida y árboles esqueléticos, destruidos por la lava hirviente.

—La lluvia de cenizas se notó hasta en Barbados, donde también quedó todo cubierto —dijo Kath.

—Dios mío, nunca pensarías que eso pasó hace solo ocho meses.

—Al parecer, hubo apoyo de todo el mundo y las Naciones Unidas intervinieron. —Kath imaginó el caos en esa pequeña isla, a miles de kilómetros de su hogar.

Se preguntó por qué no se había enterado de la catástrofe, ya que escuchaba ávidamente las noticias. Pero Kath se dio cuenta de que habría coincidido con el fallecimiento de Jim, y en aquel momento ella tenía sus propios problemas.

—Es algo enorme a lo que hay que hacer frente; esta pobre gente probablemente haya perdido gran parte de su sustento. —Jane negó con la cabeza.

—Pero la Madre Naturaleza se ha recuperado y las cosas deben de estar volviendo a la normalidad, o no nos detendríamos aquí. —Kath se enderezó y se tocó los lóbulos de las orejas, donde llevaba unos suaves pendientes de perlas—. Voy a dar una vuelta por el jardín botánico. Al parecer, es uno de los más antiguos del mundo.

—Si es que queda algo de él —dijo Jane—. Tal vez el volcán también lo destruyera.

—No lo creo. Bridgette es la guía del Diamond Star de la excursión y me ha dicho que merece la pena visitarlo si te gusta la jardinería.

—Oh, bien, buena suerte. Yo me voy a ahorrar esa visita. Probablemente sería demasiada caminata para mí.

—Anne se va a la playa con Dicky —dijo Kath mientras observa a la atareada tripulación que se encargaba de asegurar el barco.

La pasarela estaba en su sitio y llegaron varios vehículos cargados de provisiones frescas.

—Debe de estar cansada. Estoy segura de que no se acostó hasta el amanecer. Al menos volvió a nuestra *suite* y no al camarote de Dicky.

—Creo que estuvieron otra vez en el casino —dijo Kath, recordando que Anne se había tumbado toda contenta en la cama.

Mientras Jane dormía profundamente, con sus ronquidos constantes convertidos en un suave zumbido, Anne le había susurrado a Kath que Dicky había vuelto a ganar en la ruleta. Habían bebido champán en la discoteca para celebrarlo.

—Van a ir a la bahía de Wallilabou —añadió Kath—; hay una excursión que sale del puerto después del desayuno.

—¿Dónde está la bahía de Walli... labou? —A Jane le costó pronunciar aquel nombre.

—Está en la costa oeste y fue el lugar donde se rodó *Piratas del Caribe*. Dicky le contó a Anne que el decorado de la película se ha conservado y que hay un museo con muchas fotos del reparto.

—Humm, nunca he visto ninguna de esas películas, así que no significaría mucho para mí.

—¿Qué vas a hacer todo el día? —preguntó Kath y buscó sus gafas de sol en el bolso.

—Creo que voy a dar un paseo por la ciudad. He leído que hay un mercado interesante en el centro, me gustaría echar un vistazo y tal vez probar algunos de los platos locales.

—Bueno, ten cuidado, no sé si es seguro vagar por las calles por tu cuenta.

—No creo que nadie me secuestre; los aplastaría hasta la muerte.

—No seas tonta; podrían robarte.

—No lo creo. No tengo joyas caras y mi dinero estará a buen recaudo en mi riñonera.

—Odio esa palabra; ¿no puedes llamarla «faltriquera»?

—Pero es que la llevo en los riñones.

Kath suspiró. Su amiga podía ser imposible, y le gustaría que fuera con ella a la excursión de Bridgette. Sin embargo, Jane estaba más interesada en probar las delicias locales, y ¿quién podía culparla por ello? La cocina había sido la vida de Jane. Era su pasión. Kath pensó para ella que debía de ser maravilloso sentir algo tan fuerte. Aunque le gustaba la jardinería, no podía decir que fuera su pasión.

Jane se apartó de la actividad del muelle y, consultando su reloj, anunció:

—Vamos a desayunar. Despertaremos a Anne para que nos cuente lo de Dicky.

—Buena idea. —Sonrió Kath y, cogiendo a Jane del brazo, volvieron a Hibisco.

Jane se tomó su tiempo después del desayuno. No tenía prisa por irse. Había ayudado a Kath a prepararse para su visita al jardín botánico haciendo una lista del contenido de su bolso. Dos pares de gafas, repelente de insectos, alarma personal, caramelos de glucosa, tiritas, desodorante y un par de calcetines y bragas de repuesto. Mientras Kath añadía una botella grande de agua y un cuaderno, Jane se preguntaba si podría cargar con la bolsa. Pero, sentada en la cama, se distrajo al ver que Anne también se preparaba para su jornada. Por alguna razón, Anne tardaba una eternidad en decidir qué ponerse para su cita con Dicky.

—Perderás la diligencia si no sacas el dedo —dijo Jane mientras observa a Anne tirando otro vestido encima de la cama.

—Quiero ponerme algo con lo que me sienta cómoda, y seguro que vamos a nadar. —Anne cogió un bikini y lo metió en una bolsa de playa con una toalla y crema solar.

—Unos calzones de pirata y un chaleco servirían. Estoy segura de que Kath tiene un parche en el fondo del boslo —comentó Jane—, y yo tengo un pañuelo que puedes atarte al cuello.

—Vas a ir al decorado de una película —dijo Kath mientras rebuscaba entre sus caramelos y calcetines—. Podrías ser una extra.

—Muy graciosa. No es una excursión de disfraces; no tengo que parecer un pirata —replicó Anne—, y el decorado hace años que no se usa.

—¿Por qué no? Dicky quedaría bien como Jack Sparrow; sin duda es lo bastante astuto para interpretar el papel.

—No sé qué tienes en contra de Dicky —dijo Anne mientras se probaba otro modelo—. Es una persona muy decente.

—Es un artista y se pasa la vida viajando. No quiero que te sientas herida cuando de repente se marche al atardecer. —Jane quiso añadir que Dicky tenía todas las cualidades que poseía Barry, desde coquetear y ser fantasioso hasta no preocuparse por el dinero. Jane nunca había confiado en nadie que pasara tiempo en un casino. Había visto a demasiados chefs malgastar sus ingresos a lo largo de los años—. No tiene madera de marido, ¿verdad? —añadió.

—Bueno, me lo estoy pasando bien, y él es buena compañía. —Anne apretó los labios, negándose a seguir hablando. Alisó las manos sobre la tela de un vestido de algodón que le llegaba hasta las caderas y se calzó las sandalias enjoyadas.

Cómoda en un sillón, Kath rebuscó en su bolso.

—¡Tengo un parche de ojo! —exclamó, triunfante, mientras levantaba un pequeño círculo de tela—. Hay uno en mi botiquín.

—¡Oh, por el amor de Dios! —Anne estaba exasperada—. Sois tan malas la una como la otra.

Jane miró su reloj.

—Vais a llegar tarde las dos —dijo—. Vamos, caminaré hasta el muelle con vosotras.

Salieron de Hibisco y desembarcaron, y Anne sonrió cuando vio que Dicky la esperaba junto a la pasarela.

—Por aquí, cariño —dijo Dicky con un gesto de la mano. Vestido elegantemente con pantalones cortos a cuadros y camiseta blanca, llevaba unas Ray-Ban y un sombrero panamá.

—Hola, colega. —Jane gritó y se estremeció cuando Anne le dio un puñetazo en el brazo.

Kath estudió la multitud y sonrió cuando vio a Bridgette de pie junto a un autobús, tachando nombres de una lista.

—Allí voy —dijo—. Hasta luego a las dos. —Se cargó el bolso y se puso en marcha.

Jane se quedó sola. El sol ya calentaba. Movió el abanico y empezó a agitarlo por la cara. Después valoró qué dirección tomar para ir al mercado. Estaba a punto de preguntar a un miembro de la tripulación cuando alguien le tocó en el hombro. Se dio la vuelta, echó la cabeza hacia atrás. Se quedó sin reaccionar y tuvo que mirar dos veces.

Selwyn, con un sombrero de fieltro rojo, camisa de algodón brillante y pantalones de lino, se puso en posición de firmes ante ella. Le acompañaba Toots, de los Marley Men.

—Kath me ha dicho que ibas a Kingstown tú sola —dijo Selwyn—. Me ha pedido que te acompañe.

—Oh..., ¿para qué? —Jane maldijo en silencio a Kath. Era perfectamente capaz de organizar su salida y no necesitaba ayuda de Kath. Jane no estaba acostumbrada a ir a ningún sitio con un hombre, y tener que entablar conversación la ponía nerviosa.

—Tu amiga pensó que te sentirías más segura si fuera alguien contigo.

—De verdad, no creo...

Pero Selwyn la interrumpió:

—Personalmente, me sentiría más feliz sabiendo que no estás sola. No es raro que los pasajeros tengan problemas en entornos a los que no están acostumbrados.

Jane se preguntó por qué Selwyn no se limitaba a decir que una mujer sencilla y con sobrepeso era la presa perfecta para cualquier carterista o buscavidas. Apretó los dientes y se preguntó cómo podría librarse de pasar el día en su compañía. Había algo en Selwyn que la ponía nerviosa y su presencia tenía un efecto peculiar en su estómago. Las mariposas habían vuelto y revoloteaban sin control. Sin duda, no podía sentir nada por Selwyn. Jane había olvidado hacía tiempo lo que eran los «sentimientos». Hacía años que no tenía una cita, que había sido tan desastrosa que se había prometido no volver a ponerse en una situación tan vulnerable.

—Toots y yo vamos a dar un paseo por la ciudad, y será un honor acompañarte —dijo Selwyn.

—Claro —aceptó Toots mientras ambos hombres se colocaban a los lados de Jane y extendían los brazos.

—Oh, maldita sea —susurró Jane mientras se ponían en marcha.

Tendría unas palabras con Kath cuando regresaran al barco, pero, mientras tanto, Jane se obligó a actuar como si estuviera acostumbrada a la compañía de dos hombres guapos.

Toots vestía pantalones cortos y camiseta, y llevaba las rastas recogidas en un colorido gorro *tam*. Explicó que se había criado en San Vicente antes de que su familia se trasladara a Inglaterra, y se mostró encantado de señalar a Selwyn y Jane muchos de los rasgos característicos de su país y de las atracciones de Kingstown.

—Pero antes —dijo, guiándolos por un corto paseo desde el puerto—, debemos parar en la panadería Rayo de Sol.

Aunque Jane había desayunado, sintió que se le hacía la boca agua cuando entraron en la pequeña tienda, donde un delicioso olor a coco tostado y bizcocho caliente emanaba de la cocina que había detrás del mostrador. Toots señaló una vitrina y pidió tres Red Bellys.

—Es el aperitivo favorito de la isla —dijo Toots—. Se venden enseguida. Hemos tenido suerte de conseguirlos.

Jane se preguntó qué podía tener de bueno el pastel amorfo y teñido de verde que él le tendió, envuelto en una bolsa de papel, pero, al morder el bizcocho semidulce y saborear el suave relleno de coco raspado, cerró los ojos y se preguntó si había muerto y había ido al cielo.

Kingstown estaba rodeada de colinas escarpadas y, mientras avanzaban, Toots señaló un fuerte que dominaba la ciudad por el lado norte. Explicó que el Fuerte Charlotte había sido construido por los británicos en 1763 y tenía un faro que actuaba como baliza a la entrada de la bahía de Kingstown. A lo largo de los años, el fuerte se había utilizado para diversos fines, como asilo de pobres, leprosería y hospital psiquiátrico. Incluso se había usado como prisión.

Para su sorpresa, Jane descubrió que empezaba a disfrutar. El pastel Red Belly le había dejado una deliciosa sensación de satisfacción y Toots era un guía excelente. En lugar de sentirse incómoda, le gustaba la atención que estaba recibiendo.

Selwyn observó los barcos en el agua y preguntó por la animada actividad del puerto. Toots dijo que era el principal puerto comercial de las Granadinas y el centro de la industria agrícola insular. Jane sintió que la historia rezumaba de cada ladrillo de los impresionantes edificios coloniales mientras contemplaba los antiguos almacenes, que parecían cobrar vida mientras Toots describía cómo habría sido la bulliciosa zona siglos atrás. Se imaginó ser una visitante del Kingstown en el siglo XVIII y ser testigo de la variada vida de sus habitantes. Mercancías como el azúcar, el ron, el tabaco y el café se envasaban en barriles y se cargaban en barcos con destino a Europa y Norteamérica. Toots explicó que el puerto había sido el hogar de marineros, tenderos, comerciantes y artesanos, y Jane casi podía oír el ajetreo de los fantasmas de una época pasada.

Ella guardó silencio mientras Toots describía cómo más de cuatro millones de africanos fueron llevados a las islas del Caribe. Se agarró al brazo de Selwyn cuando Toots les habló de los anuncios en los periódicos que informaban de la llegada de cargamentos de africanos que eran descargados en las instalaciones del muelle. Jane casi podía oír sus voces atormentadas. Visualizó las prisiones humanas y sintió que las lágrimas le caían por las mejillas al pensar en aquellas aterrorizadas personas que llegaban, a la espera de su destino.

En silencio, Selwyn le tocó la mejilla y le secó suavemente las lágrimas.

Caminaron por oscuros callejones serpenteantes hasta el centro de la ciudad y, de nuevo, Jane se sintió satisfecha de no estar sola. Kath había tenido razón.

Pronto llegaron a la plaza del mercado, donde el despliegue de eclécticos puestos se extendía por todos los rincones. Jane no salía de su asombro al caminar junto a montañas de frutas de colores y verduras maduras apiladas en cajas y expuestas en mesas, que se desparramaban por el suelo. Malangas, boniatos, ñames, frutos del árbol del pan y guayabas estaban junto a cocos, maracuyás, plátanos de higuera y piñas. Toots le dijo que el rico suelo volcánico de la isla era perfecto para cultivar productos agrícolas y que las cosechas se habían recuperado rápidamente tras la erupción volcánica de principios de año.

—La naturaleza es milagrosa —dijo Jane, y se maravilló de sus poderes reconstituyentes mientras estudiaba una gran selección de plátanos de diferentes formas.

Toots le explicó que había más de ciento veinte variedades.

Una señora con un delantal de arpillera sobre un vestido de algodón estaba sentada junto a un carro cargado de hierbas y especias. Llevaba la cabeza envuelta en una tela de vivos colores.

—¡Oiga, señora! —gritó y, agitando su carnoso brazo, insistió en que Jane oliera y probara sus productos.

—Estoy tentada de comprar uno de cada —le dijo Jane a Selwyn mientras hacía sus compras—. Es todo tan fresco. —Observó cómo la vendedora pesaba el cardamomo, la salvia y la canela, y luego retorcía los productos en pequeños paquetes.

—Creo que eres muy buena cocinera —respondió él—. Tu amiga Kath me ha dicho que eras excelente en tu trabajo. Debe de haber sido fascinante trabajar en televisión con tantos chefs famosos.

Jane se preguntó cuándo había encontrado Kath tiempo para mantener una conversación tan profunda con Selwyn. Él parecía saber mucho más sobre sus circunstancias de lo que ella recordaba haberle contado.

—Espero que algún día cocines para mí —dijo Selwyn.

No era una pregunta, sino más bien una observación, como si él diera por sentado que sus caminos volverían a cruzarse después del crucero. Nerviosa, metió las compras en el bolso mientras las mariposas empezaban a bailarle en el estómago. Jane se sonrojó y se dio la vuelta.

—Me apetece un ron —anunció Toots.

—Suena bien —opinó Selwyn.

Jane no estaba segura de que el ron por la mañana fuera bueno, pero, como no quería separarse de sus guías, se quedó a su lado mientras Toots preguntaba a un lugareño adónde ir.

—Id hasta el final del callejón, hasta que lleguéis donde hay cuatro chicos rudos cojeando en la cuadra —explicó el anciano—. Veréis un garaje. No giréis allí; girad a la derecha y veréis una puerta verde. Esa no es. Seguid recto. Es la casa roja que tiene un árbol delante.

A Jane se le abrieron los ojos como platos. No tenía ni idea de lo que decía el hombre, pero Toots parecía saber adónde iban. Se agarró al brazo de Selwyn cuando empezaron a andar y sintió calor e incomodidad cuando aceleraron el paso. ¿Qué pensaría él de aquella mujer tan torpe agarrada a su brazo?

Era una calle oscura y claustrofóbica, y las aceras estaban llenas de basura. Varios gatos sarnosos arañaban las sobras de pescado de un contenedor desbordado. Una mujer con minifalda de cuero estaba de pie en un portal. Fumaba mientras los observaba acercarse, y Jane se dio cuenta de que la peluca de la mujer le colgaba de un lado y se le había corrido el pintalabios, de un rojo intenso. Chasqueó los dientes al pasar ellos.

Un rastafari salió de detrás de la mujer y se puso a la par de Toots. Hablaron en voz baja y Jane no pudo oír su conversación. En unos instantes llegaron de nuevo al puerto, en la parte industrial, y los guiaron hasta un pequeño bar, donde se sentaron en sillas de plástico alrededor de una mesa desvencijada. Jane observó el lugar a través de una neblina de humo. El bar estaba a oscuras y Toots le explicó que el dueño no encendía las luces para ahorrar dinero. Se dio cuenta de que seguía agarrada del brazo de Selwyn, pero, cuando él ajustó su posición, su mano se deslizó hacia la suya.

—El verdadero Kingstown —dijo y sonrió—. No te preocupes, estás a salvo.

La mano de Selwyn se sentía cálida y fuerte y, a pesar del instinto de apartarse, Jane la asió con fuerza.

Se acercó un hombre. Llevaba largas rastas grises y barba de chivo y caminaba descalzo, con una cojera torcida. La mayor parte de su piel estaba cubierta de tatuajes. Chocó los puños con Toots, dijo llamarse Spirit y anunció que era el embajador no oficial de la marihuana de San Vicente y las Granadinas. Su voz era grave y ronca. Sacó una silla y se sentó para explicar que se le había alojado una bala en la garganta durante un atentado contra el fiscal general. La bala seguía allí. Tras pasar una temporada en la cárcel, se demostró su inocencia y abrió esa tienda de ron.

Jane se quedó boquiabierta. La franqueza de Spirit le pareció demasiada información, y se quedó con la boca abierta mientras estudiaba la cicatriz irregular de su cuello. Llevaba pantalones cortos hasta las rodillas y un chaleco recortado, y ella se quedó mirando el tatuaje de su espalda. Era la cabeza de un león bellamente grabada, de ojos conmovedores y suaves. Vio cómo llamaba al rasta que los había conducido al bar. Sacó una bandeja con bebidas y todos cogieron un vaso.

—Este ron es el mejor de las Granadinas —dijo Spirit—. Se llama Sunset y es ilegal venderlo fuera de las islas.

Jane observó cómo Selwyn, Spirit y Toots bebían un chupito. Se llevó el vaso a la nariz. El ron era oscuro y aterciopelado y, deseosa de seguir el ritmo de sus compañeros, Jane se lo llevó a los labios y lo apuró de un trago.

Era como si el tiempo se hubiese detenido. Durante lo que pareció una eternidad, el cuerpo de Jane quedó paralizado.

—Dios mío... —le susurró a Selwyn mientras su sangre empezaba a fluir de nuevo—, ¿qué ha sido eso?

—Sunset tiene ochenta y siete grados —respondió él—; por eso no se puede exportar.

—Por un momento pensé que estaba viviendo mi última puesta de sol —murmuró Jane.

—Tranquila, tómate un refresco a continuación o te llevaremos de vuelta.

Jane pensó que haría falta algo más que Toots, Spirit y Selwyn para llevarla de vuelta y sonrió al imaginar las caras de Kath y Anne.

Spirit estaba pasando un porro, y Jane, ya más relajada, extendió la mano. Sentía sus miembros como miel líquida, dulce, sexi y flexible.

—¿Estás segura? —preguntó Selwyn.

—Por supuesto —mintió—. Doy caladas muy a menudo.

Jane no había fumado en su vida y, al aspirar hondo, sintió que se le desorbitaban los ojos, que el corazón le latía con fuerza y que el pecho se le dilataba como si estuviera a punto de estallarle. Empezó a sonar música y reconoció el ritmo de una canción *reggae*. En trance, Jane se puso en pie y, entregándole el porro a Toots, empezó a balancearse. Movió las caderas de un lado a otro y, cerrando los ojos, empezó a bailar. La sensación era increíble y su cuerpo había cobrado vida. ¿Por qué nunca había escuchado música *reggae*? Era el sonido más delicioso, y la sensación de bienestar de Jane no se parecía a nada que hubiera conocido antes. Extendió la mano y, cogiendo la tela de su vestido con ambas manos, se alejó del grupo sentado.

—Lo que tiene el *reggae* es que, cuando te toca, no hay dolor, ni físico ni emocional —le dijo Selwyn a Toots mientras miraba bailar a Jane.

Jane cantó al ritmo de la música y empezó a hacer girar la vaporosa y lujosa tela. Era ajena a lo que la rodeaba y estaba totalmente inmersa en el ritmo.

Selwyn sonrió. Le fascinaba ver cómo Jane cobraba vida y resistió el impulso de ponerse en pie de un salto y unirse a ella. Aquel era su momento, y nada debía romper el hechizo. Absorta, Jane no se dio cuenta de que Selwyn se había metido la mano en el bolsillo y había sacado una funda de plástico. Abriéndola con cuidado, esperó a que todas las miradas se posaran en Jane y esparció el contenido por el suelo arenoso. A Flo nunca le había gustado bailar. Era feliz cantando y aplaudiendo en el coro de la iglesia, pero bailar era cosa del diablo y había que evitarlo a toda costa. La ceniza se mezcló con el polvo, y Selwyn creyó oír a Flo maldiciéndole por haberla metido en semejante antro de iniquidad.

—Baila como si nadie te viera, querida —susurró Selwyn.

Dejando a un lado sus pensamientos sobre Flo, se dio la vuelta y sus ojos siguieron todos los movimientos de Jane. La mujer se mostraba segura y despreocupada en su propio mundo, y él recordó el cuadro. Las palabras del artista resonaron en sus oídos: «Quizá sea la mujer de tus sueños».

¡Sí! Selwyn se dio cuenta. ¡Era Jane! Cada pincelada reproducía la visión que tenía ante él. ¿Por qué no lo había visto antes? Su corazón estaba henchido de gozo y, de repente, sintió una oleada de emoción al darse cuenta de que se estaba enamorando.

No obstante, mientras Selwyn respiraba hondo, comprendió que ella sería un reto, y decidió que su misión sería sacar a Jane de su caparazón para que floreciera y viviera la vida plenamente.

—*Every little thing gonna be all right*[3] —cantaron Selwyn, Toots y Spirit cuando se volvieron a sentar para fumar, beber y disfrutar del torbellino de colores en movimiento que tenían ante ellos.

---

[3] De la canción de Bob Marley «Three Little Birds».

16

Anne había disfrutado de un día maravilloso en compañía de Dicky mientras recorrían la isla de San Vicente. Se sintió eufórica al atravesar el barco y entrar en Hibisco, donde encontró a Kath sentada a la sombra en el balcón. Estaba leyendo un libro.

—Hola —exclamó mientras tiró su húmeda bolsa de playa al suelo del cuarto de baño—, ¿has tenido un buen día?

—Vaya que sí —respondió Kath, levantando la vista de las páginas abiertas cuando Anne se unió a ella—. Bridgette es una guía experta y lo sabía todo sobre conservación e historia de las plantas.

—¿Fue interesante su charla?

—Sí, fascinante. El jardín botánico es enorme y uno de los más antiguos del mundo. Vimos a los famosos loros de San Vicente escondidos entre racimos de frutos del árbol del pan, en las ramas de los árboles. Fue todo un espectáculo.

—Una vez tuve un periquito. —Anne frunció el ceño—. Un día abrí una ventana sin querer y salió volando.

Intuyendo que a Anne le interesaban más los periquitos que los jardines botánicos, Kath no quiso oír hablar de la escapada de Anne.

—¿Cómo te ha ido el día? —preguntó Kath—. ¿Lo has pasado bien?

—Ha sido genial. Hacía tiempo que no me divertía tanto.

—¿Cómo fue el decorado?

—Impresionante. Han transformado la bahía de Wallilabou en un plató de estudio para que parezca Port Royal en Jamaica. Se supone que allí se rodó la primera película de *Piratas del*

Caribe. —Anne se tumbó en una silla junto a Kath y se quedó mirando el mar en calma.

—Te ha dado el sol; tu piel parece tostada.

—Hemos estado nadando casi todo el día. Ha sido maravilloso. —Anne sonrió—. Dicky fingió que era el capitán Jack Sparrow y se bajaba de un barco que se hundía para capturar a una damisela ahogándose, que era yo.

—Madre mía, es todo un héroe. —Kath enarcó las cejas y dio un golpecito al libro—. Estoy segura de que está a la altura de algunas de las aventuras que describe en su novela.

—No es una novela; es su autobiografía.

—A mí me parece ficción —respondió Kath. Cerró las páginas del libro de Dicky Delaney, *Mi vida en el mundo del espectáculo*—. ¿Qué más has hecho?

—Fuimos al parque natural y nadamos bajo las cascadas. Luego nos llevaron a la playa de Buccament, y, oh, tendrías que haber visto el agua. —Anne suspiró—. Era cristalina, y nuestro guía lanzaba trozos de beicon para animar a las tortugas a acercarse hasta nosotros.

—Me encantaría ver tortugas —dijo Kath.

—Eran tan mansas. —Anne se inclinó hacia su amiga y susurró—: Y, de hecho, toqué una.

—¡Qué suerte! —Kath abrió mucho los ojos.

—Lo sé. Fue muy emocionante. Luego comimos langosta y bebimos una botella de vino francés caro, en un chiringuito, y nos dimos otro baño antes de volver al barco.

—Parece que el viaje ha tenido una buena relación calidad-precio si te las has arreglado para comer langosta, beber vino y disfrutar tanto.

—Bueno —dijo Anne—, en el parque patrimonial hay que pagar y, por supuesto, la comida no está incluida.

—Imagino que pagaría Dicky, con lo que gana.

—Por desgracia, había olvidado su billetera, pero le comenté que no se preocupara y dijo que pagaría la próxima vez.

Kath se quedó mirando a Anne. ¿Seguro que no se había pasado todo el día aflojando la pasta por Dicky? Quiso seguir presionando a Anne, pero Jane la interrumpió de repente.

—¡Hola! —gritó Jane—. ¿A alguien le apetece un trago? El sol se está poniendo.

Anne y Kath se asomaron por la puerta del balcón y vieron a Jane rebuscando en el contenido del bar. Cogió una botella de vino y apretó entre los dientes un paquete de caramelos de chocolate.

—¿Tienes hambre? —preguntó Anne mientras Jane dejaba la botella sobre la mesa.

—Me muero de hambre; necesito azúcar. —Desapareció y volvió con tres vasos. Abrió el paquete, se metió un puñado de caramelos en la boca y empezó a tararear.

Anne les sirvió las bebidas y observó a Jane. Se dio cuenta de que Kath también la miraba y puso cara de perplejidad cuando Jane se balanceó y empezó a bailar. Intercambiaron miradas de desconcierto, entonces Kath se encogió de hombros.

—¿Te encuentras bien? —preguntó Anne.

—Mejor que nunca —respondió Jane. Con los brazos en alto, dobló las rodillas y movió las caderas de un lado a otro; luego empezó a cantar mientras bailaba por la cubierta.

—¿Has estado fumando maría? —Kath se incorporó y soltó una carcajada.

—Puede que haya fumado un poco. —Jane sonrió.

—Oh, cariño. Menos mal que no te han revisado al volver a bordo. Hueles como el coche de hierba de Errol.

—Yo tomaré una buena ración de lo que ella haya tomado. —Anne se rio y se quitó las sandalias mientras Jane rodeaba a sus amigas.

—¿Supongo que Selwyn es el responsable de esto? —preguntó Kath.

—Tranquila, hombre, tranquila.

—Espero que no lleves nada de contrabando. Podrían echarnos del barco.

—Seguro, hombre, seguro...

—Creo que Jane te está diciendo que todo está bien. Ha pasado un día estupendo y ahora tiene ganas de bailar. —Anne soltó una risita cuando Jane abrió los ojos y levantó el pulgar antes de agarrarse el vestido y hacerlo girar en el aire.

—Es muy impropio de una mujer de nuestra edad —refunfuñó Kath—. Colocarse a los sesenta y tres años es insensato y no es algo de lo que hayamos hablado cuando organizamos este crucero. —Se quitó las gafas y apartó la bebida—. Creo que tengo que volver a hablar con Selwyn. No esperaba que te llevara por mal camino.

—A mí puede llevarme por el mal camino cuando quiera —dijo Anne. Echó la silla hacia atrás, cogió a Jane de las manos y giró con ella—. ¡Nunca te había visto tan feliz! —exclamó cuando Jane empezó a cantar más alto—. Y yo estoy encantada —dijo mientras Kath se quedaba en la puerta del balcón, observando lo que hacían.

De repente, Jane dejó de bailar. Se paró junto a la cama y, con un fuerte suspiro, se desplomó sobre el colchón. En unos instantes, se quedó dormida.

—Bueno, Jane está fuera de combate —dijo Kath—. Supongo que no querrá cenar. Difícilmente podría —alzó la voz por encima de los fuertes ronquidos del cuerpo dormido de Jane—. Pero no voy a perderme una comida, y este vino se está calentando. —Luego se volvió. Una sonrisa se había dibujado en su rostro—. ¿Brindamos por el despertar de Jane? —preguntó—. Tengo la sensación de que por fin está saliendo de su zona de confort.

—Es motivo de celebración.

Se asomaron al balcón y contemplaron cómo el sol se desplomaba más allá del horizonte en colores anaranjados y dorados, los últimos rayos antes de que el crepúsculo llamara a las estrellas.

—Este crucero es celestial —dijo Anne—. Me siento tan relajada que es como si todas mis preocupaciones hubiesen desaparecido.

—¿Como si alguien hubiera encendido una luz en tu vida? —preguntó Kath.

—Exacto, y tenemos que aprovecharlo al máximo porque ninguna de nosotras sabe cuándo se apagarán nuestras luces.

Kath enlazó su brazo con el de Anne y contempló el mar, que se oscurecía. ¿Supo Jim que su luz se iba a apagar al pisar la escalinata? ¿Sintió algún remordimiento o le dio tiempo de pensar en la esposa que había estado a su lado durante tantos años? Probablemente no, pensó Kath. La vida puede cambiar con solo pulsar un interruptor, y la suya había cambiado hasta volverse irreconocible en los últimos días. Asintió lentamente con la cabeza y decidió no desperdiciar ni un solo momento del tiempo que le quedara.

—Esta quemadura de sol me está matando —dijo Anne y se tocó la piel enrojecida del brazo—. Creo que no voy a poder cenar.

—Debo de tener algo para eso en mi bolso. —Kath empezó a rebuscar y pronto encontró una loción. Se la dio y de pronto anunció—: Creo que es hora de que vayamos a la peluquería. ¿Qué te parece? Yo invito.

—Yo diría que estaría fenomenal. —Anne ladeó la cabeza y examinó a Kath—. ¿Qué te apetece?

—Me pondré un color que me haga diez años más joven y me lo cortaré.

—Entonces, yo me voy a hacer un cardado, algo para animar a Dicky.

—No necesita que le animen.

—¿Y Jane? ¿Crees que podremos convencerla de que cambie de estilo? —Anne se volvió y miró a su amiga dormida—. Deshacerse de ese corte de pelo le quitaría años de encima, pero no estoy segura de cómo podría peinarse con el pelo tan corto.

Kath se adelantó y cogió el teléfono. Pulsó la extensión de la peluquería.

—Voy a pedir hora. Llevaremos a Jane a rastras si es necesario.

Anne levantó su copa.

—Brindo por eso —dijo—, ¡y por tu revitalización!

***

Dicky se sentó en el camerino y se miró la cara en el espejo. Tenía la piel roja como un cangrejo y sabía que se había excedido tontamente mientras tonteaba al sol todo el día. Miró hacia donde estaba el maquillaje de Melissa Montana, esparcido al azar, y se preguntó si tendría algo que pudiera refrescar su piel ardiente y calmar el enrojecimiento. Parecería un completo imbécil en el escenario esa noche si su cara estuviera tan roja; los focos eran calientes y exagerarían su problema.

—Ya puedes apartar tus sucias zarpas de mis cosas —oyó cuando se abrió la puerta y Melissa entró en la habitación. Esa noche ella iba a actuar en el salón Neptuno y tenía que preparar su número—. No creas que puedes robar nada que convierta a una rana en príncipe —añadió.

—Buenas noches —dijo Dicky, decidiendo ser cortés mientras se palpaba la piel con un paño helado.

—Caray, ¿qué has hecho? —Melissa rio mientras se abrochaba un kimono de seda, tomaba asiento y miraba fijamente a Dicky—. Parece como si hubieras metido la cara en una freidora.

—Muy graciosa —dijo Dicky, con la voz apagada por el hielo—. Si tuvieras corazón, me sugerirías algo para esta quemadura.

—¿Una visita a la enfermería? —dijo Melissa. Ignoró a Dicky y, recogiéndose el pelo con una banda, empezó a aplicarse base en la cara.

—No sé qué hacer, tengo una noche de concursos y bingo en el Teatro de la Sirena, seguida de un espectáculo nocturno en el salón Neptuno. —Retiró el paño e hizo una mueca de dolor al ver su reflejo. Tenía los ojos hinchados, le dolía la cabeza y estaba claro que sufría—. No sé si voy a ser capaz de soportarlo todo.

—Estoy segura de que te las arreglarás. Si no lo haces, Peter dirá que es autoinfligido y reducirá la tarifa de tu contrato.

—Por supuesto que sí. Tengo que hacer algo, pero no sé qué; solo tengo media hora antes de salir al escenario.

Melissa siguió ignorando a Dicky. No sentía ninguna compasión por el cómico mujeriego. Sabía que había pasado el día en una excursión a una isla con una de las pasajeras, seguramente a costa de la mujer. Melissa conocía todos los chanchullos de Dicky, ya que había trabajado en barcos anteriores en los que él había proporcionado entretenimiento. Tontamente tuvo una aventura con él en un crucero de dos semanas por las Canarias. Cuando empezó a aplicarse la sombra de ojos y las pestañas postizas, le echó un vistazo furtivo a la cara. Era evidente que le dolía y que se tambaleaba como un pez mientras intentaba averiguar qué hacer. Ella había hecho muchas tonterías y se imaginó en una situación parecida.

Melissa sabía que el espectáculo debía continuar y se compadeció de él. Se metió la mano en el sujetador, sacó una llavecita y, deslizándola en la cerradura, abrió un cajón y buscó un tarro de crema.

—Toma —le dijo—, usa esto. Me lo dio una anciana de Barbados que prepara píldoras y pociones. No se puede conseguir en la seguridad social, pero debería servir.

Melissa se inclinó y retiró suavemente el paño de la cara de Dicky. Tenía los ojos cerrados y, confiado, inclinó la cabeza hacia atrás. Ella empezó a aplicar con delicadeza el pegajoso mejunje marrón en la cara de Dicky.

—¡Maldita sea, esto duele! —gritó, con los ojos muy abiertos—. ¿Qué demonios me has hecho? —Dicky saltó de la silla y empezó a pasearse por la habitación mientras la crema le quemaba a través de las capas de piel ardiente.

—¡Sé un hombre! —gritó Melissa—. Si le das un momento se calmará.

Y, fiel a su palabra, Dicky sintió que el calor se reducía a medida que la crema enfriaba sus quemaduras solares en cuestión de minutos.

—Ahora puedes lavarte la cara y tomarte un par de estas. —Abrió una cajita y sacó dos pastillas de color naranja—. Te aliviarán el dolor de cabeza y los síntomas de la insolación, también te animarán.

Veinte minutos después, Dicky estaba listo para su actuación. Vestido con su traje de escenario, con un mínimo de maquillaje, se sentía en la cima del mundo.

—Melissa, cariño, eres una maravilla y te debo una —le dijo y la abrazó.

—Cuidado..., me vas a estropear el pelo. —Melissa se apartó y estiró la mano para sujetar su peluca rubia—. Y me debes muchas —dijo.

—¡Mucha mierda! —gritó Dicky al salir del camerino, con los hombros echados hacia atrás y la cabeza bien alta, para dirigirse al Teatro de la Sirena.

Sin embargo, el desprevenido Dicky no tenía, en ese momento, ni idea de que la medicación mágica de Melissa crearía síntomas adicionales que estaban a punto de darse a conocer.

Kath había disfrutado de su comida en el restaurante Terrace y encontró sitio en el Teatro de la Sirena después de tomar una infusión de menta. Se reunió con Harold, Nancy, Bridgette, el Capitán y Selwyn en una mesa cerca del escenario.

—¿Dónde están tus amigas esta noche? —preguntó Harold mientras se acomodaba al lado de Nancy y pedía sus bebidas.

—Anne ha tenido un día ajetreado y ha pasado demasiado tiempo al sol —respondió Kath y pensó en el cuerpo desnudo de Anne, abrasado y tendido en decúbito prono sobre su cama, cubierto de loción de calamina.

Cuando Kath salió sigilosamente de Hibisco, su amiga parecía momificada, y Kath oyó a Anne gemir que nunca jamás volvería a tomar el sol.

—¿Jane está bien? —preguntó Selwyn, con cara de preocupación.

—Perfectamente —respondió Kath—, solo cansada de dar vueltas por Kingstown.

Quería decirle a Selwyn que creía que había sido muy irresponsable y que había llevado a Jane por un camino que solo traería problemas. Sin embargo, al mirarle a los ojos oscuros, sinceros en sus preguntas, supo que no podía enfadarse con él. Después de todo, había traído a la descarriada Jane sana y salva de vuelta al barco, y, si Kath era franca, su amiga parecía habérselo pasado como nunca.

—¿Debería ir y asegurarme de que está bien? —preguntó Selwyn.

—Yo no lo haría; no conseguirás que te diga ni pío.

—Durmiendo como un angelito —susurró Selwyn.

Kath estuvo a punto de decir que Jane no era un ángel. De hecho, después de la salida de ese día, parecía llevar el diablo dentro, pero Peter estaba en el escenario y la banda había empezado a tocar el tema musical de *¿Quién ser millonario?* Las cortinas se abrieron y Peter presentó a Dicky, que corrió hacia el escenario entre aplausos.

El cómico parecía tener un resorte extra cuando cogió el micrófono y preguntó:

—*¿Quién quiere ser millonario?* —Dicky se puso la mano en la oreja y miró al público—. ¿Quién quiere ser millonario? ¡¿Ninguno de vosotros?! ¿Ya sois todos millonarios?

—¡Ojalá! —gritó Harold.

—¡Lo mismo digo! —gritó otro pasajero.

Dicky negó con la cabeza.

—Entonces, no tengo nada que hacer esta noche... —Se dio la vuelta como si fuera a abandonar el escenario.

Pero el público estaba ansioso por que Dicky presentara el espectáculo, y empezaron a aplaudir y vitorear.

—Muy bien. —Levantó la mano—. ¿Hay alguien aquí que quiera jugar a la versión del juego del millonario del Diamond Star?

Como una ola mexicana, las manos se alzaron.

Kath estaba fascinada. Nunca había asistido a un concurso, pero había visto ¿Quién quiere ser millonario? Los programas de concursos, como los crucigramas, eran uno de sus pasatiempos favoritos. Junto con Jim, casi siempre acertaba las preguntas. Recordaba haber visto a un concursante, un mayor del Ejército, al que le había entrado un escandaloso ataque de tos cuando ganó el primer premio. Jim estaba convencido de que el mayor era culpable y Kath estuvo de acuerdo con su marido.

—Tenemos un premio maravilloso —empezó a explicar Dicky—, y el afortunado ganador que responda correctamente a tres preguntas en diez minutos recibirá un tratamiento gratuito en el spa para que se sienta como un millonario. —Dicky metió la mano en el bolsillo y sacó un trozo de papel—. Las reglas son fáciles —añadió—. El concursante tiene cuatro opciones posibles para cada pregunta que yo vaya leyendo.

Kath pensó que todo parecía sencillo y se relajó para disfrutar del concurso.

—Nuestro primer concursante ha sido elegido al azar de la lista de pasajeros. —Levantó la vista—. Y espero que esté aquí esta noche. —Dicky hizo una pausa, dejando que la tensión aumentara—. La afortunada se llama... —Hubo un redoble de tambores antes de que anunciara—: ¡Kath Taylor!

Kath oyó que decían un nombre, pero pensó que lo había oído mal y miró a su alrededor.

—¿Está aquí la señora? —preguntó Dicky.

Kath cogió su bolso y esperó a que alguien se levantara y se dirigiera al escenario. Al cabo de unos instantes, no entendía por qué Harold, Nancy y Selwyn la miraban fijamente.

—Eres tú. —Selwyn sonrió y cogió a Kath del brazo—. Es tu nombre el que ha dicho.

—No digas tonterías —dijo Kath, que se puso nerviosa de repente cuando un foco recorrió la sala y brilló en su dirección.

—Yo vigilaré tu bolso —dijo Nancy, y Harold se levantó para ayudar a Kath.

—Vamos —instó Selwyn.

El público empezó a aplaudir y Dicky se acercó. Cogió la mano de Kath y la guio hasta un asiento mientras uno de los miembros de la banda colocaba un gran reloj en el escenario.

—¡Oh, Dios mío! —exclamó Kath, que se ajustó las gafas mientras se sentaba—. Estoy temblando.

—Bueno, esperemos que los nervios te ayuden. Las reglas

son sencillas: responde correctamente a tres preguntas dentro del límite de tiempo y ganarás el maravilloso premio.

Dicky se quedó mirando a la mujer y se dijo que parecía despistada. Él podía hacer muchas bromas para pasar el rato mientras esperaba a que ella encontrase la respuesta acertada a, por lo menos, una de las preguntas. Kath movió los dedos mientras miraba a Dicky acercarse al reloj.

—El concurso empieza ya —dijo—. ¡Allá vamos!

Kath oyó el tictac del reloj y se sintió vulnerable sin su bolso en las rodillas, allí sentada sola en el escenario.

—¿En qué isla del Caribe está la destilería de ron más antigua? —preguntó Dicky, pero, antes de que pudiera darle las opciones a Kath, ella gritó su respuesta:

—Barbados. Siguiente pregunta, por favor. —La solución fue fácil para ella. Errol le había hablado de la destilería durante su visita a Barbados.

—Dios mío, Kath tiene razón —dijo Dicky, y el público aplaudió.

El reloj marcaba solo cincuenta segundos. Empezó a pasearse por el escenario, pero Kath quería continuar.

—¡Siguiente pregunta! —exigió.

—Veamos si es igual de rápida con esta. —Dicky guiñó un ojo al público—. ¿Cuál es la isla más grande del Caribe? Puedes elegir entre A, Antigua; B...

—Cuba —dijo Kath sin esperar a que Dicky terminara.

Dicky había empezado a sudar. Peter había dado instrucciones explícitas para que el concurso durara diez minutos con cada concursante. Debía involucrar al público y hacer que participara también.

—¿Estás segura? —preguntó, sabiendo ya que Kath estaba en lo cierto—. ¿No te gustaría consultarle al público?

—No. —Kath fue inflexible—. Siguiente pregunta.

—Bueno... —Dicky vaciló—. Esa es, de hecho, la respuesta correcta. —Hojeó las tarjetas que tenía en la mano, buscando la cuestión más desafiante. Dirigiéndose de nuevo al público, dijo—: Confío en que no haya ningún mayor del Ejército entre la audiencia y, si es así, que no tosa, por favor, mientras esperamos a que Kath responda a esta pregunta.

Uno o dos invitados soltaron una risita y Dicky se echó a reír.

A medida que el reloj avanzaba, el público animaba a Kath a gritos, sabiendo que estaba a una pregunta del premio y con tiempo de sobra.

—Deja de hablar y haz la siguiente pregunta —exigió Kath.

Dicky apretó los dientes y levantó una tarjeta. ¡Esto frenará a la vieja en seco! Sonrió.

—Kath, ¿en cuál de las siguientes islas nunca gobernaron los franceses? A, Dominica...

—En Santa Cruz —dijo Kath antes de que Dicky pudiera terminar.

El público guardó silencio mientras esperaba la respuesta de Dicky; por su parte, Selwyn, Harold y Nancy se echaron hacia delante en sus sillas.

—¿No te gustaría llamar a un amigo o consultarlo con el público? —Dicky se entretuvo, miró el reloj y se dio cuenta de que les quedaban muchos minutos por delante.

—No, no lo necesito, Santa Cruz es la respuesta correcta.

Dicky miró fijamente a Kath y se preguntó si ella podría leer de algún modo su tarjeta, pero sabía que era imposible. Empezó a meter relleno antes de dar la respuesta.

—Bueno, una isla fue colonizada por los daneses en el siglo XVII —leyó—, pero los Estados Unidos la compraron en 1917. Los topónimos franceses aún perduran en Santa Lucía...

—Deja de divagar —dijo Kath—. ¿He ganado?

—Vale, Kath. —Dicky hizo una pausa—. Santa Cruz es... de hecho... la respuesta correcta.

Kath estaba de pie y el público la aclamaba. Dicky asintió con la cabeza como si se alegrara de su victoria. Un foco iluminó a Dicky y Kath en el momento en que el fotógrafo del barco tomaba una foto de la premiada y el anfitrión. Cuando el público dejó de aplaudir, Dicky preguntó a Kath si estaba contenta con su premio.

—Ah, sí —dijo Kath. Se puso al lado de Dicky y le miró la cara, estudiando con los ojos las grandes manchas anaranjadas que le habían aparecido de repente por toda la piel—. Pero creo que tú necesitas un tratamiento de *spa* mucho más que yo. De hecho, espero que lo que le pase a tu cara no sea contagioso.

Peter oyó la palabra «contagioso» y se abalanzó sobre Dicky, que seguía pegado al escenario.

—¡Quítate! —siseó Peter y se alejó a trompicones de Dicky moviendo la cabeza de un lado a otro.

Cogió el micrófono de la mano de Dicky, cuya piel también brillaba con manchas anaranjadas. Las pastillas de Melissa habían paralizado a Dicky, no lo habían animado, y además parecía estar experimentando una reacción alérgica. Dicky se miró las manos, luego se palpó las protuberancias de la cara y, cuando el fotógrafo volvió a tomar la instantánea, sus ojos se abrieron de par en par, horrorizados. Kath retrocedió y levantó las manos, dejando claro que no quería pillar nada.

—¡Fuera! —gruñó Peter y se puso delante de Dicky para tomar el mando.

Dicky salió del escenario, donde vio a Melissa escabulléndose detrás de una cortina.

—¡Ven aquí! —le gritó al cuerpo que desaparecía.

Los tramoyistas retrocedieron, con las cabezas giradas y las palmas levantadas como si quisieran apartar a Dicky.

—¡Melissa! —gritó Dicky, con el rostro desencajado y furioso—. Espera a que te coja. —Agitó un puño manchado—. Tus entrometidas pociones mágicas han arruinado mi carrera.

17

A la mañana siguiente, al atracar el barco, el *spa* Marina y Bienestar del Diamond Star recibió a tres nuevas y ansiosas clientas. Vestidas con cómodos albornoces y turbantes de toalla, Kath, Jane y Anne, sentadas con los pies apoyados en reposapiés, disfrutaban de una manicura y pedicura.

—¿No es maravilloso tener todo el día para relajarnos antes de degustar un banquete que se va a celebrar en Martinica? —dijo Anne.

Sus quemaduras de sol se habían calmado y las tres habían decidido saltarse una excursión a la playa y renunciar a ir a otra destilería de ron.

—Desde luego que sí. Ha sido una gran idea de Kath —convino Jane. Examinó un árbol de Navidad decorado con globos de plástico que contenían muestras de las cremas y lociones del balneario, atadas con cintas plateadas y rojas. Cogió una lista de tratamientos y leyó—: «El *spa* es un oasis de calma y utiliza productos marinos activos que curarán, revitalizarán y reequilibrarán tu vida». Tomaré una dosis doble de todo eso.

—Nunca he conocido tanto lujo, y me encanta que me mimen. —Kath sonrió. Había optado por el tratamiento de desestrés y revitalización, que empezaba con una inyección de plasma energizante, seguida de una exfoliación corporal con azúcar moreno y aceites cítricos—. Mi piel parece años más joven y está suave como la seda —añadió mientras tomaba una infusión de naranja amarga y estudiaba un ejemplar del *Diamond Star Daily*.

Contempló asombrada el titular de la portada:

LA SEÑORA TAYLOR GANA UN PREMIO DIAMOND STAR

Por cuarta vez aquella mañana, Kath releyó el artículo que llevaba ese titular y una sonrisa relajada le cruzó el rostro mientras sus mejillas se sonrosaban de placer. Pasó con cuidado los dedos por encima de una fotografía para no estropearse las uñas recién tratadas con manicura. Su propia imagen le devolvió el gesto retratada junto a Dicky Delaney. Para asombro de todos, Dicky parecía haber contraído algún tipo de enfermedad. Tenía la piel del color de las natillas, y la cara, cubierta de manchas anaranjadas.

—¿Crees que tiene la pinta de tener la peste? —Jane se inclinó sobre el hombro de Kath para observar de cerca la cara de Dicky en la foto—. Se ve cerca de la muerte, si me preguntas.

—He hablado con él esta mañana, y me ha dicho que tiene una reacción alérgica a un analgésico —explicó Anne.

—Lo suficientemente grave como para que lo hayan puesto en aislamiento en la enfermería. —Jane soltó una risita—. Eso arruina el resto de su crucero.

—En absoluto. —Anne negó con la cabeza—. El médico cree que se le pasará hoy, y solo estará fuera de combate cuarenta y ocho horas.

—Creí que Peter iba a desmayarse anoche cuando vio la cara de Dicky —añadió Kath—. Era como si una plaga estuviera a punto de arrasar el barco.

—Lo que le habría costado una fortuna a la empresa. —Jane asintió con la cabeza—. No es de extrañar que Peter se disgustara tanto.

—Dicky se va a poner bien. —Anne se mostró inflexible—. Esperemos que vuelva para presentar el *cabaret* el día de Navidad.

—Podría tener un papel en una pantomima —dijo Jane—, como capitán Garfio sin necesidad de maquillaje.

—Muy graciosa. —Anne suspiró y alargó la mano para terminar su infusión de grosella negra.

—No me puedo creer que yo salga en la prensa. —Kath ignoró las bromas de sus amigas y releyó el artículo—. Dice: «La señora Kath Taylor, de Garstang en Lancashire, es la primera concursante del concurso del millonario del Diamond Star que consigue tres respuestas correctas en un tiempo récord». —Los ojos de Kath brillaron—. Todos esos horribles concursos de la tele que Jim insistía en ver han merecido la pena.

—Has tenido suerte de recibir un premio tan estupendo —dijo Jane, asintiendo con la cabeza—, y eres muy amable por invitarnos y pagar lo de Anne y mío también.

—¿No es genial? Me siento como una millonaria después del tratamiento facial, y quiero que las dos disfrutéis de esta experiencia y la compartáis conmigo. —Kath se tocó la piel y pasó ligeramente los dedos por las líneas de expresión del contorno de los ojos—. Mi piel está tersa, rellena e hidratada por completo.

—Pareces diez años más joven —dijo Anne—, y yo me siento fantástica después de mis tratamientos antienvejecimiento, especialmente el masaje con aloe vera, que ha calmado mis quemaduras solares.

—Creo que estás loca por ponerte bótox —dijo Jane con un escalofrío—, e inyectarte todos esos productos químicos en el cuerpo.

—No es peor que el antojo de azúcar —replicó Anne—, que se sabe que es tan adictiva como la cocaína.

—Cada uno a lo suyo. —Jane estiró el brazo y cogió una tortita de fruta—. Pero después de mi tratamiento adelgazante y tonificante me siento como si hubiera perdido kilos.

Kath y Anne intercambiaron miradas y negaron con la cabeza mientras observaban cómo Jane devoraba su tentempié.

—¿Qué tenía de especial tu tratamiento? —preguntó Anne.

—Me envolvieron en una especie de sustancia espumosa los muslos, las caderas y la barriga, con una cosa llamada Frigi-Thalgo, para eliminar las toxinas y el exceso de líquido. —Jane se acarició el estómago.

Cuando la manicurista daba los últimos retoques a las uñas de sus pies, de un rosa perlado, Kath propuso:

—Ahora vamos a peinarnos. Estoy deseando ver qué nos sugiere el estilista.

—¿Alguien ha llamado a un estilista? —Se oyó una voz, y las tres amigas se giraron para ver a un hombre delgado y musculoso que caminaba hacia ellas—. ¡Philippe al rescate! Los rumores del barco me dicen que se trata de una emergencia —dijo.

Kath, Jane y Anne se quedaron mirando mientras la aparición tatuada, vestida con pantalones de harén y camisa Nehru, se plantaba ante ellas. Jane se agarró a los brazos de la silla y estuvo a punto de salir corriendo, pero Kath y Anne le tiraron de la bata y la obligaron a quedarse.

—Todas esas cuentas, pulseras y Buda —susurró Jane—. Ese no me toca el pelo.

—¿Admirando la manga? —preguntó el hombre, extendiendo el brazo. Se arremangó la camisa para mostrar la totalidad de sus vívidos tatuajes—. Gráficos tribales —dijo—. Conozco a un hombre en Martinica. Si vais a desembarcar más tarde, es muy rápido.

—No, gracias —dijo Kath y se cruzó de brazos—. Para mí no.

El hombre dio una palmada.

—Pongámonos en marcha —anunció—. No me han sacado de mi meditación consciente para que me quede aquí meneando la barbilla. —Extendió la mano y le quitó el turbante a Kath. Mientras su pelo se desprendía, pasó los dedos por la masa grisácea—: Humm, seco, espantoso y apagado. —Negó con la cabeza, se volvió hacia Anne y, repitiendo el proceso, susurró—: Demasiado decolorado, con las puntas abiertas y agotado, como la cena de un perro. —Se agachó cuando Anne levantó el brazo.

Mirando hacia abajo, Jane se quitó el turbante y lo sujetó con las manos. Sabía lo que se le venía encima. Sus comentarios reflejarían un terrible corte masculino y un pelo blanco envejecido que nunca había visto las tijeras de un estilista.

—Ahora, querida —dijo y acarició suavemente la cabeza de Jane—, vamos a ponerte guapa.

Jane se preguntó si Philippe estaría drogado y se alejó de sus dedos.

Kath ya había oído bastante y decidió tomar el control.

—Philippe —empezó a decir ella, y se sentó delante—. Mis queridas amigas y yo estamos en un momento de nuestras vidas en el que las cabezas no se vuelven a mirarnos. —Al ver que Jane estaba a punto de interrumpirla y de decir que las cabezas nunca se habían vuelto a mirarla, Kath se giró hacia ella y se llevó un dedo a los labios. A continuación, añadió—: Detestamos admitir que no volveremos a ver los sesenta y quizá podríamos habernos esforzado un poco más con nuestro pelo, en el pasado.

Anne levantó la cabeza.

—Habla por ti —dijo.

Kath la ignoró.

—Pero sé de buena tinta que eres uno de las estilistas más respetados del norte de Inglaterra y que trabajas en el famoso balneario Sparaíso de Lancashire. Te estamos muy agradecidas por tu tiempo de hoy. —Las carillas blancas de Philippe brillaban como un anuncio dental mientras se tocaba el pelo y se acicalaba—. Queremos que la gente se fije en nosotras —dijo Kath—. ¿Puedes hacer que nuestros días de pasar desapercibidas sean cosa del pasado?

La mano de Philippe voló hacia su frondosa cabellera y vieron el destello dorado de una pulsera entre capas de cuero y cuentas enroscadas alrededor de su muñeca. Sus ojos oscuros brillaron mientras se echaba hacia atrás los rizos teñidos de chocolate.

—Retos como este son tan raros como un trébol de cuatro hojas —dijo—, pero es uno que acepto. —Chasqueó los dedos y apareció un ayudante con unas batas—. ¿Estáis listas? —preguntó, mirándolas a cada una.

Como si estuvieran en trance, Kath, Anne y Jane asintieron con la cabeza.

Philippe giró sobre sus talones y, siguiendo su estela, el asistente guio a las amigas hasta la peluquería, donde se sentaron en fila, contemplando sus reflejos en un espejo.

—Debéis confiar totalmente en mí —dijo Philippe. Tenía un brillo malvado en los ojos mientras levantaba unas tijeras en una mano y un peine de cola larga en la otra. Kath, Jane y Anne se encogieron en sus sillas—. Que empiece la magia —susurró Philippe y, sin perder más tiempo, comenzó su misión.

En la parte sur de la isla de Martinica, Selwyn se paró en la playa de Grande Anse des Salines y observó a cientos de veraneantes. Muchos procedían del Diamond Star y disfrutaban del sol y el mar en uno de los lugares más emblemáticos del Caribe. Con las manos en los bolsillos de su bañador escarlata, deseó que hubiera menos gente en la playa, pero sabía que era una de las desventajas de la temporada alta. Las frías tardes de invierno que había dejado atrás, en Lambeth, parecían estar a un millón de kilómetros de distancia mientras sentía cómo el sol le calentaba la piel. ¿Cuántas noches se había sentado solo y había soñado con aguas cristalinas de color turquesa, largas extensiones de arena blanca y cocoteros colgantes?

A pesar de lo concurrida que estaba la playa, Selwyn apreciaba la belleza del entorno. Era un día claro y luminoso, y a lo lejos podía ver la isla de Santa Lucía. Sobresaliendo del agua, en el canal, entre las islas, Selwyn vio la famosa Roca del Diamante brillando a la luz del sol. El inaccesible islote estaba cubierto de espesa vegetación y tenía un pico imponente. Recordó haber leído que a determinadas horas del día parecía la joya que le daba nombre.

—Martinica es una de las pocas islas del Caribe en que aún se cultiva caña de azúcar...

Selwyn se volvió y vio a Bridgette caminando hacia él.

—Cristóbal Colón desembarcó en la isla en 1502, pero los franceses acabaron haciéndose con la propiedad —continuó Bridgette—, y desde los años setenta es oficialmente una región de Francia. —Los piececitos descalzos de Bridgette saltaban sobre la arena caliente—. Cristóbal Colón dijo una vez: «Nunca se puede cruzar el océano, a menos que se tenga el valor de perder de vista la orilla».

Selwyn estuvo de acuerdo. Era una cita interesante. Aun así, no necesitaba una lección de historia y había pasado bastante tiempo leyendo sus guías. No obstante, al ver a Bridgette, se alegró de tener su compañía y decidió complacer a su nueva amiga.

—¿Sabías que la emperatriz Josefina Bonaparte, esposa de Napoleón, nació en la isla?

—Por supuesto —respondió Bridgette—. Josefina fue venerada por su fama, pero vilipendiada por propagar el comercio de la esclavitud. En los años noventa, los lugareños se enfadaron porque la emperatriz había estado a favor de la esclavitud y destruyeron la estatua que había de ella en la capital, Fort-de-France. —Bridgette negó con la cabeza—. Y no puedo culparlos por hacerlo.

—¿Te vas a bañar? —preguntó Selwyn, al observar que Bridgette llevaba un bañador con estampado de amapolas y falda.

Colocando las manos en las caderas, miró hacia arriba y hacia abajo por la playa.

—Preferiría llegar a la sección nudista, pero no estoy segura de poder llevar al Capitán hasta allí. —Bridgette miró más allá de la playa, donde la orilla y los árboles estaban más frondosos. Como los hombres cerilla de Lowry, los bañistas morenos se arremolinaban a su alrededor.

Selwyn se volvió para mirar al grupo de pasajeros con los que había viajado desde el barco hasta la playa. Bridgette había insistido en que el Capitán pasara el día fuera. Estaba decidida a sacarlo del barco y alejarlo del bar. Ahora, él estaba sentado en una tumbona a la sombra de un árbol y agitaba su bastón a todo el que pasaba.

—Eres muy amable por haberle acompañado —dijo Selwyn. Pensó en los cuidados de Bridgette al exigir que se pusiera a su disposición una silla de ruedas para transportar al Capitán desde el barco hasta el autobús. Selwyn le había ayudado.

—Le tengo mucho cariño. Nos hemos divertido a lo largo de los años en los cruceros. No siempre ha sido tan despistado y en su día era muy divertido. También era todo un Romeo con las damas. —Bridgette se quedó pensativa mientras levantaba la mano, y el Capitán agitaba su bastón—. Siempre me ha apoyado en las charlas, y cuando Hugo venía conmigo se pasaban horas charlando en el bar.

—Debes de ver un gran cambio en él —comentó Selwyn.

—Por supuesto, envejecer es cruel, y ¿querrías estar atrapado en el barco todo el tiempo, cuando hay tanta belleza por todas partes? —Bridgette miró a su alrededor—. De hecho, creo que un baño en el mar le vendría bien al Capitán.

Y así fue como Selwyn se encontró cargando a un hombre delgado de ochenta y ocho años por una playa abarrotada y metiéndolo suavemente en el agua. Harold, que llevaba un minúsculo bañador, estaba bebiendo cerveza en un bar cercano y se acercó a ayudarlos. Nancy, cómodamente vestida con un amplio caftán y tomando una piña colada, miraba.

El Capitán yacía de espaldas en el mar. Llevaba pantalones cortos de natación con el estampado de la Union Jack que flotaban como una bandera alrededor de su cuerpo marchito. Selwyn y Harold le cogían de la mano mientras Bridgette nadaba con delicadas brazas, rodeando al trío.

—¡Tiburones! —gritó el Capitán, y empezó a dar patadas con las piernas y a chapotear antes de lanzar una carcajada.

—Está disfrutando —dijo Bridgette mientras hacía una pausa para recuperar el aliento—. El baño será muy beneficioso para él. —Se acercó al Capitán—. Lo tengo. —Cogió la mano del Capitán y apartó a Selwyn—. Vete a nadar tú también.

Selwyn se sumergió bajo la superficie y se alejó de la orilla. Sus brazadas eran rítmicas y sintió una repentina sensación de libertad, casi una ingravidez de cuerpo y mente. Años de vacaciones negadas y frustración contenida le dieron energía en la sedosa calidez del agua. Nadar era un ejercicio excelente, pensó mientras salía a la superficie y miraba hacia la playa. Sus baños matutinos en el centro de ocio de Brixton no se podían comparar con la calma del mar Caribe. Aun así, le mantenían en forma, al igual que la piscina de aguas abiertas de Brockwell Lido, donde pasaba muchas horas en los meses de verano. Flo nunca iba con él, a menos que fuera para sentarse en la cafetería a tomar té y comer tarta. Nunca había conseguido convencerla de que asistiera a clases de natación, y ella se negaba a meter su cuerpo en la piscina. Las vacaciones en la playa habían quedado descartadas.

Selwyn se giró para flotar y contempló un cielo tan azul como los ojos de su madre. Cuánto se había perdido Flo en la vida... y cuánto se había perdido él también. La vida de ella giraba en torno a la iglesia, el pastor Gregory y la congregación, y Selwyn lo había permitido. Tal vez debería haber sido más firme y haber insistido en que escaparan de la vida que llevaban en Lambeth. Pero, en el fondo de su corazón, Selwyn sabía que la única salida habría sido dejar a Flo, y, por el bien de su hija, era un camino que nunca había decidido tomar.

Metiendo la mano en un bolsillo, Selwyn sacó una bolsa impermeable. La sostuvo en alto, se recostó y observó cómo las cenizas de Flo se enganchaban en una brizna de brisa y giraban hacia el cielo como el humo. Sonrió al ver cómo se dispersaba la nube gris.

—Vuela alto, querida —susurró Selwyn.

Una imagen de Jane bailando en el bar de Spirit le vino a la mente. Había girado su cuerpo y se movía libremente como si una llave hubiera abierto sus inhibiciones. Selwyn se preguntaba por qué Jane se odiaba tanto a sí misma, ya que, en su opinión, era una mujer buena e independiente. Pese a ello, en algún momento de su vida había perdido la confianza en sí misma. ¿Cómo podía ayudarla a recuperarla? Mientras se entretenía perezosamente en el agua, era agradable reflexionar sobre aquel problema. Selwyn recordó la cita de Bridgette («Nunca se puede cruzar el océano, a menos que se tenga el valor de perder de vista la orilla»). ¿Cruzaría Jane alguna vez su propio océano? Pero su devaneo con las improbabilidades duró poco, al oír la voz de Bridgette. Al volverse hacia la orilla, Selwyn vio que lo llamaba.

—¡Échame una mano! —gritó ella. Su pequeño cuerpo se balanceó y, junto con Harold, se agarró a las manos del Capitán. El anciano estaba erguido, con el cabello blanco ondulado pegado a la cabeza.

En unos momentos Selwyn estaba al lado del Capitán.

—Ahora, señor —dijo Selwyn—. Si está en forma y listo, es hora de que vuelva a bordo.

—¡Ballenas! —gritó el Capitán mientras Selwyn lo levantaba en brazos—. Estamos perdidos. ¡Consigue ayuda!

Selwyn cruzó a salvo la playa con su frágil cargamento.

—¿Te apetece una copa? —le preguntó Bridgette a Selwyn mientras terminaba de secar al Capitán. Le metió una camiseta por la cabeza, se la puso y luego lo colocó cómodamente a la sombra, junto al chiringuito, donde sonaban villancicos de calipso.

—Cerveza para mí —dijo el Capitán, sin dirigirse a nadie en particular, mientras sus ojos turbios empezaban a cerrarse.

—Mi ronda —dijo Harold y fue a pedir—. ¿Otra de esas, Nancy? —preguntó mientras bailaba al son de la música y se movía por la arena para acercarse a su mujer y señalarle el vaso vacío.

Selwyn ayudó a Bridgette a sentarse en un taburete. La gente del bar parecía agradable. La mayoría de los bebedores eran del barco. La familiaridad fluyó tan rápido como las bebidas, y la conversación se animó.

—¿Has leído el libro de ese cómico? —preguntó Nancy y sacó una sombrilla de cóctel de su piña colada y mordió una cereza.

—¿Qué cómico?

—Ya sabes, ese al que le han salido manchas naranjas en la cara.

—Ha salido en la portada del *Diamond Star Daily* hoy —añadió Harold.

—Oh, te refieres a Dicky Delaney. —Bridgette asintió con la cabeza—. No, no lo he leído. ¿Está bien?

—Ni idea —dijo Nancy—, pero tenemos una copia por la mitad del precio que se paga en la tienda.

—¿Cómo lo has conseguido? —preguntó Selwyn y dio un sorbo a su cerveza.

—Dicky te lo lleva a tu camarote si le pagas en efectivo —dijo Nancy mientras sorbía de su pajita.

—Y también te lo firma en persona. —Harold sonrió—. Se lo vamos a dar a nuestro hijo, el mes que viene es su cumpleaños.

Selwyn había terminado el libro de Dicky la noche anterior y se le ocurrieron mejores regalos de cumpleaños. Se preguntó si Diane, la encargada de la tienda, sabría que Dicky se dedicaba a vender sus libros. No es que fuera asunto suyo.

—Transporte para el Diamond Star. —Un conductor se paró a la entrada del bar para reunir a sus pasajeros—. ¿Algún responsable de esta persona? —Señaló al Capitán, que dormía profundamente. El logotipo de su camiseta decía: «Si se pierde, por favor, devolvedlo al barco».

—Otro día en el paraíso —dijo Selwyn mientras él y Harold ayudaban al Capitán a sentarse en su silla de ruedas y Bridgette empezaba a empujar.

Con el Capitán en el autobús, Bridgette se sentó al lado de Selwyn.

—¿Vas a ir a la cena que se va a celebrar en Fort-de-France esta noche? —preguntó.

—Sí, me gusta la comida francesa y Diwa me la ha recomendado.

—Deliciosa; a mí también me gusta. —La cara de Bridgette se suavizó y suspiró—. Hugo y yo pasamos unas vacaciones maravillosas en Bretaña. Le echo de menos.

Selwyn iba a preguntarle a Bridgette por su difunto marido, pero los ojos de la mujer se habían cerrado. Su cabeza se apoyó en el hombro de Selwyn y, en pocos minutos, se quedó profundamente dormida.

18

En el camarote 1101, las cosas no andaban nada bien. Dicky, que había pasado la noche en la enfermería, yacía en su cama maldiciendo el día en que había conocido a Melissa Montana. Lo que había tomado, que ella le había dado de buena gana, le había producido una reacción grave en la piel. Aunque las manchas habían empezado a desvanecerse, su piel tenía ahora un vivo tono naranja. Había oído por casualidad a una enfermera decir que el cómico parecía un saltador espacial gigante, lo cual, sugirió, podría mejorar su número cómico. El médico tampoco se mostró comprensivo: regañó a Dicky por tomar medicamentos no recetados y amenazó con mantenerlo en cuarentena durante el resto del crucero.

Pero las súplicas de Dicky fueron persuasivas. Como no representaba una amenaza inmediata para los pasajeros, fue enviado a su camarote para permanecer en soledad durante las siguientes cuarenta y ocho horas. En ese tiempo, sería reevaluado antes de volver al servicio.

Su estado le impedía actuar y, en el mejor de los casos, solo podría volver para el concierto del día de Navidad. Durante una incómoda conversación con Peter, se enteró de que, por el momento, Melissa se haría cargo de la agenda de Dicky.

—Vete al infierno, Melissa —maldijo Dicky.

Cuando le preguntaron, Melissa negó haberle dado el medicamento a Dicky. Dijo que debía de haberlo conseguido él mismo en San Vicente. Para empeorar las cosas, Peter le recordó que, debido a una cláusula de su contrato que Clive había aceptado, su enfermedad autoinfligida provocaría automáticamente una reducción salarial.

—¡Mierda! —exclamó Dicky mirando al techo.

A Clive le daría un ataque si su comisión como agente también se desplomaba. Dicky cerró los ojos y pensó en el dinero que dejaría de ganar con las ventas ilícitas de su libro y sus DVD. ¿Estaría ahora gafada su racha de buena suerte en el casino? Otros miembros de la tripulación se apilaban como naipes para ocupar el lugar de Dicky en el cortejo de las viudas ricas. Nathaniel, el gerente del restaurante, pronto luciría un reloj TAG Heuer si no se ponía las pilas.

Dicky saltó de la cama y empezó a caminar. Su cerebro se aceleró y fantaseó con colgar a Melissa de la proa del barco y dejarla caer lentamente en aguas profundas y mortales, para que no volviera a cantar en el mar.

Pero al menos Anne había estado de su lado.

Fiel a su nuevo conocido, había telefoneado y preguntado si Dicky estaba bien. Su suave voz le aseguró que todo el mundo le echaba de menos y que Melissa no estaría a la altura de su talento. Dicky era la estrella del espectáculo. Cogió una botella de *whisky* y se sirvió un buen trago. A medida que el rico néctar ambarino se deslizaba por su garganta, empezó a sentirse más tranquilo. No todo estaba perdido. Anne era una mujer atractiva y, si podía permitirse alojarse en la *suite* Hibisco, debía de tener dinero. Si se esforzaba, no tardaría en recibir montones de recompensas. No era difícil. Tendría que aumentar el encanto, llevársela a la cama, llenarle la cabeza con confesiones de almohada e inventar una historia triste de proporciones monumentales. Así se aseguraría de que la transferencia bancaria de Anne llegara a su cuenta antes de que regresaran a Barbados.

Dicky se colocó frente al espejo y se inclinó para examinarse la cara. Al girarla de un lado a otro, vio que las manchas eran menos pronunciadas y que el color lívido se desvanecería con un poco de suerte. Incluso podría atenuarlo con el maquillaje de Melissa. Era lo menos que podía hacer ella. Se miró el reloj y calculó que los pasajeros habrían regresado de sus excursiones y se prepararían para cenar. Peter había organizado una cena en

Fort-de-France y lamentó perdérsela. La comida francesa era su favorita, y habría sido fácil unirse, contar unos chistes y dejar que otro pagara la cuenta.

Con un suspiro, Dicky se acercó al ojo de buey. Miró al cielo, donde el sol se hundía como una piedra en el horizonte. Se maravillaba de lo que ocurría en el Caribe. Un momento el cielo era una masa de arcoíris de llamas rojas y doradas, y, al siguiente, noche aterciopelada. A veces, había presenciado el extraordinario destello de luz verde de la puesta de sol. Al acercar Dicky la frente al cristal, sus ojos se iluminaron cuando un brillante estallido esmeralda de luz deslumbrante iluminó momentáneamente el cielo.

—Vaya —susurró Dicky—, ¡qué suerte!

Recordó el día que había pasado con Anne en la bahía de Wallilabou, en el plató de Piratas del Caribe. El guía les había contado que los piratas se referían a este fenómeno como un alma que volvía a este mundo de entre los muertos y que esa persona tendría éxito en los asuntos del corazón.

Sintiéndose animado por el avistamiento, se sirvió otro *whisky*. Sentado cómodamente en su cama, susurró para sí:

—Bueno, Dicky, eso es señal de que vas a salir de esta y te vas a ganar el corazón de Anne.

En ese momento, el teléfono de al lado de su cama comenzó a sonar.

—Hola, Dicky Delaney al habla.

—Dicky, soy Anne.

¡Sí! Dicky dio un puñetazo al aire.

—¿Cómo te encuentras?

—Ya sabes: así así. —Dicky puso los ojos en blanco y bebió un trago.

—Te he dejado una bandeja en la puerta, con sándwiches, canapés y una botella de vino.

—No tenías por qué hacerlo. —Dicky sonrió y se frotó el estómago.

—Todo el mundo te echa de menos y espera que vuelvas a estar en activo muy pronto.

Dicky asintió con la cabeza. Tenía toda la intención de volver a estar en activo antes de lo que Anne pudiera pensar y decidió comenzar su ofensiva de encanto de inmediato.

—Basta de hablar de mí —dijo—. Dígame, encantadora dama, ¿qué ha estado haciendo hoy?

—No mucho, la verdad. He estado muy perezosa y me he dado una sesión de mimos en el *spa* del barco. Ha sido un día relajante.

—No necesitas mimos y, si los necesitas, seré yo quien te los administre. —Dicky terminó su copa y escuchó la risita femenina de Anne—. Creo que deberíamos celebrarlo con champán cuando volvamos a vernos, y ¿quizá una cena para dos a la luz de las velas?

—Suena muy bien. Me encantará, Dicky.

—¿Cuáles son tus planes para esta noche?

—Voy a desembarcar con mis amigas. Se celebra una cena en un restaurante de Fort-de-France. Tiene que estar buena.

—Ojalá pudiera estar contigo, pero estaré a tu lado en espíritu.

—Por favor, descansa y, si necesitas algo, déjame un mensaje.

—No pienses en mí; ve y diviértete. Adiós, dulce niña.

Cuando Dicky terminó la llamada, volvió a dar un puñetazo al aire.

—¡Conseguido! —dijo en alto, se levantó y se dirigió a la puerta para recoger la bandeja que Anne había dejado.

En Hibisco, Kath y Jane daban los últimos retoques a sus vestidos. Las dos se divertían mucho en el dormitorio, mirándose con asombro en los espejos de pie que cubrían una de las paredes. En el salón, Anne estaba sentada en un sofá hablando con Dicky. Cuando terminó la llamada, se quedó mirando el teléfono, con el ceño fruncido al oír su último comentario.

—«Adiós, dulce niña»... —dijo Anne en voz alta—. ¿«Dulce niña»? —repitió y negó con la cabeza.

—¿Quién es una dulce niña? —preguntó Kath al entrar en el salón.

—Parece que yo. —Anne hizo una mueca—. Pero, para ser sincera, preferiría ser cualquier cosa menos «dulce». ¿Quizá sexi, seductora, estimulante o atrevida? «Dulce» me hace parecer una santurrona.

—La caza de maridos no siempre es fácil, dulce niña. —Jane sonrió. Se dirigió al bar y sirvió cócteles ya preparados en vasos, añadiendo trozos de hielo—. Seguro que todavía no tienes a Dicky Delaney en la lista.

—Está como rondando —respondió Anne, y dio un sorbo a un delicioso mojito.

—Parecía un completo imbécil y merece estar en cuarentena el resto del crucero. —Jane soltó una risita—. Tienes suerte de no haberte contagiado nada de él.

—No fue culpa suya; pensó que tenía un remedio para su quemadura de sol.

—Creo que debe tener más cuidado con los medicamentos que toma. —Kath fue cauta en su opinión—. Cosas así pueden ser dañinas.

—Debe de tener mucho dinero. —Anne cambió de tema—. Viaja por todo el mundo.

—¿Y te dice que es soltero y vive en una gran casa sin deudas? —preguntó Jane.

—No ha dicho tanto, pero estoy segura de que así son las cosas.

Anne no estaba segura de las finanzas de Dicky, tampoco de su estado civil, y también estaba de acuerdo con Jane en que Dicky había hecho el ridículo. No obstante, ya se preocuparía de eso por la mañana. Les esperaba una noche emocionante.

—Bueno, creo que hemos tenido un día de éxito en el *spa* y la peluquería —anunció Kath—, y deberíamos brindar por nosotras por haber sido valientes y haber salido de nuestra zona de confort.

—¿Crees que alguien notará algún cambio? —preguntó Jane.

Kath y Anne se quedaron un momento sin reaccionar mirando a Jane.

—¿Lo averiguamos? —Anne se puso en pie.

Kath levantó su copa.

—Antes de irnos, propongo un brindis por mis dos maravillosas amigas —propuso—. Quiero daros las gracias por ayudarme a disfrutar de estas vacaciones. —Kath tenía los ojos llorosos—. Me habéis hecho darme cuenta de que no estoy preparada para una residencia, ni para andadores, ni para nada relacionado con la vejez. Soy una mujer de cierta edad a la que le importa un bledo el número de su edad.

—Y mi número no está registrado —añadió Anne.

—Eso, eso. —Jane se frotó la barriga—. Me muero de hambre, así que sugiero que nos pongamos en marcha.

Salieron de la *suite* y atravesaron el control de seguridad hasta llegar a la pasarela. Peter, vestido con ropa informal, golpeaba con impaciencia un portapapeles con un bolígrafo.

—Llegáis tarde —las amonestó y comprobó sus nombres en una lista. Cuando levantó la vista, se sobresaltó y retrocedió un par de pasos—. Vaya —dijo—, debo decir que me habéis dejado sin aliento. —Abriendo los dedos contra el esternón, continuó—: Como os habéis esforzado tanto con vuestro aspecto esta noche, estáis perdonadas. —La sonrisa de Peter era amplia y cálida—. Los demás se han adelantado y tengo un vehículo esperándoos para llevaros a comer a La Cave au Coq. —Se hizo a un lado—. Por favor, seguidme.

Lejos de la brisa del barco, el aire era húmedo y cálido. Un coro nocturno de cigarras y grillos, cuyo parloteo iba *in crescendo*, los saludó mientras Peter acomodaba a las pasajeras en un taxi y se colocaba junto al conductor.

—Un nombre interesante para un restaurante —comentó Anne mientras se ponían en camino.

Jane se llevó el abanico a la cara e hinchó las mejillas.

—Espero que haya aire acondicionado.

Después de conducir despacio durante unas manzanas, en las que contemplaron la elegante moda de los grandes almacenes Galeries Lafayette, entraron en la Rue Victor Hugo. Sus ojos se abrieron de par en par cuando el vehículo pasó por la calle comercial más de moda del Caribe, donde los escaparates mostraban la última moda de París y la Costa Azul. Los artículos de lujo de Cartier, Baccarat y Lalique exhibían con orgullo el diseño francés.

—Hemos llegado. —Peter se hizo a un lado mientras el conductor abría la puerta y Kath, Anne y Jane bajaban—. La Cave au Coq —anunció Peter.

Él se dirigió hacia una gran puerta de madera y tiró de un cordón. Una campana sonó a lo lejos y, al cabo de unos instantes, un rostro se asomó y los invitó a entrar. Madame Rochelle era una mujer elegante vestida de escarlata y encaje negro. Llevaba el pelo negro azabache recogido en un moño tirante y unos taconazos que quitaban el hipo.

—*Pog* aquí —dijo, y los condujo a través de una tienda repleta de chocolates y vinos finos.

Jane se detuvo a estudiar un expositor de delicias caseras, pero Kath la sujetó del brazo.

—Podemos echar un vistazo más tarde —susurró.

Subieron una estrecha escalera y Madame Rochelle descorrió una pesada cortina de terciopelo.

—*Disfguten* de la velada —dijo e hizo pasar a las rezagadas.

La sala estaba iluminada con velas y llena de murales de la campiña francesa bajo un techo abovedado de cristal. Las estrellas centelleaban en el cielo junto a una luna plateada. Un árbol de Navidad cubierto de farolillos iluminaba un rincón, y cintas y guirnaldas navideñas adornaban todos los rincones. En el centro de la sala, sobre un pedestal, había un enorme pollo dorado.

—¡Guau! —Las tres amigas dieron un grito ahogado.

—Es mágico —exclamó Kath mientras contemplaba los candelabros dorados, el reluciente cristal tallado y el almidonado lino blanco.

—Como un peculiar café francés —dijo Jane.

—Me parece maravilloso —susurró Anne—. Así que, ahora que hemos encontrado La Cave, esto debe de ser Le Coq —añadió y se acercó a tocar el pollo dorado.

La sala estaba llena de pasajeros del Diamond Star, que charlaban animadamente.

—Oh, mira, aquí están nuestros acompañantes. —Kath señaló una mesa circular en un rincón.

Las cabezas empezaron a girarse y la conversación se detuvo cuando Madame Rochelle llevo a las tres amigas hasta sus asientos. Como si vieran a las tres recién llegadas por primera vez, Bridgette, Selwyn, Harold, Nancy, Diane y el Capitán se quedaron boquiabiertos, y Peter sonrió. Echaron hacia atrás sus sillas para ponerse en pie y empezaron a aplaudir lentamente.

—¡Dios mío! —exclamó Bridgette—, habéis estado muy ocupadas. Casi no os reconocía.

Selwyn guardó silencio mientras le retiraba una silla a Jane. Harold indicó a Kath que se sentara a su lado, y Anne tomó asiento junto al Capitán.

Este, que llevaba una camiseta con el logotipo «*Vive la France!*», golpeó la mesa con una cuchara y gritó:

—*Mangez bien, riez souvent, aimez beaucoup!*

—Muy cierto —dijo Bridgette mientras Madame Rochelle llenaba las copas de champán de todos—. Todos deberíamos comer bien, reír a menudo y amar mucho. —Sonrió al Capitán—. *Bon appétit* a todos.

—*Bon appétit* —respondieron los demás a coro.

19

A la mañana siguiente, el capitán del Diamond Star, el capitán Kennedy, anunció que, lamentablemente, la escala programada en Guadalupe había sido cancelada. Debido a la reciente revuelta social en la isla, era su responsabilidad, por la seguridad de sus pasajeros, no atracar allí. Ahora habría dos días de mar antes de llegar a San Martín a primera hora del día de Navidad.

Kath, Jane y Anne se sentaron a la mesa del balcón de Hibisco y tomaron el desayuno.

—He leído algo sobre los disturbios de Guadalupe —dijo Kath—, y me preguntaba si no era mejor descartar esa parada.

Jane mordisqueó una dulce manzana roja.

—¿Qué ha pasado? —preguntó y se chupó los dedos.

—El Gobierno francés estableció que todos los trabajadores de los territorios franceses debían vacunarse contra el coronavirus. Es obligatorio —respondió Kath—. Mucha gente se ha opuesto y hay un gran movimiento antivacunas en la isla. Ha habido alborotadores que han incendiado coches y saqueado tiendas.

—Ostras. —Tragó saliva Jane—. Eso no será bueno para el turismo.

—Probablemente ya se haya calmado, pero estoy segura de que el capitán Kennedy no querrá correr riesgos.

—Bueno, a mí me da igual —dijo Anne. Acunó un vaso de zumo de naranja y miró al mar—. No hay más que ver lo bonito que es. Tenemos mucho que disfrutar en nuestro hotel flotante antes de regresar a tierra.

—Oh, pero disfruté tanto anoche. —Kath suspiró—. Fue una velada maravillosa.

—La mejor hasta ahora —convino Anne.

—Creo que a la gente le sorprendió nuestro aspecto. —Jane sonrió—. Creía que todo el mundo se iba a caer de la silla cuando entramos en el comedor.

—La verdad es que hicimos una entrada triunfal —estuvo de acuerdo Kath—. Selwyn pareció el más sorprendido. —Se volvió hacia Jane—. Especialmente con tu nueva imagen, no podía dejar de mirarte.

Jane se incorporó. Alargó el cuello, movió la cabeza y sonrió al sentir cómo las pesadas extensiones de pelo, agrupadas en trencitas, le caían sobre los hombros.

—Me encanta mi pelo —dijo, estirando la mano para acariciar docenas de cuentas de colores enhebradas en estrechas trenzas—. Pensé que Philippe me habría sugerido un tinte o un tono nuevo, pero ha combinado las extensiones blancas a la perfección.

—Ha conseguido que parezca tan natural..., y realmente te sienta bien —dijo Anne—, sobre todo, por lo bronceada que te estás poniendo.

—Nunca pensé que te vería usando hidratante con color y pintalabios —añadió Kath—. Creo que no te das cuenta de lo guapa que eres.

Jane se sirvió un café y pensó en Selwyn. ¿De verdad se había sorprendido cuando ella se sentó a su lado? Cuando les sirvieron el primer plato, él le había susurrado: «Estás preciosa». Las mariposas de la barriga de Jane empezaron a bailar y continuó sintiéndolas durante toda la velada, hasta el momento en que bajaron las escaleras y Selwyn insistió en comprar una caja de bombones.

—Por tener el valor de hacer un cambio de imagen —dijo y le entregó el paquete perfectamente envuelto a Jane.

—¿Sabes que tienes un admirador? —Kath miró a Jane y vio que las mejillas de su amiga se sonrojaban—. Selwyn está enamorado de ti.

—No seas absurda —replicó Jane—, solo es una persona generosa, un caballero, alguien que quería felicitarme por haber cambiado de aspecto. No olvides que perdió a su mujer a principios de año y que está de vacaciones para superar su fallecimiento.

Kath y Anne se miraron y negaron con la cabeza.

—Puedes negarlo todo lo que quieras —dijo Kath—, pero un día puede que despiertes ante la posibilidad de que un hombre te encuentre atractiva y quizá te compense apostar por Selwyn.

—No apuesto y soy una de las perdedoras de la vida en lo que a relaciones se refiere. —Jane fue categórica—. Así que, por favor, deja de intentar empujarme hacia un desconocido del que no sé nada.

Kath sabía que era inútil seguir discutiendo y, aún negando con la cabeza, llenó un cuenco con cereales y empezó a comer.

Jane sorbía su café mientras Kath y Anne charlaban. Estaba a kilómetros de distancia. Recordó la mano de Selwyn cogiendo la suya cuando le dio el regalo. La piel de él estaba caliente, y los dedos de Jane hormigueaban al contacto. Sus ojos eran tan oscuros y penetrantes que ella tuvo que apartar la mirada, murmurando las gracias mientras salía a toda prisa de la tienda hacia el transporte que los esperaba.

Al terminarse los cereales, Kath se limpió la boca con una servilleta.

—Me encanta mi nuevo *look* —dijo—. Nunca me habían hecho tantos cumplidos.

—Tu pelo es fabuloso. —Anne alargó la mano y acarició el brillante cabello de Kath. Atrás había quedado el cabello seco y sin brillo del pasado. El pelo de Kath caía perfectamente en su lugar, cortado en un *pixie* barrido de lado—. Philippe es un genio y el color castaño te ha quitado años de encima.

—Creo que toneladas de crema marina y un montón de productos nuevos contribuyen a ello. —Kath apenas se atrevía a pensar en el dinero que se había gastado en la peluquería.

Jim se habría puesto furioso por su despilfarro. Su visita a la *boutique* del barco también le generó una factura asombrosa. Kath nunca soñó que se pondría un mono con joyas ni que tiraría al mar sus zapatos de tacón. Pero, a partir de ahora, decidió que gastaría cuando quisiera. Al diablo con los recuerdos de la vida anterior a la muerte de Jim.

Anne se tocó la cara con los dedos.

—Estoy tersa y sin arrugas —dijo al ver su reflejo en la puerta del balcón.

—No se te mueve ni un músculo. Tu piel es tan aterciopelada como la de un recién nacido —comentó Jane—. Si parecieras más joven, estarías chupando un chupete. —Sonrió—. Pero aún no sé cómo puedes soportar que te inyecten cosas en la cara y los labios.

—Para estar guapa hay que sufrir. Casi no se me notan las arrugas —respondió Anne—, y realmente no me duele. Unos labios más carnosos me hacen más joven y deseable.

—A una trucha, tal vez... —se burló Jane y se agachó cuando la mano de Anne salió volando.

Anne se acarició el pelo.

—Me encanta este estilo —dijo—. Philippe lo llamaba el corte Lobo.

—En mis tiempos se llamaba pelo mofeta o greñas a capas. —Sonrió Jane.

Anne se rio y se acarició los mechones que le caían suavemente alrededor de la cara.

—Pues a mí me encanta, y me parece muy *glam-rock*.

—Todas tenemos un aspecto glamuroso con nuestros maquillajes, y estoy lista para participar en cualquier actividad que os apetezca hacer hoy. —Jane cogió un ejemplar del *Diamond Star Daily* y empezó a hojearlo—. ¿A alguien le apetece una clase de ukelele? —Sonrió—. O, como alternativa, Bridgette va a dar una charla en el salón Neptuno, «Haz de tu jardín un jardín de exhibición», que le vendrá bien a Kath.

—Mi jardín está muy descuidado —dijo Kath—. Haría falta algo más que una charla de Bridgette para que volviera a estar bien.

Mientras escuchaba a Jane enumerar las actividades programadas para ese día, Kath recordó a Hugh y Harry regañándole por descuidar el jardín desde la muerte de su padre. Sabía que no querían que la propiedad se devaluara y que la presionarían para que se la cediera a ellos tan pronto como fuera posible, a su regreso. Le habían asegurado a Kath que estaría cómoda en el anexo de la casa de Harry, donde, dijeron, estaría segura, y ellos administrarían su dinero y la vigilarían.

¡Tururú!, pensó Kath. No se quedaría encerrada con ninguno de sus hijos. Si su dinero se invertía en el futuro de ambos, Kath sabía que su próximo destino sería una residencia de ancianos, y estaba decidida a no permitirlo.

—Me apetece la clase de baile. ¿Por qué no probamos con el merengue y el mambo? —Anne se puso en pie y se paseó por la sala.

—El único merengue que me gustaría es el de la tarta de limón. —Jane resopló—. Le daré un volantazo al baile. —Pero, mientras las palabras salían de sus labios, Jane pensó en cómo había bailado en el bar de Spirit y en lo libre y viva que la había hecho sentir. ¿Era lo bastante valiente como para ir a aprender algo nuevo con una multitud de completos desconocidos? Estarían todos tan delgados como rastrillos y nadie querría ser su pareja. ¿Realmente quería pasar vergüenza?

Anne se movía de un lado a otro.

—Aprendí a bailar mambo cuando estuve en Sudamérica, en Río, de escala. El tiempo que pasé en Río fue maravilloso, todo sol, mar, romance y baile...

—¿Te dan ganas de volver atrás en el tiempo?

—En realidad, no —dijo y dejó de bailar—. Tengo que afrontar el futuro, no vivir en el pasado.

Jane tiró el *Diamond Star Daily* a un lado.

—Ya he terminado —anunció—. Jaden Bird está haciendo una demostración en el teatro de cocina, «Delicias de las islas», y hay un asiento de la primera fila que lleva mi nombre.

—Entonces, yo iré a apoyar a Bridgette —dijo Kath—. Estoy segura de que disfrutaré de su charla.

—Y yo le voy a dar una oportunidad al ukelele. Nunca se sabe quién puede estar allí. —Anne cogió un pintalabios y se lo aplicó.

—¿Quedamos después para el té de la tarde? —preguntó Jane.

—Buena idea. —Anne se puso delante de un espejo y se ajustó los tirantes del vestido mientras admiraba su imagen.

—Suena perfecto —dijo Kath—, pero he dejado las gafas en algún sitio y no las encuentro. —Rebuscó en su abultado bolso.

Las gafas de Kath estaban a su lado en la mesa y Jane las levantó.

—Oh, gracias, olvidaría qué día es si no estuvieras aquí para recordármelo.

—¿Qué día es hoy? —preguntó Anne.

—Veintitrés de diciembre —dijo Jane—, casi Navidad, y estamos a la mitad de nuestras vacaciones.

—Entonces, sigamos aprovechándolas. —Kath se levantó. Cogió a sus amigas de la mano y las sacó de la *suite*.

20

Dos gloriosos días en el mar transcurrieron placenteramente para los pasajeros del Diamond Star y, con un día extra que llenar, la tripulación se mantuvo ocupada ofreciendo actividades adicionales para entretener a sus huéspedes. Una tarde, los Marley Men ofrecieron un concierto improvisado alrededor de la piscina con música calipso y *reggae*, y los ponches de ron corrían a raudales.

Harold, ya acostumbrado al sol y con los pantalones más cortos, se presentó al concurso de baile limbo. Lubricado con varios ponches de ron e ignorando los gritos de Nancy de «¡Cuidado con el lumbago!», estaba decidido a bailar el limbo pasando por debajo de la barra horizontal más baja.

Peter dirigió la competición y aseguró a todo el mundo que era solo por diversión, mientras los competidores se estiraban, flexionaban y esperaban su turno. Los Marley Men tocaron «Limbo Rock» y coreaban *How low can you go?* cuando Harold se colocó en la final. Decidido, Harold se echó hacia atrás e inclinó el cuerpo bajo la barra. Pero se detuvo a medio camino y varios invitados dijeron que oyeron crujir los huesos de la espalda de Harold desde el otro lado de la piscina. Su grito gutural de dolor se oyó en toda la cubierta.

Nancy se desmayó y Armani y tres socorristas tuvieron que ayudarla a ponerse en pie mientras Harold era colocado en una camilla.

Bridgette, una espectadora, le dijo a Selwyn que Harold había sido un insensato al intentar llevar a cabo semejante hazaña. Un hombre de su edad debería saberlo. Informó de que el récord mundial no batido del juego más bajo del limbo pertenecía a

Dennis Walston, quien, en 1991, se metió debajo de una barra a unos quince centímetros del suelo. Aquella información le hizo jurar a Selwyn que nunca volvería a practicarlo.

Se dedicó a bailar y se unió a los Marley Men.

Antes de ir a prepararse para cenar, Selwyn se paró en cubierta y metió la mano en el bolsillo. Contempló el lejano horizonte mientras vaciaba el contenido de su bolsa de plástico en el mar. A Flo nunca le había gustado bailar, pero sus cenizas, en el bolsillo de Selwyn, sin darse cuenta, lo habían hecho.

Cuando el barco puso rumbo al norte esa noche y la oscuridad dio paso a un nuevo día, los pasajeros se despertaron con una agenda llena. En la cubierta superior se jugaba al tejo y a los bolos, y una clase de acuarela animaba a los artistas en ciernes a sentarse ante los caballetes y pintar escenas náuticas en un estudio lleno de luz. En el salón Neptuno, los invitados asistían a charlas como «Una audiencia con nuestra tripulación», en la que miembros clave de la tripulación explicaban lo que suponía navegar en un crucero alrededor del mundo. El Capitán se sentó en primera fila y aplaudió al reconocer los países que había visitado.

Las clases de baile eran populares, y a ellas asistían muchos, incluida Jane, quien se sorprendió de tener más ritmo del que esperaba.

Mientras Kath iba a clases de ukelele, Anne, frustrada por no ver a Dicky, asistió a un recital de música clásica y se unió a Jane y Kath para disfrutar de una experiencia de queso y vino. Mientras se vestían para la velada, las tres amigas se alegraron de que las asistentas hubieran esculpido árboles de Navidad en las toallas que había al final de sus camas y de que hubieran colocado cajitas de bombones de licor sobre sus almohadas.

—¡Están deliciosos! —exclamó Jane mientras se metía en la boca un minitronco de chocolate con ron, y se disponían a ver a Melissa Montana sustituir a Dicky.

En Nochebuena, las amigas disfrutaron de vino caliente y pasteles de fruta especiada y se colocaron alrededor del árbol de Navidad gigante del vestíbulo para cantar villancicos a la luz de las velas. Entrelazaron sus brazos y se unieron a los demás pasajeros, recordando las Navidades pasadas, mientras un cuarteto de cuerda acompañaba los cánticos. A continuación, se sirvió un bufé en el restaurante Terrace, repleto de platos navideños, con un cochinillo asado como protagonista. El salón Neptuno se llenó para la velada, y a medianoche muchos invitados asistieron a una misa en la capilla.

Cuando amaneció el día de Navidad, el Diamond Star brillaba como un gigantesco globo resplandeciente mientras salía el sol y el barco navegaba silenciosamente por aguas tranquilas.

—Buenos días. —Se oyó en todo el barco la voz del capitán Kennedy mientras los invitados se despertaban—. Es Navidad y me complace decirles que estamos llegando a San Martín en una hermosa y soleada mañana.

Describió lo que se veía desde el puente y las actividades que pronto tendrían lugar. Su voz aterciopelada concluyó con su mensaje del día:

—Compañeros de viaje, permítanme ser el primero en desearles a todos una feliz Navidad caribeña. Espero que hoy sea, para todos ustedes, un día memorable.

21

—¡Arriba! Ha venido Papá Noel. —En Hibisco, Jane se paró a los pies de la cama de Kath y, extendiendo la mano, cogió los dedos de los pies de su amiga—. Vamos, dormilona, despierta. —Llevaba un mono gigante con dibujos de Rodolfo y los demás renos de Papá Noel y se acercó a la cama de Anne para decirle al oído—. *Navidad, Navidad, dulce Navidad* —cantó.

—¡Piérdete! —gritó Anne y, cogiendo una almohada, se la lanzó a Jane.

—Bueno, eso no está nada bien. —Jane se río y se apartó—. Los niños traviesos no reciben regalos de Papá Noel.

—Lo único que quiero para Navidad son dos aspirinas y litros de agua —gimió Anne mientras la noche anterior pasaba por su mente.

Recordaba haber bailado en la discoteca con Bridgette hasta altas horas de la madrugada. El Capitán, encaramado en su habitual taburete en la barra, había estado encantado de suministrar una gama interminable de cócteles mientras observaba a las mujeres girar y retorcerse bajo una bola gigante de purpurina. Agitando el bastón y levantando el sombrero, había movido los hombros y se había unido a la fiesta. Anne recordaba vagamente el cierre de la discoteca y, con el Capitán instalado en su silla de ruedas, junto con Bridgette, y bastante desmejorados, habían negociado el camino a su *suite* para continuar la fiesta.

—Imagino que Bridgette estará sufriendo tanto como tú hoy —dijo Jane.

—No lo creo —murmuró Anne—, estaba compartiendo una *space cake* con el Capitán cuando los de dejado.

—¡¿Qué?! —exclamaron Kath y Jane.

—Me ha dicho que la había comprado en una panadería de San Vicente, y que el pastel de cánnabis es conocido por combatir los efectos del exceso de alcohol y hacerte sentir bien.

Jane recordó el delicioso pastel Red Belly que había comido con Selwyn y Toots. No era de extrañar que aquel día hubiera experimentado una calma sublime. Por no hablar del porro letal de Spirit. Apenas podía criticar a Bridgette.

Kath salió de la cama. Llevaba un camisón con estampado de renos, cogió un gorro de Papá Noel y se lo puso; luego, de pie junto a Jane, se quedó mirando el cuerpo acurrucado de Anne. Volviéndose hacia Jane, ambas asintieron con la cabeza y apartaron las mantas para, a continuación, saltar a la cama de Anne.

—¿Qué demonios...? —Anne levantó la cabeza, despeinada, se quitó la máscara y miró con un ojo cerrado.

—Somos tus Papás Noel de rescate. —Jane se rio, y su cuerpo se retorcía en la cama—. Y si te sientas y ves lo que Papá Noel ha dejado en tu calcetín, te sentirás mucho mejor.

—¿Qué calcetín? —preguntó Anne y se incorporó.

—Este. —Jane entregó a Kath y Anne un calcetín abultado, cortado de sus mallas de gruesas—. Cuando era niña, mi madre solía dejarme un calcetín lleno en los pies de la cama. Siempre era uno de sus pantis Pretty Polly American Tan, normalmente lleno de carreras y desgastado en la punta.

—Yo tenía uno de los viejos calcetines de mi padre. —Kath sonrió—. Había una mandarina en el fondo, una bolsa de monedas de chocolate recubiertas de papel dorado y un pequeño juguete de madera.

—O una bolsa para jugar a *jacks*. —Anne, repentinamente más brillante, se irguió—. Me pasaba horas jugando, sentada con las piernas cruzadas, haciendo botar la pelota en el pasillo y golpeando las fichas metálicas contra las baldosas. Volvía loca a mi madre.

—Bueno, el contenido de tus calcetines se ha actualizado este año. —Jane sonrió—. Espero que aprecies mi sacrificio de cortarles las piernas a mis medias.

—¿Debo coserlas de nuevo luego? —preguntó Kath—. Tengo un kit de costura en mi bolso.

Haciendo caso omiso de Kath, Anne metió la mano en la media y desenroscó el tapón de una botella de *prosecco* en miniatura.

—Perfecto —dijo, y bebió un sorbo—. Una copita para que se me pase la resaca. Papá Noel es un salvavidas.

Kath desenvolvió un tubo de crema de manos La *Prairie*.

—Dios mío, Papá Noel ha sido generoso —exclamó.

Enseguida la cama se llenó de papeles desechados y se rieron mientras desenvolvían cada uno de los regalos de Jane.

—Esto es maravilloso. —Anne gateó sobre Jane y se puso un sedoso camisón de La Perla—. Y Kath me compró un sujetador y unas bragas a juego. —Levantó una pieza del conjunto de encaje en cada mano.

—Consideramos los regalos una inversión —afirmó Kath.

—Para asegurar que tu misión de búsqueda de marido sea un éxito —añadió Jane—. Pavonéate con esto y estarás caminando hacia el altar en un santiamén.

—Os quiero a las dos —dijo Anne, y abrazó a sus amigas.

—¿Dónde está mi bolso? —preguntó Kath y, cuando lo encontró, junto a su cama, cogió sus gafas y empezó a rebuscar—. Una cosita para Jane —dijo, y le tendió una caja bellamente envuelta.

—¿Bombones?

—Ábrela.

Kath observó cómo Jane desataba con cuidado la cinta y abría el regalo. Sobre un lecho de seda yacía un exquisito colgante de tortuga esmaltada en una cadena de plata. Dos pequeños diamantes representaban los ojos de la tortuga.

—¡Oh...! —exclamó Jane—. Es divino.

—La tortuga representa los nuevos comienzos y por eso me ha parecido un regalo apropiado.

—Lo llevaré siempre —dijo Jane y se ajustó el colgante al cuello. Acarició la hermosa joya y se volvió hacia el espejo—. Es lo más bonito que he tenido nunca.

—Ahora, Anne, esto es para ti. —Kath le entregó un paquete.
Anne abrió su regalo y jadeó al ver un anillo.
—La piedra es larimar —dijo Kath—. Es una gema azul única, que solo se encuentra en el Caribe.
—El color es como el azul del mar y del cielo —dijo Anne mientras deslizaba el anillo en el dedo corazón.
—Exacto. Un recuerdo de nuestras vacaciones, pero también de nuestra amistad de toda la vida.
—Oh, Kath. —Anne y Jane abrazaron a Kath con lágrimas en los ojos y le agradecieron sus memorables regalos.
—Ahora me toca a mí. —Anne abrió un cajón y sacó dos paquetes—. Lo que cuenta es la intención —añadió mientras los entregaba.
Jane rompió el papel y sacudió una camiseta de gran tamaño. Al leer el logotipo, soltó una risita.
—«Tu primer error fue suponer que soy una anciana».
Kath se quitó el camisón y se puso la camiseta por encima.
—¿Qué dice? —preguntó Jane con impaciencia.
Kath sacó pecho.
—Dice: «¿Sabes lo que estoy pensando? Porque lo he olvidado».
—¡Sí! —Jane dio un puñetazo al aire—. Es divertidísima, Anne, muchas gracias.
—Mira. —Kath señaló con el dedo y subió el volumen del televisor.
En el canal del barco, cantaban villancicos en la capilla. La cámara enfocó un belén mientras un coro cantaba «Lejos en un pesebre».
—Feliz Navidad, mis queridas amigas —dijo Kath, y las tres se abrazaron mientras cantaban villancicos.

La mañana de Navidad, en su camarote de la cubierta inferior, Selwyn se sentó en la cama y abrió dos tarjetas. La primera era de su hija menor, Gloria, y su pareja, Gwen. Representaba una escena nevada del Ayuntamiento de Lambeth y, al darle la vuelta, reconoció la firma y se dio cuenta de que Gwen había dibujado la tarjeta. Un recuerdo de casa. Selwyn estudió la bella representación del edificio protegido de grado II, un punto de referencia familiar, y admiró cómo Gwen había captado el bello ejemplo de arquitectura barroca eduardiana. Sonrió al leer la inscripción.

Feliz Navidad, papá
Esperamos que estés disfrutando de tus vacaciones
Con todo nuestro cariño, de parte de
Gloria y Gwen xx

Selwyn asintió con la cabeza al leer aquellas líneas y pensó en lo triste que era que solo después de la muerte de Flo hubiera podido Gloria hablarle de Gwen. Sabiendo que su madre habría repudiado a su hija mayor por amar a una mujer, había vivido con su secreto todo ese tiempo. Selwyn se preguntaba qué clase de padre había sido para no saber cómo se sentía su hija. Pero había acogido a Gwen en la familia y se había comprometido a compensarlas a ambas.

La otra tarjeta era de Susan, y el papel barato contenía pocas palabras.

De Susan, Raymond y Charlene

Susan era tan lacónica como su madre y la duplicación viviente de todo aquello en lo que Flo creía. A saber: la Iglesia bautista de Lambeth. Susan y Raymond pasaban más tiempo en la iglesia que Flo, y Selwyn sintió que la distancia crecía entre él y su hija mayor. Charlene, sin embargo, era la delicia del abuelo. Selwyn adoraba a la niña. Sabía que sus regalos habituales eran demasiado caros, pero la pequeña era la niña de sus ojos y él disfrutaba de las preciosas horas que pasaba con ella.

Selwyn subió el volumen de la televisión. En el canal del barco estaban pasando un belén y el villancico «Lejos en un pesebre». Le recordó la infancia en la casa familiar, donde parientes, amigos y vecinos se reunían alrededor de la mesa con sus padres y hermanos para disfrutar de la cocina navideña de su madre. Llenos de buena comida, empezaban con villancicos, pero pronto disfrutaban del *reggae*, el *ska* y el calipso a medida que el día avanzaba y se acercaba la noche.

Selwyn se sintió repentinamente solo y se hundió contra las almohadas.

Era Navidad, una época del año en la que las familias y los amigos estaban juntos. Sin embargo, él estaba solo, en la cama, a miles de kilómetros de casa. ¿Debería estar en el salón de la iglesia de Lambeth? El pastor Gregory le habría dado la bienvenida y se habría asegurado de que Selwyn tuviera compañía.

Selwyn suspiró mientras tocaba las cartas que yacían sobre su cama. Qué bueno sería tener la compañía de una mujer, alguien a quien pudiera hacer el amor y mimar. Una persona de la que pudiera sentirse orgulloso y una compañera con la que compartir los últimos años de su vida. Había muchas mujeres que, sabía, estaría, encantadas de conocerle. A Selwyn nunca le habían faltado admiradoras y, en ocasiones, había jugado fuera de casa. Sin embargo, había sentido un deber hacia Flo y nunca abandonaría a la madre de sus hijos a pesar de que la iglesia fuera un tercer miembro de su matrimonio. Selwyn se consideraba un buen marido, pero no era la vida que había elegido y, sin que su mujer lo supiera, Selwyn tenía un secreto.

Un secreto que esperaba compartir algún día con la persona adecuada. Estiró la mano, bebió un sorbo de agua y pensó en Jane.

—Esa mujer es complicada —susurró.

Selwyn nunca había conocido a nadie tan obsesionado con su talla, y no en el buen sentido. Estaba obsesionada con su sobrepeso, y eso afectaba a su confianza. Pero, a los ojos de Selwyn, era preciosa, y recordó con qué soltura había bailado en el bar de Spirit y sintió que el corazón le latía un poco más deprisa. ¿Podría enamorarse de él y la conquistaría antes de que terminara el crucero? ¿Era Jane la mujer adecuada para compartir su secreto?

Se quedó mirando la televisión. Sonaban más melodías y los eventos del día se sucedían en la pantalla, desde muestras de pan de jengibre en la biblioteca, una celebración de la nieve en el atrio, películas navideñas en una pantalla junto a la piscina e incluso un concurso de jerséis de Navidad. Selwyn había optado por una comida tradicional en el restaurante Terrace, que comenzaba a las tres. Más tarde, en el salón Neptuno, había un espectáculo de entretenimiento de temática navideña. Su reserva para comer estaba en su mesa habitual, y sus nuevos amigos se unirían a él, incluida Jane. Empezó a balancear las piernas al lado de la cama, decidido a encontrar su punto débil, la llave que abriría a la mujer que llevaba dentro.

Pero, mientras tanto, ¿cómo pasar la mañana?

Quedándose en su camarote no iba a conseguir nada, y ¿por qué demonios se compadecía de sí mismo? Eran las vacaciones de su vida. Se vestiría y saldría a cubierta para disfrutar de la isla de San Martín. A lo mejor cogía un taxi acuático hasta la playa. Un baño sería estupendo, y volvería con tiempo de sobra para la comida de Navidad.

Una vez tomada la decisión, Selwyn entró en el baño y cantó en voz baja mientras se preparaba para el día.

La mañana de Navidad no había empezado bien para Dicky. A pesar del alivio que sintió al saber que el médico del barco le había dado el alta a su cuarentena y ello le permitiría salir de su camarote, una llamada telefónica de Peter lo dejó tambaleándose. Con la mirada fija en el programa de tareas que había garabateado en un bloc de notas, se le saltaron los ojos al comprobar la lista de actividades que Peter había planeado.

Dicky miró su TAG Heuer. No esperaba empezar a trabajar hasta la noche, y había previsto un día de reparto de libros a los camarotes y cualquier otra cosa que se le ocurriera para añadir dólares a la cantidad de dinero que tenía guardado en la caja fuerte. Pero Peter había exigido que Dicky arrimara el hombro. La debacle con su salud había dado al cómico dos días completos de descanso mientras la tripulación trabajaba sin descanso. Melissa tenía un fuerte resfriado y estaba confinada en la habitación. La compañía de baile del Diamond Star, que también organizaba eventos, estaba cayendo como moscas.

—¿Qué quieres que haga? —preguntó Dick mientras se llevaba el teléfono a la oreja y daba golpecitos furiosos en el bloc con el bolígrafo.

—Puedes empezar haciendo de Papá Noel en la fiesta de la playa esta mañana —dijo Peter—. Después, quiero que organices el concurso de jerséis navideños en el Teatro de la Sirena. Durante la comida de Navidad, irás contando chistes, te encargarás de la rifa y ayudarás a que todo el mundo se lo pase en grande.

A Dicky le entraron ganas de preguntarle a Peter si le gustaría que se atara una escoba al trasero y barriera también. Pero sabía que pisaba terreno incierto y, respirando hondo, respondió que Peter podía contar con él para trabajar en equipo y ayudar en lo que pudiera.

—No olvides que la velada de *cabaret* es en el salón Neptuno y que debes asistir a un ensayo con el elenco antes de irte a la fiesta en la playa —añadió Peter.

Dicky se preguntó si no debería ofrecerse a timonear el maldito barco y, de paso, a avivar las calderas. En lugar de eso, se mordió la lengua y le aseguró a Peter que ya estaba fuera, y que se lo dejara todo a él.

—Le he enviado un correo electrónico a Clive para informarle de que nos has defraudado en las últimas cuarenta y ocho horas, así que estoy seguro de que tendrás noticias suyas —añadió Peter antes de cortar la llamada.

—¡Demonios! —Dicky maldijo y lanzó el bolígrafo al otro lado de la habitación.

Esperaba que Clive estuviera cenando una botella de brandi junto a una acogedora chimenea lejos de su ordenador y, con un poco de suerte, no estaría sobrio hasta Año Nuevo. Para entonces, Dicky habría completado tan bien su temporada que cualquier fechoría quedaría olvidada.

Mientras Dicky se duchaba, pensó en Melissa. «Un fuerte resfriado» solía significar que un miembro del elenco tenía una fuerte resaca. Si los demás también estaban resfriados, Dicky sospechaba que había habido fiestas nocturnas bajo las cubiertas de pasajeros. Había visto a Melissa en acción fuera del escenario, y su capacidad para bailar toda la noche y beberse una bandeja de chupitos dejaría boquiabierto a un ejército.

Maldijo mientras se secaba apresuradamente con la toalla. Ni siquiera tuvo tiempo de llamar a Anne y desearle Feliz Navidad.

Aun así, el espectáculo debía continuar, y a él le convenía dar un paso al frente y demostrarle a Peter que podía conseguirlo. Tal vez el director de entretenimiento aliviaría el caso de Dicky, y las cosas podrían volver a la normalidad. Se agachó frente al espejo para peinarse y aplicarse una capa de crema hidratante con color. Se encogió de hombros y esbozó una sonrisa blanca y nacarada.

Al menos volvía a parecer humano.

22

Por solo siete dólares por pasajero, se podía contratar un taxi acuático que llevaba a los amantes del sol a la gloriosa playa de Maho, en la isla tropical de San Martín. Descrita por Diwa y su equipo de atención al cliente como una de las playas más singulares del mundo, estaba situada cerca del Aeropuerto Internacional Princesa Juliana de la isla. Muy frecuentada por windsurfistas y *skimboarders*, la larga y blanca playa de Maho es una de las mejores del mundo. Está bordeada de bares y puestos de artesanía local.

Para Kath, Jane y Anne un par de horas nadando y tomando el sol era la forma perfecta de empezar el día de Navidad, y las amigas estaban entusiasmadas cuando abandonaron el barco. Esperaron junto a un embarcadero, en pocos minutos llegó un barco y subieron a bordo.

El conductor del taxi acuático las ayudó a llegar a la playa y enseguida encontraron un hueco en la arena en el que sentarse.

—Me sorprende que no haya tumbonas —se quejó Anne mientras extendía su toalla de playa. Se quitó los pantalones cortos y el top. Debajo llevaba un bikini rosa.

—Disfruta del entorno natural —respondió Kath. Llevaba un gran sombrero de paja y unas gafas de sol un poco caídas a la altura de la nariz.

—No estoy segura de que una playa tan cercana a la pista de un aeropuerto pueda considerarse un entorno muy natural —dijo Jane—, pero, como es Navidad, no habrá aviones aterrizando.

—Ignora la pista y mira el precioso mar —propuso Kath y se untó loción en la piel.

La playa formaba un semicírculo y descendía hacia el agua,

de color esmeralda, mientras las olas rompían en crestas blancas, creando capas de espuma que revoloteaban hasta la orilla.

—Mirad —dijo Kath—, la tripulación ha traído refrigerios.

A poca distancia, Armani y varios empleados del crucero metían la mano en neveras portátiles. Vestidos con chalecos del Diamond Star, pantalones cortos y gorros de Papá Noel, convocaban a otros pasajeros, que también habían ido a la playa, para que se acercaran a disfrutar de un cóctel de Navidad caribeño.

—No hace falta que me lo pidan dos veces —dijo Jane y se acercó.

Llevaba un pareo amarillo brillante encima del bañador y dio las gracias en silencio a Kath, que había insistido en que Jane comprara dos en la *boutique* del barco, y un colorido caftán. El algodón que envolvía su cuerpo estaba planchado e impecable, y, al cubrir sus curvas, ella era consciente de que también la favorecía.

Armani conectó un altavoz y empezaron a sonar villancicos por encima del sonido de las olas, que rompían suavemente.

—¡Esto empieza a parecerse bastante a la Navidad! —Kath, Jane y Anne se balanceaban juntas y cantaban mientras se sentaban en las toallas y daban sorbos a su bebida.

—¿Qué es? —preguntó Kath—. Está delicioso.

—Ponche de *crème* —respondió Jane—, un brebaje de ron y nata.

—Riquísimo —murmuró Anne y se lamió los labios.

—Santo cielo —dijo Kath, y se levantó el ala del sombrero. Entrecerró los ojos y se inclinó hacia delante para observar a los pasajeros que bajaban de un taxi acuático y se dirigían a la playa—. ¡Nos invaden los elfos!

Una voz gritó:

—¿Hay sitio para algunos más? —Era Bridgette, que, con un vestido corto verde y rojo y un sombrero y una gorra a juego, se acercó rebotando. Dos manchas de colorete coloreaban sus mejillas.

—Es el pequeño ayudante de Papá Noel —bromeó Jane.

La seguía de cerca, con un atuendo similar, Nancy, con su voluptuoso vestido recogido con un cinturón ancho y una hebilla. Tropezó al llegar donde estaban las amigas y se llevó la mano a la boca.

—Es mi mareo por movimiento —gimió—. No debería haber subido al barco. —Nancy estaba tan verde como su gorro de duende, y Anne se levantó de un salto para darle una botella de agua.

—¿Cómo está tu espalda? —le preguntó Kath a Harold con preocupación.

—Se encajó sola —contestó Harold y extendió una toalla—. Estoy como nuevo.

—Estás muy elegante —le dijo Jane a Harold mientras cogía un cóctel de la bandeja de Armani—. Me gusta tu conjunto.

Harold llevaba unos diminutos pantalones cortos ajustados a rayas verdes y rojas, una camiseta tipo túnica y botas de duende.

—Al final, nos hemos animado —respondió—. ¡Salud!

Kath miró a Jane y se encogió de hombros. Había demasiado de Harold a la vista.

El último en llegar fue Selwyn. Estaba muy guapo con un bañador y chanclas, además llevaba poco más que una sonrisa y un sombrero Fedora rojo. Tras las protestas de Bridgette, porque él se había mostrado reacio a ponerse un atuendo navideño, había transigido y aceptado su ofrecimiento de prenderse una ramita de muérdago en el sombrero.

—¡Yo primero! —gritó Anne. Se levantó de un salto, se puso de puntillas y le dio un beso en los labios a Selwyn.

Repentinamente avergonzada, Jane apartó la mirada. Esperaba que Selwyn no hiciera la ronda del cada vez más numeroso grupo.

—Estás tomando el sol —dijo Selwyn. Se puso al lado de Jane y chocó su copa contra la de ella—. Te sienta bien.

—Parezco una langosta demasiado cocida —respondió Jane—. No me bronceo muy bien.

—¿Por qué te menosprecias siempre?

—Eh..., ¿porque es verdad?

—No. Es la costumbre. —Selwyn sonrió—. Acepta un cumplido, Jane.

—Vale..., gracias.

—Y me gusta tu pelo. —Selwyn le tocó las trenzas y acarició un mechón entre sus dedos—. Te da un aspecto juvenil.

Jane dio un sorbo a su bebida y, al oír las palabras de Selwyn, casi la escupe. ¿«Juvenil»? Se preguntó qué le había llevado a llamar «juvenil» a una mujer de sesenta y tres años con sobrepeso. Decidió que estaba jugando con ella y se dio la vuelta.

Más pasajeros se unieron al grupo y la tripulación los invitó a cantar villancicos. Algunos empezaron a bailar mientras Wham! y Mariah Carey animaban a todos en un frenesí navideño.

—Solo necesitamos que aparezca Papá Noel —sugirió Jane mientras Armani preparaba deliciosos bocadillos calientes.

Jane disfrutaba de un *conkie*, un paquete relleno de calabaza y coco envuelto en una hoja de plátano, cocido todo al vapor. Levantó la vista y vio una figura que subía con dificultad por la playa.

—Caray —exclamó—, ¡Papá Noel está aquí!

El Papá Noel iba vestido con botas, chaqueta roja, pantalones y gorro; todo ello, adornado con piel blanca, y llevaba la cara cubierta por una poblada barba blanca. Cargaba con un abultado saco sobre el hombro caído.

—¡Ho, Ho, Ho! —gritó—. ¡Feliz Navidad a todos!

—¡Qué maravilla! —Anne saltó y aplaudió cuando se acercó el hombre así disfrazado.

—Se debe de estar asando con todo eso puesto —dijo Jane cuando el Papá Noel se descolgó el saco del hombro y lo depositó en la playa—. ¿Quién sería tan tonto como para hacer de Papá Noel en una playa caribeña?

El grupo de pasajeros de la playa no sabía que, en realidad, «asado» era un eufemismo, y Papá Noel, alias Dicky Delaney, estaba a punto de expirar. Maldiciendo a Peter por obligarle a llevar un atuendo tan ridículo cuando hacía un calor de treinta grados, Dicky estuvo tentado de tomar un par de cócteles de Armani, pero sabía que, de hacerlo, probablemente lo despedirían en el acto.

—¿Habéis sido todos buenos chicos y chicas? —cantó Dicky apretando los dientes y metió la mano en el saco.

—¡Sí! ¡Claro que sí! Todo el año —respondió la alegre banda de duendes y bañistas.

Los dedos de Dicky palparon docenas de regalos envueltos en papel de Navidad y, con un suspiro, empezó a sacarlos. No había ni rastro de Peter, que probablemente estuviera sentado en una cubierta vacía, con los pies en alto, bebiendo un *Buck's fizz*, con un telescopio preparado para asegurarse de que Dicky cumplía con su papel.

—¡Feliz Navidad! —gritó Dicky y les lanzó paquetes de regalos a los huéspedes.

Bridgette dio una voltereta sobre Nancy mientras esta se lanzaba al aire para cogerlo con una mano. Al mismo tiempo, Harold le hizo un placaje de *rugby* a Anne mientras todos gritaban, reían y cogían los regalos. Encantados con los inesperados obsequios, rompieron el envoltorio y encontraron gorras y camisetas del Diamond Star entre cañones de confeti, palos luminosos y matasuegras.

Dicky suspiró aliviado cuando llegó al fondo del saco y se irguió. Necesitaba encontrar una toalla y secarse la frente llena de sudor. Se moría de ganas de arrancarse aquel estúpido traje y, lejos de los invitados, zambullirse en el mar. Pero, cuando estaba a punto de desearles a todos un feliz día y despedirse, oyó gritar a Armani y lo vio correr a asegurar las neveras con los demás miembros de la tripulación.

—¿Qué pasa? —gritó.

—¡Es un avión! —voceó Armani señalando al cielo mientras recogía y guardaba los vasos y botellas a toda prisa.

—A mí me parece que es de American Airlines —dijo Harold, y se tapó los ojos con la mano—, y es grande.

—¡No me extraña que no hubiera tumbonas! —le gritó Anne

a Jane mientras las amigas guardaban sus bolsas y toallas—. Te entendí que no aterrizaría ningún avión el día de Navidad.

—No pensé que habría, pero parece que está aterrizando —dijo Jane—. ¡Preparaos!

Como un pájaro monstruoso, el avión descendió y entonces, a algo más de treinta metros de altura, inició su aproximación final. El rugido de los motores era ensordecedor, y los miembros y pasajeros del Diamond Star se taparon los oídos y se agacharon. Dicky, que había bajado a la playa, se vio de repente envuelto en agua cuando una enorme ola creada por el contragolpe del avión se abalanzó sobre él. Su gorro y su barba fueron arrastrados por el agua mientras luchaba por ponerse en pie. Tartamudeando y tosiendo, intentó recuperar el equilibrio, pero fue golpeado por una repentina ráfaga de arena cuando el avión aterrizó en la pista.

Más arriba de la playa, los pasajeros del *Diamond Star*, barridos por el viento, estaban todos a salvo y de pie, mirando a la figura desaliñada de la orilla.

—¡Oh, no! —gritó Anne—, ¡es Dicky!

La arena mojada se le pegó a la cara y a la ropa a Dicky mientras luchaba por llamar al taxi acuático que había cerca.

—Parece como si le hubieran dado un baño de guijarros —bromeó Jane.

—Con este calor, la arena se endurecerá como si fuera hormigón —añadió Harold.

Mientras los pasajeros miraban hacia el mar y el trineo acuático del Papá Noel se alejaba, Armani volvió a abrir las neveras y puso música.

—Quedaba media hora —dijo, mientras Noddy Holder entonaba una canción y todos se unían a ella.

So here it is, Merry Christmas,
everybody's having fun!
Look to the future now.
It's only just begun.

—¡Feliz Navidad, y un cuerno! —maldijo Dicky mientras corría por el pasillo hacia su camarote.

Se quitó la chaqueta empapada de los hombros, la tiró a un lado y maldijo a Peter. Debía de saber que esa mañana iba a aterrizar un avión. Los horarios de los vuelos de San Martín siempre se anunciaban con mucha antelación. No había ningún riesgo para los pasajeros, que la tripulación había situado a salvo, más arriba en la playa. Aun así, Dicky pensó que deberían haberle advertido de que no se acercara al agua con un *jumbo* a punto de aterrizar sobre su cabeza. ¿Por qué nadie le había dicho que la playa era famosa por los chorros de los reactores? El conductor del taxi acuático se rio del problema que había tenido Dicky y le contó que observadores de aviones y realizadores de vídeos venían de todo el mundo a la playa de Maho para ver de cerca la trayectoria de vuelo de los aviones. Al llegar a su camarote, Dicky se quitó las botas y los pantalones y los dejó a un lado.

El servicio de limpieza podría ocuparse de la ropa empapada.

Ahora tenía que rascarse la arena de la cara, ducharse y prepararse para el miserable concurso de jerséis navideños. Peter había prometido que se entregaría un conjunto en el camarote de Dicky y, al entrar, gimió al ver un jersey sobre su cama.

—¡No! —rugió Dicky—. De ninguna manera. ¡Bajo ninguna circunstancia! —gritó en medio de la habitación vacía. Saltando a la pata coja, se quitó los calzoncillos mojados y entró en el cuarto de baño—. ¡Puedes meterte tu jersey de Navidad por la chimenea de Papá Noel!

La hora del almuerzo en el teatro de la Sirena fue muy alegre. Tras volver de la playa y refrescarse brevemente, muchos invitados lucían sus jerséis navideños. Tomaron asiento para participar en el concurso, y los que no lo hicieron se vistieron con los regalos de Papá Noel.

El Capitán, dormido en una mesa de la primera fila, empuñaba un bastón luminoso. Su camiseta mostraba un muñeco de nieve con una botella de cerveza y las palabras «De camino».

Harold fue el primero en unirse al Capitán. Sus ajustados pantalones cortos rojos iban acompañados de un jersey de manga corta con la imagen de un pavo de Navidad y el eslogan «Engulle hasta que te tambalees».

Kath, Jane y Anne le siguieron.

—¿Está Nancy contigo? —preguntó Kath.

—No es ella misma. —Harold frunció el ceño—. La he dejado para que se acueste.

Kath recordó a Nancy vomitando violentamente, con su sombrero de duende. Recordando el mareo de Nancy, se preguntó por qué Harold había dejado que su mujer hiciera un viaje en barco.

—Puede que venga más tarde —añadió Harold—. Esperaba llevarse el primer premio.

Anne pidió café y, mientras llegaba, el grupo empezó a tocar un popurrí de canciones de temporada.

—Me pregunto si se sabrán esta canción —preguntó y se señaló el pecho. Su camiseta tenía una imagen de Beyoncé con el título «All the Jingle Ladies».

Kath se tomó un *latte*. Llevaba una bonita blusa adornada con espumillón que había encontrado en la tienda del barco. Jane vestía su nuevo caftán y había prendido una nota escrita a mano en la parte delantera con las palabras «Jingle Bell Rock».

—Dios mío. —Kath miró al frente—. ¿Es esa Bridgette?

Una figura parecida a un duende se precipitó hacia ellos, con una capa y una capucha rojas.

—¡Tachán! —gritó Bridgette al acercarse a la mesa.

Abrió la capa de un tirón y dejó al descubierto unas medias de color carne. En el pecho llevaba escrito: «¡Solo me quito las bolas una vez al año!», y dos adornos en forma de globo se agitaban al moverse.

Harold, que bebía una pinta de cerveza, se atragantó y roció espuma por todo el pavo.

—Por todos los diablos, Bridgette —dijo—. Es un conjunto ganador.

Selwyn cruzó la sala para sentarse con ellos. Aún llevaba su sombrero de fieltro, pero se había puesto unos pantalones elegantes y una camisa con dibujos de muñecos de nieve sonrientes. había añadido unos tirantes rojos navideños.

—Oh, estás muy guapo —dijo Kath y palmeó el asiento vacío a su lado.

—¿Me he perdido algo? —preguntó Selwyn.

—No, pero está a punto de empezar.

En el escenario, Melissa Montana saludó al público e invitó a todos a unirse a ella mientras la banda empezaba a tocar «Make My Wish Come True». Estaba muy guapa, con unas botas de tacón alto y un vestido corto rojo de Papá Noel, con la capucha y el dobladillo adornados con suave piel blanca. Tras otros dos números navideños, anunció que volvería esa noche para el *cabaret* de Navidad.

—Creía que estabas enferma —siseó Dicky mientras se colocaba entre bastidores y Melissa bajaba del escenario.

—¿Quién te ha dicho eso? —Melissa sonrió dulcemente.

—Podrías haber organizado este concurso tú —le soltó Dicky—. Tengo demasiado que hacer hoy.

—¿El qué? —Melissa enarcó una ceja—. ¿Privarte de ponerte este maravilloso conjunto? —Melissa se mordió el labio y soltó una risita, luego acarició el jersey de muñeco de nieve de Dicky. Levantó la mano y le tocó la cara—. ¿Te has estado exfoliando? Tienes la piel como si te hubieran echado arena.

—¡Vete a la mierda! —gruñó Dicky y, arrancándole el micrófono de la mano, salió al escenario.

—¡Mucha mierda! —gritó Melissa— O zanahorias.

Dicky se puso a bailar mientras la banda tocaba una introducción. Zapateó y giró con los brazos extendidos mientras se detenía y saludaba a todo el mundo.

—¡¿Os lo estáis pasando bien?! —gritó.

—No tan bien como tú —respondió Harold.

Dicky era consciente de que el público se estaba riendo. De hecho, la mayoría de las caras se secaban los ojos y movían la cabeza mientras veían a Dicky moverse por el escenario. ¡Maldito Peter!, pensó, y maldijo al director de entretenimiento por hacerle llevar el jersey navideño más ridículo que había visto nunca.

Pero... las cosas parecían ir bien, y ¿quizá debería seguir jugando?

—¡¿Os gustan mis zanahorias?! —gritó Dicky y movió el pecho.

En su jersey, dos regordetes muñecos de nieve estaban sentados uno al lado del otro. De ojos negros como el carbón, llevaban gorros y bufandas de lana. Sus narices eran zanahorias salientes, de al menos treinta centímetros de largo y hábilmente espoleadas para rebotar en los pezones de Dicky cuando se movía.

—¡Cuidado con el caballo de pantomima! —Harold continuó—, ¡se comerá tus zanahorias!

—Ah, pero al menos me he esforzado —dijo Dicky y empezó a desfilar por el escenario—. No hay ningún jersey aquí que pueda vencerme.

—Oh, sí, lo hay —gritó una voz, y las cabezas se giraron para ver a un recién llegado que se apresuraba a entrar en la habitación.

—Oh, Dios... —dijo Harold y apoyó la cabeza en las manos.

Nancy, resplandeciente, con unos sedosos *culottes* rojos, llevaba un jersey navideño. Subió al escenario y, cogida de las manos de Dicky, se giró para mirar al público y colocó los dedos de él sobre sus pechos. Tejidos perfectamente en la lana había dos gigantescos postres tradicionales navideños.

—¡Quita las manos de mis púdines! —chilló Nancy, y la multitud se puso en pie de un salto y se volvió loca. Estallaron confetis, brillaron palos luminosos y sonaron matasuegras.

—Un jersey sorprendente —dijo Dicky y se apartó para unirse a los aplausos—, ¡y creo que tenemos una ganadora!

—¡Payasos! —se oyó decir a Bridgette mientras salía al escenario dando pisotones por la sala—. ¡Mis bolas son mucho mejores que sus púdines!

23

En el balcón de Hibisco, el día después de Navidad empezó tranquilo. Tras abandonar San Martín, el Diamond Star se dirigía a la isla de Antigua. Sería una mañana tranquila para Kath, Jane y Anne, que decidieron tomar un desayuno ligero en su *suite*. El día anterior habían disfrutado de una deliciosa comida. Kath juró que no volvería a cocinar una cena de Navidad, ya que durante toda la tarde se sirvieron platos que hacían la boca agua.

—Nunca pensé que pudiera comer tanto pavo. —Kath, vestida con un pijama de algodón, sorbía una taza de infusión de menta y miraba al mar—. ¿Hubo diez platos, o fueron doce? Perdí la cuenta.

—Doce deliciosos ejemplos de la maravillosa cocina creativa de Jaden Bird —dijo Jane—. Me sorprende que trabaje en un barco y no sea un famoso chef de la tele.

—Creo que viajar por el mundo en un crucero es una buena carrera —contestó Kath—. Si tanto lo admiras, ¿por qué no pides una visita a las cocinas?

El comentario de Kath no pasó desapercibido para Jane. Mientras contemplaba el mar infinito desde el balcón, Jane anhelaba echar un vistazo al complejo montaje que proporcionaba cocina las veinticuatro horas del día. Pero sus días de cocinera profesional habían quedado atrás, y no había motivo para que el chef diera la bienvenida a una jubilada de mediana edad y con sobrepeso a un mundo del que nunca volvería a formar parte.

Decidió cambiar de tema y se volvió hacia Anne.

—¿Qué te pasó anoche? —preguntó Jane—. ¿Pasaste otra noche en las mesas, haciendo girar la ruleta con Papá Noel?

—No le llames Papá Noel —dijo Anne—. Dicky odiaba ese

horrible y pesado traje. —Sacó dos aspirinas de un paquete y, tomando su té, las ingirió.

—Me gustaban sus zanahorias. —Kath soltó una risita—. Me encantaría tener un jersey así.

—Fue horrible. Dicky cree que Peter le tiene manía y le gusta hacerle quedar en ridículo.

—Anoche le dio la vuelta a la tortilla —dijo Jane—. El *cabaret* estuvo genial, y Dicky se hizo con el público.

Anne, vestida con su camisón de La Perla, tenía una mirada lejana mientras se reclinaba en su silla. Cerró los ojos, estiró las piernas y apoyó los dedos de los pies en la barandilla.

—Absolutamente divertidísimo. Estoy tentada de pedirle un recuerdo y que me firme un ejemplar de su libro —dijo.

Kath enarcó las cejas. Después de haber leído el libro de Dicky, no le pareció tan bueno, pero decidió dejarlo pasar.

—Sin duda tiene talento y es un gran cómico. —Anne suspiró. Se puso una mano en la frente—. Me sorprende que no se le haya propuesto para el programa *Royal Variety Performance*.

Incrédulas, Kath y Jane intercambiaron miradas.

—No estoy segura de que esté en esa liga. —Jane se encogió de hombros—. Pero, dinos, ¿a dónde fuiste con Dicky?

Al acabar el espectáculo, las amigas se separaron cuando Dicky, animado por el éxito de su actuación, buscó a Anne y se la llevó.

—Fuimos a tomar un cóctel —dijo Anne, y recordó cómo habían llegado al bar, donde el Capitán estaba sentado con Bridgette y probaban los *whiskies* más selectos.

La velada de Anne con Dicky se había interrumpido bruscamente.

Se habían sentado y pedido una copa cuando se le acercó una mujer vestida de pies a cabeza con un vestido de diseño y joyas. Insistió en que Dicky la acompañara. Anne no entendía por qué había llamado a Dicky «T. H.» y le recordó que su reloj necesitaba una revisión. Dicky se disculpó con Anne tras beber un trago y levantarse de un salto, y dijo que la vería más tarde. Enfadada, decidió ahogar sus penas con el Capitán y Bridgette. Pero Bridgette estaba melancólica y hablaba de cómo echaba de menos a su Hugo. El Capitán, más lúcido cuanto más bebía, les propuso matrimonio a las dos.

No había sido la mejor noche de Anne.

—¿Qué hicisteis vosotras? —preguntó Anne.

Kath ladeó la cabeza.

—Te alegrará saber que la señora —Kath señaló a Jane— salió de su zona de confort y fue al Teatro de la Sirena con Selwyn.

—Caray. —Anne se acercó—. ¿Fue una especie de cita?

—No seas tonta. —Jane sintió que su piel enrojecía y que un rubor le subía por el cuello—. Solo tomamos una copa, escuchamos a los Marley Men durante media hora más o menos y luego me acompañó hasta aquí.

—Pero ¿os habréis morreado? —insistió Anne.

—¡Pues claro que no! —Jane sintió el pulso de una vena en la sien. Aunque le gustaría poder pasar por alto su experiencia con Selwyn, el recuerdo estaba demasiado reciente.

—Me pareció muy elegante, con su traje —dijo Kath—, y esa faja escarlata le sentaba de maravilla.

Jane también pensaba que Selwyn era agradable a la vista. Se arreglaba bien, y ella se dio cuenta de que las cabezas se volvieron cuando entraron juntos en el Teatro de la Sirena. Pero ¿por qué había bebido tanto vino con cada plato durante la comida? Después del café y los licores, le había resultado fácil aceptar la invitación de Selwyn de acompañarla a ver a los Marley Men. Sin embargo, durante el *cabaret* de Navidad, Jane empezó a recuperar la sobriedad. Sabía que se habría escabullido si Selwyn no la hubiera estado esperando cuando terminó el espectáculo.

Jane ladeó la cabeza y sintió el sol en la piel. Sus emociones estaban a flor de piel y no comprendía lo que sentía. No recordaba cuándo un hombre había sido tan amable y cortés y estaba segura de que Selwyn debía de sentir lástima por ella, la mujer voluminosa a la que siempre ignoraban. Pero si cedía a esos sentimientos extraños, seguramente saldría herida. Cuando el crucero terminara, a la fría luz del día, Selwyn se iría y nunca más sabría de él. Mientras un rocío salado le empañaba la piel, Jane suspiró. Era demasiado mayor para que le rompieran el corazón.

—Entonces, dinos, ¿bailaste? —Anne volvió a la carga.

—Eh..., sí —murmuró Jane—, un rato.

—He visto a Selwyn en la pista de baile y tiene unos movimientos geniales. —Anne sonrió y enarcó las cejas.

Jane cogió un vaso de agua y bebió un largo trago. Su baile con Selwyn había sido una de sus experiencias más embarazosas. Mientras Selwyn sería un digno ganador del concurso *Strictly Come Dancing*, Jane se mantenía erguida y sentía que sus pies se convertían en plomo. Su cuerpo se congeló cuando los sonidos del calipso llenaron la pista de baile. Sin ningún estimulante a base de hierbas ni el ron a prueba de bombas de Spirit para adormecer sus inhibiciones, a Jane le resultó imposible moverse.

Selwyn se esforzó. Sonrió, la animó e incluso tendió las manos para abrazar a Jane y pasearla suavemente de un lado a otro; no obstante, eso solo empeoró las cosas, y Jane le pisó con torpeza los pies.

—Lo siento mucho —había dicho—, creo que estoy muy cansada.

Se había disculpado entre dientes y le había dicho a Selwyn que se iba a la cama; sin embargo, él insistió en acompañarla por el barco. Cuando él le preguntó si podían pasear por una cubierta abierta y contemplar la luz de la luna sobre el mar, Jane casi galopaba, de la prisa que tenía por llegar a Hibisco.

—A estas horas de la noche me va a dar alergia —había tartamudeado. En la puerta de la *suite*, Jane pasó la tarjeta con tanta fuerza que casi se corta el dedo—. Buenas noches; nos vemos —había dicho y se fue a la cama.

—Yo estaba fuera de combate cuando Jane volvió —dijo Kath, cogiendo su crema de manos—. No tengo ni idea de qué hora era —añadió, y se untó los dedos con la costosa loción.

—Antes que yo —dijo Anne—. Jane estaba roncando cuando entré.

—¿Te refieres a cuando te caíste sobre mi cama y te desplomaste en el suelo? —corrigió Jane—. Estabas las nubes y apestabas a *whisky*. Si hubiera encendido una cerilla cerca de tu boca, el barco habría volado por los aires.

—Puede que bebiera un poco. —Anne parecía avergonzada.

—Espero que Dicky no te esté llevando por mal camino. —Kath frunció el ceño—. Lo último que necesitas es otro Barry en tu vida.

—Tengo hambre —anunció Jane. Se levantó, metió las manos en los bolsillos de su mono del reno Rodolfo y se frotó la barriga—. ¿Pido el desayuno?

—Me vendría bien una tostada —dijo Anne. La resaca le había pasado por encima como un tren de mercancías, y su cuerpo le pedía carbohidratos a gritos.

—Yo no quiero comer nada; solo té. —Kath cogió un ejemplar del *Diamond Star Daily*—. Como pasaremos el día en el mar, voy a estudiar el programa de hoy, y decidiremos qué hacer.

Kath leyó los titulares en voz alta, pero Jane no escuchaba. Se preguntaba qué le diría a Selwyn. Anne estaba a kilómetros de distancia también. Su instinto le decía que Dicky le traería problemas, pero ¿cómo iba a saberlo si no lo averiguaba?

—Hay una pantomima en el salón Neptuno más tarde —dijo Kath—. Si encontrara mis gafas, os diría de qué va. —Al oír la palabra «pantomima», Jane y Anne se volvieron para mirar a Kath—. ¿Alguna de vosotras ha visto mi bolso? —preguntó Kath.

—Está detrás de ti. —Las dos sonrieron.

Kath rebuscó en el suelo.

—Oh, no, no está —dijo.

—¡Oh, sí, está!

Cuando Kath levantó la vista, vio que sus amigas se reían.

—Reservaré tres asientos para la pantomima —dijo y, negando con la cabeza, también se echó a reír.

Dicky estaba agotado y no había pegado ojo. El día anterior había soportado una apretada agenda con el programa de entretenimiento, y esperaba relajarse con una copa tranquila y la chispeante compañía de Anne. Quizá podrían echar una partida en el casino. Sin embargo, los pensamientos acerca de una noche que prometía se truncaron cuando Dicky fue arrastrado fuera del bar por aquella adinerada viuda. Siguió una actuación improvisada que duró casi toda la noche. Menos mal que tenía a sus pequeños ayudantes azules. Sin las píldoras mágicas, se habría visto en una situación embarazosa. Ahora era el destinatario de un buen fajo de billetes que le suministró su compañera de cama, quien había instado a Dicky a darse un capricho.

Era una pena lo de Anne, pensó mientras arrastraba su cuerpo cansado fuera de la cama y hacia la ducha. Puede que se enfadara por haberla dejado plantada. Pero, si ella le daba un par de minutos, con lo encantador y efusivo que Dicky podía llegar ser, él no dudaba de que acabaría comiendo de su mano. Él casi nunca perdía a una mujer por un enfado.

Le esperaba un día ajetreado y tenía que estar atento. Al final del *cabaret* de la noche anterior, Peter había asentido con la cabeza cuando Dicky abandonó el escenario entre aplausos. Era un comienzo. Con unos cuantos días más cortejando al público y haciendo un buen trabajo, Dicky estaba seguro de que podría convencer a Peter de que renunciara a los días perdidos y aceptara que le pagaran todo al final del crucero.

En media hora tenía el último ensayo con los animadores del Diamond Star para darle los últimos toques a la pantomima de hoy. Dicky no se había molestado en leer sus líneas en el guion de *Cenicienta*; se sabía su papel de memoria, después de haber interpretado a Botones tantas veces. No le costaría nada improvisar cuando fuera necesario. Deseó que Melissa no interpretara a Cenicienta. Seguro que la artista estaba tramando alguna broma para molestar a Dicky durante la representación. Tenía que estar alerta, pero él sabía dar lo mejor de sí mismo, y los años que había pasado en el circuito de *pubs* y clubes de trabajadores le habían enseñado a enfrentarse a las dificultades y a salir airoso de ellas.

Mientras se vestía, repasaba la agenda del día. Ensayos, un almuerzo tranquilo, un baño por la tarde y la representación de la pantomima de esa noche. Sin embargo, Peter probablemente le añadiría un evento para fastidiar el tiempo libre. Echando un vistazo al *Diamond Star Daily*, vio un concurso de tema navideño en el Teatro de la Sirena, seguido de una carrera de renos. ¿Carreras de renos? Dicky negó con la cabeza mientras se echaba colonia. A veces se preguntaba si estaba trabajando en un campamento de vacaciones y casi esperaba que los pasajeros gritaran «¡Hola hola!» cada vez que lo veían.

—No queda mucho —se dijo mientras se peinaba y tomaba nota mentalmente de que tenía que encontrar a Anne y volver a congraciarse con ella.

Regresar al final del crucero a la sombría y gris Doncaster, donde le esperaría su gruñona y descontenta esposa, no le atraía demasiado. Dicky había decidido que unas vacaciones en la confortable casa de Anne le vendrían bien antes de emprender su siguiente trabajo. Incluso podría pasar un tiempo por la costa haciendo *cabaret* con los ahorros que había acumulado y que tenía guardados a buen recaudo.

Era hora de un cambio de aires. Deslizando el TAG Heuer en su muñeca, Dicky echó un vistazo a su desordenado camarote y se apresuró a salir por la puerta.

Selwyn había decidido regalarse un desayuno de lujo el día después de Navidad. Se había levantado temprano para nadar, se le había abierto el apetito y se había acomodado en una mesa con ventana del impresionante restaurante Atrium, en la marquesina de cubierta del Diamond Star. El restaurante era más pequeño que la terraza y ofrecía una experiencia gastronómica más íntima.

Mientras sorbía una copa de champán, Selwyn recordó las Navidades anteriores. El desayuno con Flo era un tazón de gachas de avena con sirope dorado y leche. Un nutritivo comienzo para la mayor parte de sus días de invierno. Una comida que rara vez variaba.

«La avena es buena para ti», cantaba Flo todas las mañanas mientras preparaba una papilla con la que se podría pegar el papel a cualquier pared.

Cogiendo una cuchara de plata, Selwyn se zampó un cóctel de frutas caribeñas. Saboreó cada bocado de mango, papaya y fruta de la pasión e imaginó a Flo diciendo que no con la cabeza mientras él seguía con los huevos benedictinos.

Qué decadencia. Flo se revolvería en su tumba si tuviera una en la que yacer.

Tocó la abultada funda de plástico que llevaba en el bolsillo y pensó en la lata de su camarote, cada día más ligera. Susan había insistido en que las cenizas de su madre fueran enterradas en el crematorio que había cerca de su iglesia. Los buenos hermanos y hermanas de la congregación habían permanecido junto al pastor Gregory mientras oficiaba una ceremonia con lecturas de las Sagradas Escrituras y oraciones. Sus hijas, que pensaban que los restos de Flo estaban seguros para la eternidad, no tenían ni idea de que todos habían estado rezando por tres kilos de azúcar y arena.

Selwyn sonrió mientras partía un *muffin* caliente con mantequilla y beicon ahumado canadiense y lo mojaba en delicados huevos escalfados y salsa holandesa. Se preguntó cómo prepararía Jane los huevos benedictinos y no dudó de que superaría todas las expectativas y serviría un plato digno de un rey.

—Ah, Jane... —Selwyn suspiró y miró por la ventana hacia el Deck Café.

Los comensales charlaban y disfrutaban del sol mientras desayunaban en el bufé, y se preguntó si Jane estaría allí o desayunando en Hibisco.

Selwyn nunca había conocido a nadie como Jane. Si bien ella podía ser maleducada y abrasiva, en el fondo sabía que era tímida e insegura. ¿Había pasado la vida sin un amante que ablandara su caparazón exterior y la hiciera más accesible a los hombres? No tenía ni idea de por qué se preocupaba tanto por su talla. A Selwyn le encantaba una figura más redonda y, con su matrimonio a sus espaldas, no tenía ningún interés en conocer a una mujer que no apreciara la comida y la buena mesa. Por todo lo que Kath le había contado, Jane era claramente capaz, había sido buena en su trabajo y se había ganado el respeto de muchos chefs de alto nivel en el mundo culinario.

Pero ¿cómo iba él a ganarse el afecto de Jane?

Selwyn meditó la pregunta y, mientras un camarero le ofrecía más champán, se fijó en una mujer que, en la mesa de al lado, intentaba llamar su atención. Llevaba ropa de diseño y capas de joyas que justificaban un guardia armado. Sintió la tentación de complacer a la mujer con una invitación para que se uniera a él; sin embargo, sabía que ella no le soltaría, una vez que él estuviera en sus garras enjoyadas.

No había desafío en la conquista.

Por otro lado, Jane era tan escurridiza como una anguila tratando de evitar su atención. Una vez más, pensó en ella bailando en el bar de Spirit, donde se había soltado por completo y se había movido con tanta libertad. Había sido afrodisiaco ver a una mujer disfrutar tanto, y estaba seguro de que, en aquel momento, Jane había sentido lo mismo.

Selwyn cogió un *Diamond Star Daily* y estudió los eventos del día. No había nada que le llamase la atención hasta más tarde, cuando una pantomima prometía ser entretenida. Por la tarde había un bufé navideño, y por la noche una cena más formal. El chef Jaden Bird invitaba a los huéspedes a unirse a él y decorar una casa de pan de jengibre. En cualquier otra circunstancia, Selwyn habría evitado ese tipo de actividades. Pero sospechaba que sabía quién estaría en primera fila.

Se guardó la información bajo el brazo y echó la silla hacia atrás. Selwyn dio las gracias al camarero depositándole diez dólares en la palma de la mano y salió del Atrium. Sonrió a la enjoyada comensal, quien le saludó con la mano. Devolviéndole el saludo, Selwyn exclamó:

—¡Que tenga un buen día!

24

El día 26 había sido ajetreado para Dicky, y ahora estaba sentado al fondo de la biblioteca, en una oscura dependencia apartada de la gran sala abierta, con un vaso de *whisky* en la mano. Tenía los ojos cerrados y le temblaban las piernas cuando se sentó en un rincón tranquilo. Era un lugar solitario donde los lectores podían relajarse, desconectar y ponerse al día con los numerosos periódicos apilados en una mesa cercana o enfrascarse en un libro cuyas páginas iban pasando, con una historia demasiado buena para dejarla.

Dicky venía a menudo a esta parte del barco cuando necesitaba unos momentos de tranquilidad. Había una luz superior junto a su silla, pero no la había encendido, pues prefería sentarse y contemplar la oscuridad.

Antes, había brillado como Buttons en la pantomima.

Sus bromas fueron bien recibidas y el público lo adoraba. Melissa no había podido eclipsarle; aun así, él tuvo que reconocer que fue una Cenicienta estupenda. La escena de la boda con el Príncipe Encantador, interpretado por Peter, había hecho que se viniera abajo el teatro, de la risa, con los deslumbrantes trajes de las bailarinas del Diamond Star y todo el mundo cantando con ellas. Peter felicitó a los participantes por sus actuaciones y Dicky recibió un apretón de manos. ¡Volvía a tenerlo de su parte!

Dicky bebió un trago de *whisky*. La malta con sabor a turba le supo a gloria, pero no sirvió para calmar su ira. Las cosas no habían ido muy bien con Anne.

Una llamada y unas palabras halagadoras, y había quedado con ella.

En lugar de coger una montaña de fichas en la mesa de *blackjack* del casino, se enfureció al ver que Anne lo había apartado a un lado y había hecho sus propias apuestas. Durante una hora, se había quedado atrás, con los ojos muy abiertos, viéndola ganar una suma considerable. Cuando finalmente se alejaron, le susurró al oído y le propuso celebrarlo con una copa en su camarote. Para su asombro, Anne lo rechazó.

—¿Por qué querría estar contigo? —había preguntado.

Dicky balbuceó que no sabía de qué estaba hablando y que no fuera tan tonta. Pero Anne tenía un brillo de determinación en los ojos, y Dicky aún podía oír su frase de despedida:

—No me gusta que me tomen el pelo y tú me dejaste plantada.

Dicky estaba furioso. Se aflojó el cuello y flexionó los dedos. Ninguna mujer lo había menospreciado. Aun así, agradeció que no les hubieran oído y, cuando Anne se marchó, sonrió a los que bebían en el bar, pidió un *whisky* y se dirigió a la biblioteca para pensar.

Inmerso en sus pensamientos, Dicky giró la cabeza cuando se abrió la puerta de la biblioteca. Entró una mujer, y reconoció a la amiga de Anne. Kath no se percató de la presencia de Dicky en el rincón oscuro mientras se acercaba a un asiento de la ventana. Había una lámpara junto a la mesa, y Dicky vio que Kath colocaba su bolso en una silla y sacaba un cuaderno. Mientras la observaba acomodarse, se preguntó si valdría la pena dedicar unos momentos al encanto de Dicky Delaney. Kath era una mujer de aspecto razonable. Su apariencia había cambiado durante el crucero, y Dicky se fijó en su ropa cara y su pelo bien peinado. No obstante, al recordar el arrebato de Anne, decidió que era más seguro no perder el tiempo con dos amigas íntimas.

Un camarero entró en la sala, habló con Kath y regresó con una bebida instantes después. Como no quería entablar conversación con ella, Dicky se hundió más en su silla y decidió esperar. Kath tomaría su copa y se marcharía.

Ya había pasado la hora de acostarse para una mujer de su edad.

***

Kath miró por la ventana. Fuera estaba oscuro y solo se veía el resplandor de una luna casi llena, brillante contra la noche de grafito. Los motores del barco emitían un leve impulso al surcar el mar iluminado por la luna.

¡Qué día tan maravilloso! Un día 26 en el Caribe oriental. Otra experiencia memorable para ella. Las carreras de renos habían sido divertidísimas, y Kath había aplaudido con fuerza cuando Harold y Nancy se arrancaron la cornamenta y levantaron el trofeo de ganadores. La pantomima la llevó de vuelta a su infancia y se quedó boquiabierta al ver a los bailarines con sus preciosos trajes. Incluso los chistes cursis de Dicky Delaney contribuyeron a crear un ambiente navideño mágico.

Sentada en la biblioteca, reflexionando sobre su día, Kath acarició la cubierta repujada de su diario. Había estado tomando notas durante el crucero, detallando dónde habían estado, las islas y los acontecimientos que había disfrutado en el barco. Una charla en el puerto sobre la isla de Antigua le había gustado y estaba deseando desembarcar por la mañana para visitar algunos de los lugares que había mencionado el conferenciante.

Un camarero entró en la sala y vio a Kath sentada sola.

—¿Le traigo algo de beber? —preguntó él.

Kath había comido antes en el Deck Café con Jane y Anne. Se habían decidido por una opción más ligera y habían disfrutado picoteando del bufé. Ahora, mientras estudiaba una lista de cócteles, decidió que se daría un capricho.

—Sí, por favor, me gustaría probar un daiquiri, ¿tal vez de mango?

Mientras observaba cómo se marchaba el camarero, Kath se dio cuenta de que había bebido demasiado. Habían bebido vino durante toda la comida y, con poca comida en la barriga para absorberlo, Kath se sentía bastante mareada. Cuando llegó su cóctel, lo bebió lentamente mientras el fuerte ron inundaba sus venas de alcohol.

Sola, Kath suspiró.

—Oh, Jim —dijo en voz alta—, ¿qué harías conmigo ahora? —Siguió mirando el mar plateado—. ¿Cómo te sentiste cuando te caíste? ¿Te enfadaste o te asustaste? —Kath negó con la cabeza—. Intenté ser una buena esposa, siempre ahí, haciendo lo que podía, corriendo de un lado para otro, detrás de ti y de los niños. —Inclinó el vaso y dejó que las últimas gotas se deslizaran por su garganta.

De repente, Kath golpeó el vaso contra la mesa.

—¡Te lo merecías! —maldijo—. Menos mal que te vi huir con tu miserable última voluntad, o no estaría sentada aquí ahora.

Dicky estaba intrigado. Inclinándose hacia delante, ladeó la cabeza y se esforzó por oír la conversación que Kath mantenía consigo misma. Divagaba sobre su marido, que se había caído. Dicky estuvo a punto de sobresaltarse cuando Kath golpeó la mesa con el vaso.

Y las palabras que siguieron lo dejaron atónito.

¿Había oído decir a Kath que había empujado a Jim al coger su testamento? Kath no paraba de parlotear, pero Dicky no tardó en captar lo esencial. Se estremeció cuando Kath recordó el charco cada vez más profundo de sangre congelada y el pulso cada vez más débil de Jim. La oyó reír cuando le dijo a su celestial marido que los de la ambulancia no sabían que el accidente había sido culpa suya. Unos escalones empinados habían justificado su caída, y nadie se había enterado.

Bueno, ¿te lo puedes creer?, pensó Dicky mientras se escabullía entre las sombras. Era una oportunidad. La vieja tenía un secreto tan grande que arruinaría sus años dorados si alguna vez se llegaba a saber.

La puerta se abrió de repente y una mujer entró corriendo.

—¡Ahí estás! —gritó Jane—. Te he buscado por todas partes. —Se puso al lado de Kath y, cogiendo el cuaderno, se lo metió en el bolso—. Anne ha dejado a Dicky y ha ganado en las mesas de *blackjack*. Lo está celebrando con champán; tienes que venir con nosotras. —Jane puso la mano bajo el hombro de Kath y la levantó de la silla—. Pero ya veo que estás completamente borracha.

Dicky vio a la pareja salir tambaleándose de la habitación. Cuando la puerta se cerró, se levantó y se acercó al ventanal. Miró al cielo.

—Bueno, Jim —dijo Dicky, sonriendo—. Parece que tus problemas me han hecho un favor.

Frotándose las manos, Dicky se enderezó el cuello de la camisa y salió de la biblioteca con paso seguro.

25

Jane se despertó temprano a la mañana siguiente y cuando abrió los ojos miró el techo de Hibisco. Reflexionando sobre cada día del crucero, recordó todos los puertos que había visitado con Kath y Anne y lo bien que se lo habían pasado a bordo. Solo quedaban unos días, y Jane pretendía sacarles el máximo partido.

Miró a Kath, que roncaba. Jane sabía que Kath tendría la cabeza confusa hoy después de su sesión de bebida de la noche anterior. Anne, dormida bocarriba, tenía una sonrisa beatífica. Sin duda soñaba con sus ganancias del casino, pensó Jane, y con cómo podría gastárselas.

Saliendo de la cama, Jane se quitó el mono del reno Rodolfo y se puso el bañador y el caftán. La piscina estaría desierta y podría darse un chapuzón temprano. Cerró la puerta de Hibisco y recorrió el barco hasta llegar allí, donde la luz del sol jugaba en la superficie de la piscina en forma de riñón. Dejó la toalla y el caftán cerca, se quitó las sandalias y se metió en el agua.

Era el paraíso. Una bruma albaricoque se elevaba en el horizonte, destacando la isla de Antigua. Nadó unas cuantas brazadas y se tumbó de espaldas y empezó a agitar suavemente las manos y los pies. El agua era su amiga, y nadar no tenía nada de condenable. Envolvente y acogedora, acariciaba su cuerpo, como si la hiciera creer que era una hermosa ninfa que podía planear y moverse con la misma libertad que los pájaros a cielo abierto. Jane decidió que, cuando regresara a casa, invertiría en trajes de baño estructurados, se haría socia de un club caro y nadaría hasta saciarse. Siempre le habían disgustado las flacuchas que posaban junto a la piscina, pero este crucero le recordó lo mucho que le gustaba el agua.

Con la mirada fija en las bolas de nubes que flotaban en ondas sobre el cielo azul, Jane pensó en el evento de cocina, cuando el chef Jaden había ofrecido una demostración vespertina de las tradicionales casas de pan de jengibre. El auditorio estaba repleto. Jane, la primera en llegar, tomó asiento justo delante del escenario, y, cuando Jaden preguntó si alguien quería asistir, su mano voló en el aire y fue invitada a unirse a él.

Al empezar la demostración, Jaden se distrajo con dos pasajeros que le preguntaron por su pasado. Con ganas de empezar, Jane se había puesto a mezclar y moldear y, en unos instantes, tenía una bandeja de pan de jengibre lista para el horno.

—Dios mío —dijo Jaden mientras se volvía hacia Jane—, qué eficiente. ¡Tengo una nueva ayudante!

Lo que siguió cogió a Jane por sorpresa.

Jaden, observando su trabajo, empezó a hacerle preguntas y, de repente, la demostración dio un vuelco. Los asistentes se sentaron hacia delante mientras escuchaban las respuestas de Jane. Ella habló de su trabajo, de los chefs con los que había trabajado y de las situaciones en las que se había encontrado. Jaden estaba encantado de oírla mencionar a muchos de sus ídolos. Mientras explicaban al público cómo decorar el pan de jengibre, ella fue ganando confianza y desgranó historias de percances con estrellas Michelin y de los bastidores de los festivales gastronómicos, donde pasaban más cosas bajo el delantal del famoso chef que por encima de él.

—Deberías irte de gira. —Jaden se rio mientras Jane deleitaba al público con otra hilarante historia culinaria—. Sabes cocinar y tienes muchas anécdotas divertidas. Pagaría por verte.

Mientras Jane se ponía bocabajo y daba vueltas en la piscina, se preguntaba cómo había podido tener la confianza necesaria para implicarse tanto en el evento. Era como si salir de las sombras del *backstage* le hubiera dado una inyección de adrenalina. Para variar, los focos la habían iluminado y había disfrutado de la oportunidad.

Un miembro de la tripulación limpió mesas y sillas, y los invitados aparecieron vestidos con bañadores. Jane decidió que era hora de salir mientras Harold se acercaba.

—¡Me ha encantado tu conferencia! —dijo Harold mientras se tapaba la cabeza con una camiseta—. Nancy decía que creía que deberías salir en la tele.

Jane estaba a punto de corregir a Harold y recordarle que había sido la actividad de Jaden, y que ella solo fue su ayudante cuando algo la hizo detenerse. Sonrió mientras se envolvía el cuerpo con una sábana de baño y recogía sus pertenencias.

—Disfruta del baño —le dijo a Harold, después se encaminó a Hibisco.

Selwyn estaba en cubierta, apoyado en una barandilla, mirando hacia la bahía. Diwa le había dicho que la bahía de Saint John era también conocida como Heritage Quay, que albergaba tres muelles que permitían atracar simultáneamente hasta cinco cruceros en Antigua. Vio que el Diamond Star no estaba solo y que un enorme barco con un emblema italiano se alzaba a su lado. No estaba seguro de que le gustara estar a bordo con miles de pasajeros, y se preguntó cómo se las arreglaría la isla cuando todos desembarcaran por el día. Prefería la relativa comodidad del barco en el que viajaba.

El sol ya calentaba; no obstante, la previsión meteorológica del *Diamond Star Daily* anunciaba fuertes chubascos por la tarde. Selwyn había organizado un viaje con la ayuda de Diwa. Ahora solo tenía que convencer a Jane para que le acompañara.

Miró su reloj de pulsera dorado y se preguntó si ella ya se habría levantado. Selwyn sabía que era inútil telefonear; Jane lo rechazaría y sería una llamada en vano. Pero cara a cara podría ser diferente. Si podía encontrarla mientras Kath y Anne estuvieran cerca, estaba seguro de que estas dos últimas insistirían en que lo acompañara. Solo podía hacer una cosa. Se presentaría en la puerta de Jane. Si la pillaba con la guardia baja, podría tener una oportunidad, y podrían disfrutar de un día juntos.

Selwyn se puso en camino hacia Hibisco y, mientras lo hacía, pensó en la actuación de Jane con el chef Jaden. Era como si la mujer hubiera cobrado vida. Cómoda en un entorno culinario junto a una personalidad a la que se sentía afín, Jane había cautivado al público sin un atisbo de nerviosismo o falta de confianza. De pie y alta, parecía no ser consciente de su tamaño. De hecho, casi lo aceptaba, poniendo las manos en las caderas cuando se reía y contoneándose un poco cuando contaba una historia.

Los aplausos fueron sonoros cuando Jaden dio por terminada la demostración y dio las gracias a Jane por ser una participante tan interesante. Selwyn había quedado encantado y quería hablar con ella, quizá llevarla a tomar una copa para celebrarlo y saber más de sus hazañas, pero estaba rodeada de huéspedes deseosos de charlar con ella. Decidió dejarle su momento de gloria. No la vio en la cena, ya que prefirió cenar en el restaurante Terrace, donde Bridgette informó a Selwyn de que había visto a las tres amigas dirigirse al Deck Café para disfrutar de un bufé más ligero. En la representación de la pantomima, Jane se sentó en el extremo opuesto de la sala.

Ahora, Selwyn estaba delante de Hibisco. Respiró hondo y levantó la mano para llamar a la puerta.

—Debe de ser el desayuno —dijo Kath desde el baño—. Jane, ¿puedes ir tú?

Jane se había puesto su mono de reno y un gorro de Papá Noel y estaba descansando en un sofá. Dejó caer el *Diamond Star Daily* y se levantó de un salto.

—Voy —dijo y, al pasar junto a la cama de Anne, agarró a su amiga por los dedos de los pies—. Despierta, dormilona. —Agitó el pie de Anne—. Ya está aquí tu cura para la resaca.

—Piérdete —murmuró Anne desde debajo del edredón.

Jane se apartó las trenzas de los hombros y, esperando ver a un camarero uniformado, gritó:

—¡Pégame con todo lo que tengas!

La puerta se abrió de golpe y Jane se quedó helada.

—Oh..., eh... —dijo cuando se encontró cara a cara con Selwyn—. No sabía que estabas en el servicio de habitaciones. —Jane echó la cabeza hacia atrás y se quitó el gorro de Papá Noel—. Quiero decir, lo siento... Estábamos esperando el desayuno.

—¿Si quieres que me vaya?

—¡Tráelo! —gritó Kath mientras se secaba la cara con una toalla y entraba en el salón—. Comeremos en el balcón. —Ella levantó la vista y, al ver a Selwyn, se le dibujó una sonrisa en el rostro—. Tenemos compañía —dijo—. Qué bien. Ven y únete a nosotras.

Selwyn pasó junto a Jane y entró en la *suite*.

—Qué habitación tan elegante —dijo, y sonrió a Anne mientras seguía a Kath hasta el balcón.

Anne balanceó las piernas sobre el borde de la cama.

—Es la mejor cura para la resaca que he probado nunca —dijo, y cogió el cepillo y el pintalabios.

Con una mirada de horror, Jane gesticuló salvajemente detrás de la espalda de Selwyn; sin embargo, Kath la ignoró y le dijo que se pusiera cómodo.

—¿A qué debemos el placer de esta visita? —preguntó Kath.

—Siento molestarlas tan temprano —comenzó a explicar Selwyn—, pero quería alcanzar a Jane antes de que hicierais planes para hoy.

Al oír las palabras de Selwyn, Jane empezó a regresar al salón; sin embargo, Anne la agarró del pijama y tiró de ella hacia el balcón.

—Me gustaría invitarte a una excursión por la isla —dijo él. Miró fijamente a Jane, y ella sintió que sus ojos se clavaban en ella como láseres.

—Estábamos pensando en... —Jane tartamudeó, tratando frenéticamente de encontrar una excusa.

—Por supuesto que le encantaría acompañarte —interrumpió Kath—. Suena muy divertido. ¿A qué hora ha de estar lista?

Ignorando por completo a Jane, Kath y Selwyn acordaron

una hora y un lugar para quedar, y Kath le aseguró que Jane llevaría bañador y una toalla por si los necesitaba.

Con una cortés inclinación de cabeza, Selwyn dijo a Jane que estaba deseando que salieran y, dirigiéndose a las demás, deseó que Kath y Anne también disfrutaran de su día. El desayuno había llegado y, declinando una invitación a unirse a ellas, abandonó la *suite*.

—¡Maldita sea! —Jane gritó—. Realmente me has metido en esto.

—Si Jane no quiere ir, ¿crees que Selwyn me tendría en cuenta como sustituta? —preguntó Anne.

—Ni se te ocurra —dijo Kath—. Deja de protestar, Jane. Come y luego decidiremos qué te vas a poner, no puedes salir así.

Jane estaba a punto de contestar e inventar un millón de razones para eludir su cita, pero percibió el olor a cruasán caliente y, sin poder resistirse, se sentó y comió.

—Te has pasado de la raya —murmuró entre bocados de esponjoso hojaldre—. ¿Te das cuenta de que me perderé la charla de Bridgette, «Todo suciedad y magia»?

Anne puso los ojos en blanco.

—Misión cumplida —dijo, y bostezó.

—Propongo que desembarquemos y pasemos el día fuera también. —Kath miró a Anne—. Así que ponte los patines porque la previsión meteorológica es de tormenta para más tarde.

—Solo será un chaparrón —dijo Anne—; pronto acabará.

Pero mientras las amigas disfrutaban de su desayuno y hacían planes para el día, ninguna sabía cómo sería la tormenta que se avecinaba.

26

Selwyn llevaba una mochila mientras esperaba junto a la pasarela a que Jane desembarcara y se reuniera con él para pasar un día que había planeado cuidadosamente. Al abandonar el barco, se había fijado en la tripulación, que avisaba a los pasajeros de que se esperaban fuertes lluvias a última hora del día y les recomendaba que volvieran a bordo antes de que empezaran.

Consultó su reloj. Podrían disfrutar de todo lo que había planeado si cumplía su horario. Comenzó a caminar y esperaba que Jane no se retrasara, pero instantes después la vio caminando hacia él. Lucía un vestido vaporoso y colorido y unas bonitas sandalias. Llevaba trenzas sueltas, un gran sombrero de paja y un bolso de playa a juego.

—Estás preciosa —dijo Selwyn. Jane parecía nerviosa, poco acostumbrada a los cumplidos—. ¿Has echado el bañador?

—Aquí tengo un kit completo de supervivencia. —Jane señaló su bolso—. Kath se ha asegurado de que estuviera preparada para todo.

—No necesitarás sobrevivir. —Selwyn se rio—. Pero puede que descubras que sales de tu zona de confort durante el día.

Selwyn ignoró la mirada de pánico de ella y la cogió del brazo para caminar por el muelle hasta que llegaron a la terminal de cruceros de Heritage Quay, donde el personal de seguridad del puerto comprobó sus tarjetas de embarque. Antes de salir a la calle, deambularon por una concurrida zona de restaurantes y una variedad de tiendas libres de impuestos que exhibían de todo, desde marcas reconocidas internacionalmente hasta artesanía local.

Fuera, un hombre sostenía una pancarta con el nombre de Selwyn.

—Aquí está nuestro conductor —dijo Selwyn, y juntos subieron a un vehículo que tenía aire acondicionado.

El conductor, Curtis, le entregó a cada uno una botella de agua fría. Jane cogió su abanico, lo abrió y miró de reojo mientras Selwyn bebía. La condensación goteaba sobre el algodón planchado e impecable de su camisa, y Jane pensó en lo bien que le quedaban los impolutos pantalones cortos blancos que llevaba y sus sandalias de cuero. Se había peinado las rastas con un nudo en la parte superior de la cabeza, y Jane guardó la idea para peinarse ella así también.

—Esta es la costa noroeste, y vuestra primera parada es la playa Runaway —dijo Curtis y se detuvo junto a una interminable franja de costa.

—¡Dios mío, la arena es casi rosa! —exclamó Jane mientras Selwyn la ayudaba a salir—. ¿Por qué se llama «playa Runaway»?

El conductor sonrió.

—Si no sabes lo que tiene planeado para hoy, ahora es cuando puedes huir.

—*Touché.* —Jane sonrió.

—¿Nadamos? —preguntó Selwyn.

Jane no esperaba tener que soportar la humillación de quedarse en bañador tan pronto, pero la belleza de la playa y el agua turquesa eran demasiado tentadoras para resistirse.

—Al diablo —murmuró, se quitó las sandalias y se deshizo del caftán, que dobló sobre su bolsa.

—¿Lista? —preguntó Selwyn.

«¿Qué me está haciendo?», pensó Jane y se mordió el labio mientras miraba a Selwyn. Estaba guapo, en forma y musculoso en bañador, y Jane recordó que le había dicho a Kath que nadaba con regularidad en su casa de Lambeth. Selwyn le tendió la mano, y ella, respirando hondo, avanzó hasta que los cálidos dedos del hombre se entrelazaron con los suyos.

—¡El último en llegar paga las bebidas! —gritó Selwyn y juntos corrieron hacia el mar.

—¡Madre mía! —exclamó Jane, pues la arena caliente le quemaba las plantas de los pies. Sentía que los pulmones le iban a estallar, pero, cuando el agua la envolvió, se soltó de la mano de Selwyn y se zambulló bajo una ola—. ¡He ganado! —gritó. Riendo de felicidad por estar en un entorno tan hermoso, empezó a flotar y jugar en el agua—. Me siento como una niña otra vez —dijo mientras estiraba el brazo y salpicaba a Selwyn.

—Eso está bien —contestó el, y nadó hacia ella—. Cree en ti misma, no solo mientras nadas, sino durante toda la vida.

Jane pensó en sus palabras mientras estaban sentados en la playa un poco después para secarse al sol, y Curtis sacó cervezas frías.

Si tan solo pudiera creer en sí misma...

Se quedó mirando la etiqueta de su botella y preguntó:

—¿Wadadli?

—Cerveza local. Está buena —respondió Curtis.

La cerveza era excelente y Jane pensó que nunca había probado nada tan refrescante. El sol y el rocío salado del mar debían de realzar el sabor del lúpulo, y con cada trago se formaba una deliciosa espuma.

Mirando alrededor de la isla, Jane tuvo una sensación peculiar. ¡Estaba contenta!

No era el tipo de felicidad que sentía al comer un dónut relleno de mermelada de fresa. Esto era como un capullo que se convierte en flor, extendiendo sus hermosos pétalos a cada parte de su ser y llenándola de alegría. Las mariposas de su barriga empezaron a bailar.

—¿En qué estás pensando? —preguntó Selwyn.

Jane se fijó en las gotas de agua que caían sobre su suave piel oscura y sintió deseos de alargar la mano y tocarlas. Al darse cuenta de que no podía decirle a Selwyn lo que sentía por miedo a quedar como una tonta, respondió:

—Estaba pensando en lo mucho que me gusta el Caribe.

—Sí. —Selwyn asintió con la cabeza. Hizo una pausa mientras miraba el mar—. Las islas te entran por los ojos y crean su magia antes de bailar en tu alma.

Jane se preguntó si su alma estaba en su barriga, lo que podría explicar que las mariposas rompieran a bailar un tango.

—¿Lista para seguir adelante? —preguntó Selwyn al observar que Curtis comprobaba la hora.

—Sí, por supuesto. —Jane cogió su caftán y, tomando la mano de Selwyn, le permitió que la ayudara—. ¿Adónde vamos ahora?

—Ten paciencia —dijo Selwyn—. Siéntate y disfruta del viaje.

Y, para su sorpresa, Jane hizo precisamente eso.

Kath y Anne recorrieron el muelle e hicieron cola hasta que un sonriente empleado de la autoridad portuaria comprobó sus tarjetas de embarque y les deseó una feliz estancia en Antigua.

—Me encantaría entrar en estas tiendas libres de impuestos y encontrar recuerdos bonitos —dijo Anne. Se cogió del brazo de Kath y se adentraron lentamente en una plaza comercial de coloridas casas.

—Me siento un poco mareada. —Kath buscó en su bolso una botella de agua—. Creo que anoche bebí demasiado vino y no estoy acostumbrada.

—Debes de estar deshidratada. Bebe mucho líquido.

—¿Sabes por qué estas estructuras de madera se llaman *chattel houses*? —preguntó Kath y bebió un largo trago.

—No, pero sé que estás a punto de decírmelo.

—El término *chattel* significa «fácilmente trasladable», y los propietarios que vivían en ellas a veces se veían obligados por los terratenientes a dejar su casa movible y trasladarse a otro lugar.

—Qué buena idea. —Anne se quedó pensativa en la escalinata de una pequeña *boutique* y contempló las viviendas de dos habitaciones suspendidas en grandes bloques—. Me encantaría tener una de estas y trasladarme cuando me apeteciera.

Siguieron adelante y, al acercarse a un vendedor de tallas de madera artesanales tradicionales de Antigua, una voz gritó:

—¡Aquííí!

Era Bridgette, que levantó la mano y saludó.

—Caray, es el Capitán y su cuidadora —dijo Anne.

—Hola, Bridgette. —Kath sonrió—. ¿Estáis de compras?

Bridgette hizo girar la silla de ruedas del Capitán, y Anne dio un salto hacia atrás cuando él gritó «¡Bu!» desde detrás una máscara de madera tallada. Vestía una camiseta en la que se leía «Ningún barco debería hundirse sin su capitán».

—Está hecha de caoba caribeña. Durará para siempre —les informó Bridgette mientras se inclinaba y golpeaba suavemente la máscara tallada.

—¿La máscara o el capitán? —preguntó Anne—. Es aterradora. —Se quedó mirando la madera oscura y curtida, casi tan nudosa como la piel del Capitán. Este tenía una botella de licor de guayaba en las rodillas y se la ofreció a las mujeres.

—Es maravilloso si necesitas que se te pase la resaca —dijo Bridgette.

Anne se volvió hacia Kath.

—Es una señal —dijo—. Ponte las botas.

Kath, cuyo mareo había empeorado, no lo dudó y, rebuscando en su bolso, sacó un vaso de plástico. Cogió la botella y se sirvió un trago.

—¡Hasta el fondo! —gritó la voz apagada del Capitán.

Siguiendo las instrucciones, Kath cerró los ojos y tragó la bebida.

—Por Dios —dijo al sentir el efecto del alcohol. Sus ojos se desorbitaron y movió la cabeza con fuerza—. Me arde el cuerpo. —Pero, como Bridgette había predicho, la bebida hizo efecto, y Kath se sintió mejor enseguida. Rebuscó de nuevo en su bolso y sacó una guía—. ¿A alguno le apetece una excursión al Astillero de Nelson?

—Adelante —respondió el Capitán.

—Me parece perfecto —dijo Bridgette, y le dio una palmadita en el hombro al Capitán—. Muy naval y perfecto para ti, querido.

Anne pensó que ella preferiría ver cómo se secaba la pintura. A pesar de ello, como no quería quedarse sola dando vueltas por Saint John's, ayudó a Bridgette a plegar la silla de ruedas del Capitán y a meterlo en un taxi junto a Kath.

—¡Victoria! —gritó el Capitán mientras se dirigían a su destino.

Kath empezó a leer en voz alta:

—«El astillero se fundó en 1725 para servir de base a los barcos británicos que patrullaban las Indias Occidentales. Fue bautizado en honor de Nelson».

—Fascinante... —Bostezó Anne.

Se inclinó para ver la hora en el Rolex de la muñeca del Capitán y deseó que llegaran pronto. Tal vez hubiera un lugar soleado donde ella pudiera relajarse mientras los demás se ponían al día en historia naval.

Mientras conducían por las calles de Saint John's, Kath leyó la guía. Los pasajeros se enteraron de que la cosmopolita ciudad era una de las más desarrolladas de las Antillas Menores. Anne ansiaba detenerse a mirar escaparates mientras contemplaba centros comerciales y *boutiques* de joyas y ropa de diseño.

—Jane habría disfrutado de esta excursión —dijo Kath mientras aminoraban la marcha para permitir el acceso de los peatones a un concurrido mercado. Los puestos mostraban fruta fresca, verduras y pescado de todas las variedades dispuestos sobre largas losas de mármol—. Pero estoy segura de que se lo está pasando muy bien con Selwyn —añadió, y los informó de que la zona que estaban atravesando se conocía como la Ciudadela.

Al cabo de un rato, llegaron al sur de la isla y, atravesando la parroquia de San Pablo, no tardaron en llegar al Astillero de Nelson.

—Está situado en un astillero en funcionamiento —comentó Kath cuando salieron del taxi y empezaron a llevar al Capitán por el muelle.

Kath contempló los edificios de los siglos XVIII y XIX, inmaculadamente restaurados, mientras Anne observaba los numerosos bares y cafés.

—Vaya, no me importaría tener uno de esos —dijo Anne mientras se giraba hacia el puerto y observaba las hileras de yates caros.

Se detuvieron a observar a una pareja que paseaba por la bahía en una lancha motora, recostada en asientos de cuero blanco y bebiendo champán. La mujer echó la cabeza hacia atrás y rio cuando el hombre le susurró algo al oído. Sus joyas brillaban al sol y llevaba un caftán largo y vaporoso con grandes gafas de sol.

—Maldito Dicky... —siseó Anne y lo fulminó con la mirada.

Él no se fijó en los espectadores mientras entretenía a la rica viuda.

—Creo que es hora de tomar algo —dijo Bridgette mientras observaba cómo Dicky se exhibía en la bahía. Cogiendo las empuñaduras de la silla de ruedas del Capitán, se dispuso a buscar algo para refrescarse.

—Te has salvado por los pelos con ese —dijo Kath y enlazó los brazos con su amiga, que se animó cuando llegaron a un bar.

—Espero que el peso de sus joyas vuelque el barco y se hundan —deseó Anne—, pero, mientras tanto, me tomaré una piña colada.

—¡Piña colada para todos! —gritó Bridgette.

—¡Victoria! —volvió a decir el Capitán.

—A la caza de maridos. —Anne suspiró y miró a un grupo de apuestos marineros que había en la mesa contigua.

—¿Qué ha pasado con el sol? —preguntó Kath y miró al cielo, que se iba poniendo cada vez más oscuro—. ¿Crees que se avecina tormenta?

—En esta época del año no será más que un chaparrón —respondió Anne cuando llegaron las bebidas—. A vuestra salud. Por muchos más momentos de relax durante el resto de nuestro crucero.

Al otro lado de la isla, Jane distaba de estar relajada. El día de Selwyn había continuado con una experiencia fuera de lo común en un *buggy*, y ahora, haciendo una pausa, respiraba hondo para ralentizar su ritmo cardiaco. Pero la sensación no era de ansiedad ni de dolor. Jane se sentía eufórica, como si hubiese vencido un miedo, y nada más importaba que volver a probar.

Selwyn metió la mano en la mochila y sacó una toalla.

—¿Te ha gustado dar botes en el *buggy*?

—Creo que es una de las mejores cosas que he hecho nunca —respondió Jane y cogió la toalla para limpiarse la tierra seca que cubría cada trozo de carne expuesta.

—Eres una excelente conductora. —Selwyn se rio—. Incluso cubierta de barro.

Jane pensó que debía de parecer un búfalo revolcándose en la orilla fangosa de un río, pero, por una vez en su vida, no le importó.

—Aunque, cuando conduzco en Inglaterra soy una conductora terrible, después de esto, puede que me lance a los caminos en *buggy* —dijo—. Sin duda animaría la vida en Lancashire.

Su recorrido por las tierras de Antigua había comenzado con la guía de un lugareño que dirigía el evento. Selwyn insistió en que Jane se pusiera al volante y ella aceptó a regañadientes. Sin embargo, a medida que avanzaban por pistas de tierra y campos de limoncillo, Jane empezó a relajarse y descubrió que el vehículo abierto era ligero de conducir, pero potente bajo los pies. En dirección a la costa suroeste, pisó a fondo el acelerador cuando se acercaron a las solitarias dunas de Sea Fort Beach y volaron por la arena. El *buggy* se elevó por los aires mientras Jane gritaba de placer y Selwyn se sujetaba con fuerza.

Jane se secó las lágrimas cuando se detuvieron y corrió hacia el mar para darse un chapuzón y refrescarse. El almuerzo consistió en un roti de cabra al curri y cerveza de un vendedor de la playa, y, para deleite de Selwyn, su potente estéreo ponía música *reggae*.

Ahora, sentados juntos bajo el sol, se rozaban los hombros.

«*Get up, stand up...*», cantaban Bob y sus Wailers.

—¿Te está empezando a gustar la música *reggae*? —preguntó Selwyn.

Jane asintió con la cabeza mientras miraba al mar.

—Cuando oigo la letra, me doy cuenta de que hay un mensaje en las canciones. —Jane se comió lo que quedaba de roti y bebió cerveza.

—Bob Marley cantaba sobre la tiranía y la ira, pero en un tono seductor —contestó Selwyn—. Esta canción trata de los derechos humanos y de la lucha para conseguirlos.

Jane inclinó la cabeza para escuchar.

—Chuck Berry dijo que «Get Up, Stand Up» era un grito de guerra para sobrevivir.

—Caramba, ¿la canción te hace sentir así?

—Sí, demasiada gente lucha por sobrevivir en un mundo que da tantas cosas por sentadas. Creo que todo el mundo tiene derecho a cubrir sus necesidades básicas, como tener un techo donde cobijarse y comida en la mesa.

—Bob Dylan era mi héroe cuando era joven. —Jane se encogió de hombros—. Sus canciones me parecían visionarias y clarividentes. Me perdía escuchando sus discos.

—Hablas en pasado; ¿dejaste de escucharlo?

—En la universidad, llevaba vestidos largos de estopilla y sandalias nazarenas. —Jane sonrió—. Verme con un abrigo afgano no era el *look* más popular, y lo dejé, incluida la música. Ganar dinero se convirtió en una prioridad.

Selwyn se volvió para mirarla.

—El dinero no puede comprar la vida —dijo.

Jane miró fijamente aquellos ojos que brillaban como el ámbar pulido y le dio un vuelco el corazón.

—Sabias palabras —murmuró.

—No son mías. —Selwyn negó con la cabeza—. Sino que son la última frase que Bob Marley le dijo a su hijo antes de morir.

Jane estaba hipnotizada. Sentada con aquel hombre, charlando libremente, se sentía como hechizada. El momento le pareció monumental y, sin pensarlo, alargó los dedos hasta casi tocar la mano de Selwyn. Pero el hechizo se rompió de repente cuando apareció Curtis y dijo que debían continuar.

Jane observó a Selwyn recoger las cosas. Debía serenarse, pensó. Si no tenía cuidado, su incipiente amistad se vendría abajo.

Mientras Jane se dirigía al *buggy*, se preguntaba qué sería lo siguiente. Hasta el momento, el día había sido perfecto, y se sintió conmovida de que él hubiera planeado con tanto esmero la excursión. De vez en cuando, Jane había sorprendido a Selwyn mirándola y se asombró al descubrir que, en lugar de apartarse o avergonzarse, le gustaba la atención que él le mostraba. Él no la juzgaba en absoluto y nunca le hacía sentir que su tamaño fuera un problema.

Al contrario, la había colmado de elogios y le había dicho que el bañador le sentaba bien, y que los colores de la tela de su vestido le daban un aspecto alegre y feliz. Se enteró de que su mujer siempre vestía de oscuro y se cubría con chaquetas de punto y chales. Fue la primera visión que Jane tuvo de su matrimonio.

Pero Jane sabía que sus extraños y desconcertantes sentimientos solo podían ser unilaterales. Un hombre como Selwyn nunca se plantearía tener una relación con alguien como Jane. Al fin y al cabo, su mujer había muerto hacía poco, y sus vacaciones no eran más que una forma de evadirse de su dolor.

Su adrenalina volvió a dispararse cuando subieron de nuevo al *buggy* y avanzaron a toda velocidad por el lecho fangoso de un río, con el barro salpicándoles a ambos.

—Ha estado genial —le dijo a Selwyn en cuanto llegaron al vehículo de Curtis y le dio las gracias al guía—. ¿Volvemos ahora al barco?

—Queda una actividad más —respondió.

—Parece que va a diluviar por allí. —Jane miró hacia el mar y señaló al cielo, donde oscuras nubes se cernían a lo lejos.

—Estaremos a salvo. —Selwyn alargó la mano y le limpió una mancha de barro de la mejilla; luego le dio unas palmaditas en la rodilla—. Siéntate y relájate —dijo y sonrió.

Jane solo quería cogerle la mano y estrecharla entre las suyas. Pero, temiendo ser rechazada, asintió con la cabeza y se dio la vuelta.

27

Kath y Anne regresaron a Saint John's y encontraron un restaurante cerca del muelle donde estaba atracado el Diamond Star. Almorzaban con Bridgette y el Capitán, pidiendo bebidas y compartiendo platos de delicias locales, cuando Kath se quedó mirando la comida que había en el centro de la mesa y, de nuevo, echó de menos a Jane. Con sus conocimientos culinarios, habría explicado cada plato.

—¿Qué crees que será esto? —preguntó Kath mientras observaba unas bolas de una mezcla de color claro.

—Son setas —respondió Bridgette— hechas con harina de maíz y pasta de okra, un alimento básico de la dieta de los antiguanos.

Kath hizo una mueca.

—No estoy segura... —empezó a decir.

—Pruébalo con el pescado salado —sugirió Anne y sirvió el guiso de pescado en el plato de Kath.

—¡Guau! —gritó el Capitán desde detrás de su máscara y golpeó la mesa con el mango de un cuchillo.

—Deja que te ayude —dijo Bridgette y, quitándole la máscara al Capitán, le sirvió una ración de curri de caracolas—. Es su plato favorito —les dijo a las demás—. La caracola es la carne de la hermosa concha que a veces se encuentra en las playas del Caribe.

—Debería quedarse en la playa. —Anne se estremeció—. El color es repugnante. —Mordisqueó el ceviche, jugueteando con el pescado crudo salado y el sabor ácido de la lima. Mientras comía, Anne estaba disgustada. Dicky y su acompañante habían bajado de un taxi y se habían sentado cerca de ellos.

Dicky levantó la copa en señal de haber reconocido a Anne.

—Sé educada —susurró Kath—, y agradece no haberte acostado con él.

Anne se dio la vuelta. No podía decirle a Kath que deseaba estar sentada con Dicky. A pesar de que la había dejado plantada, le seguía gustando. Al igual que Barry, los chicos malos siempre serían su perdición.

Mientras comían, el sol desapareció y el cielo se nubló. Seguía haciendo calor, pero el ambiente se había vuelto húmedo.

—Tengo que volver al barco —anunció Bridgette y se abanicó la cara con la mano—. Voy a dar una charla esta tarde.

—«Todo suciedad y magia» —intervino el Capitán, consciente del tema de la charla de Bridgette. Masticó lo que quedaba de curri y miró su Rolex—. ¡Hora de partir!

Anne sonrió.

—Deja que te ayude —le dijo a Bridgette mientras se pagaba la cuenta y todos se levantaban.

Anne cogió la silla de ruedas del Capitán y empezó a caminar por la orilla del puerto.

—Oh, ¡empieza a llover! —gritó Kath unos minutos después, buscando un sombrero en su bolso.

—Será mejor que nos pongamos los patines —dijo Bridgette mientras el Capitán se agarraba la máscara y se la ponía sobre la cabeza.

Como si de un interruptor se tratara, el tiempo cambió y la lluvia cayó del cielo en cascada, rebotando en el suelo como si fueran balas. Los pasajeros de los cruceros que curioseaban en las tiendas se lanzaron a buscar refugio de la repentina tormenta.

—Diablos —murmuró Anne mientras corría detrás de la silla de ruedas—. ¡Se me ha estropeado el peinado!

Lo que sucedió a continuación fue tan inesperado que más tarde, en el salón del Diamond Star, todos se preguntaron qué había ocurrido exactamente.

Mientras Anne llevaba a toda prisa la silla del Capitán, un hombre salió corriendo de repente de un callejón.

Al llegar a donde estaba Anne, la empujó violentamente hacia un lado y, a pesar de agarrarse con fuerza y dar patadas con los pies, resbaló en el camino mojado y cayó al suelo. Le arrancó de las manos las empuñaduras de la silla de ruedas, y el Capitán se dio la vuelta. Un hombre de proporciones gigantescas estaba frente a él, vestido de negro y con la cara cubierta por una capucha. Extendió las manos. El Capitán lo golpeó salvajemente con su máscara. Aun así, en cuestión de segundos, el Rolex había desaparecido de la muñeca del Capitán.

Kath se quitó el bolso del hombro y lo balanceó mientras el hombre se alejaba.

—¡Al ladrón! —gritó Bridgette mientras intentaba correr tras el atracador, pero sus palabras se perdieron cuando la lluvia tronó y el hombre desapareció.

—¡Dios mío! —exclamó Kath mientras ayudaba a Anne a ponerse en pie—. ¿Estás bien?

—¡Traidor! —chilló el Capitán y se levantó de la silla, tambaleándose peligrosamente cerca del borde del agua.

Bridgette se estabilizó y luchó por calmar al Capitán. Anne sangraba por las abrasiones de las rodillas y tropezó cuando Kath la cogió del brazo. Sorprendidas y aturdidas, levantaron la vista cuando una pareja corrió hacia ellas.

—¡Santo cielo! —exclamó Kath cuando Harold y Nancy echaron a correr.

Llevaban toallas sujetas al cuello con pinzas de plástico y la tela ondeaba como una capa.

—Son Batman y Robin. —Anne sonrió.

—Tranquilas —dijo Harold cuando se detuvo en el suelo mojado, y Nancy, con las manos en las caderas, apareció a su lado.

Harold cogió a Anne en brazos y Nancy levantó a Kath.

—Gracias a Dios. Ha llegado la caballería —dijo Bridgette mientras se hacía cargo del Capitán—. Volvamos al barco —gritó—. Es inútil quedarse aquí. La tripulación sabrá qué hacer.

Mientras la lluvia seguía arreciando, el grupo se abrazó y se dirigió a la comodidad del Diamond Star.

***

A unos ocho kilómetros al norte de Saint John's, en el helipuerto del Aeropuerto Internacional V. C. Bird, Jane se encontraba en la pista con Selwyn, a unos metros de un helicóptero Airbus. Se quedó mirando la gigantesca estructura en forma de pájaro y negó con la cabeza.

—No puede ser —susurró Jane.

Curtis, que estaba cerca, tomó la palabra:

—Este es de última tecnología. Estamos orgullosos de poder ofrecer una excursión aérea en helicóptero por nuestra hermosa isla. —Al percibir las dudas de Jane, le aseguró—: La cabina está climatizada y las vistas son espectaculares.

—No tengas miedo. —Selwyn cogió suavemente el codo de Jane—. Te va a encantar.

—Vamos a sentarte —dijo Curtis y señaló con la cabeza al piloto sentado a los mandos.

Jane levantó la vista hacia el cielo, donde se cernían nubes cada vez más oscuras.

—No podemos subir. Parece que va a diluviar.

—El piloto volará alrededor de las nubes; no te preocupes —contestó Curtis.

Unos instantes después, Jane se encontraba con el cinturón de seguridad puesto y sentada junto a Selwyn. Rezó para que sus piernas embarradas no dejaran manchado el suave cuero color crema de los asientos mientras le colocaban los auriculares en las orejas. La pala del rotor empezó a girar sobre su cabeza y Jane quiso preguntar si la máquina tenía un motor potente, suficiente para soportar su peso. Pero el ruido del motor había aumentado, y segundos después se estaban elevando. Cuando el helicóptero pasó de la posición vertical a la de avance, a Jane se le revolvió el estómago y se arrepintió de haberse comido el roti.

Sin pensarlo, empezó a rezar.

—¿No es maravilloso? —observó Selwyn mientras descendían sobre el mar, contemplando las vistas del puerto de Nelson. Tenía los ojos muy abiertos y señaló los muelles de Saint John's—. Mira —dijo—, se ve el Diamond Star.

Jane abrió un ojo y se asomó por el cristal para contemplar la vista aérea de los cruceros. Oyó por los auriculares los comentarios del piloto sobre los lugares más destacados de la isla y empezó a relajarse poco a poco. Para su sorpresa, disfrutó contemplando las impresionantes playas, los arenales y el mar turquesa. ¡Qué suerte tenía de estar haciendo esto! De no ser por Selwyn, nunca habría conocido la maravilla de volar por el cielo como un pájaro.

—¿Te diviertes? —preguntó Selwyn, elevando la voz por encima del ruido del motor.

—¡Es maravilloso!

Sobrevolaron una zona llamada Shirley Heights, un mirador militar y una batería de cañones restaurados. Al descender en picado por la costa occidental, Jane contuvo la respiración cuando apareció una urbanización cerrada llamada Jolly Harbour, luego sobrevolaron un puerto deportivo y contemplaron casas exclusivas y restaurantes y bares junto al agua. Cade's Reef estaba salpicado de barcos en la costa suroccidental, y Jane pensó que parecían bolas de colores flotando en el agua. Ascendieron por el exuberante interior de la isla y divisaron los históricos ingenios azucareros enclavados junto a grandes casas de plantaciones, y carreteras de conexión que parecían largas arterias grises que cruzaban el terreno.

—Volvemos a Saint John's —dijo el piloto—, al helipuerto del muelle de cruceros, para que puedan embarcar allí en el Diamond Star.

Jane sintió el empuje del motor cuando el piloto maniobraba el helicóptero y se preguntó si sus amigas los verían aterrizar. Sonrió al imaginarse a Kath buscando los prismáticos en su bolso.

Sin embargo, a medida que se acercaban a Saint John's, el cielo fue oscureciéndose rápidamente.

—Es como si hubieran apagado las luces —le dijo Jane a Selwyn, y sintió que el estómago se le revolvía de nuevo mientras la lluvia atronaba contra el cristal.

—Lo siento, amigos, creía que nos habíamos adelantado —dijo el piloto, alzando la voz—. Agárrense fuerte. Puede que tengamos un aterrizaje accidentado.

Ocurrió muy deprisa. En un momento, Jane estaba disfrutando como nunca, y, al siguiente, gritaba de miedo cuando una repentina ráfaga de viento lanzó el helicóptero por los aires.

—¿Vamos a morir? —gritó mientras llovía a cántaros.

—Estoy aquí, Jane, no tengas miedo.

—No se acaba hasta que no canta la gorda... —Jane estaba aterrorizada.

—Shhhh —susurraba Selwyn con calma mientras serpenteaba su brazo alrededor de los hombros de Jane y la atraía hacia su cuerpo.

A pesar de los turbulentos rebotes, Jane se dejó abrazar. Volvió la cara para acurrucarse en la camisa de Selwyn, olió su aroma especiado y sintió su calor. Sus brazos eran sólidos y reconfortantes.

—No te preocupes por nada. —Y Selwyn empezó a cantarle la canción de Bob Marley suavemente al oído mientras el aire los zarandeaba—. Todo va a salir bien.

Y, para Jane, de repente todo iba a estar bien. Era como si un halo dorado los hubiera envuelto, entonces ella supo que, si muriera en ese momento, lo haría feliz. Dejando que su cuerpo se relajara, y a pesar de sus arneses de seguridad, se acurrucó en Selwyn y empezó a cantar también.

Mientras el piloto luchaba contra la tormenta, alterando el rumbo para volar hacia arriba y esquivar las nubes arremolinadas, Jane ladeó la cara hasta que sus labios encontraron los de Selwyn y, cerrando los ojos, lo besó. El beso que él le devolvió fue más elocuente que la letra de cualquier canción, mientras le acariciaba la cara con la mano libre.

—Cariño, he esperado tanto tiempo para esto —susurró él y volvió a besarla.

Jane solo se había dado besos sin sentido en el pasado con hombres que no significaban nada. Pero ahora sabía que el beso de Selwyn era el que había estado esperando toda su vida.

—¡Parece que al final hemos sacado algo bueno de ello!

Jane y Selwyn se separaron.

El piloto les dijo que se había desviado al aeropuerto, donde el tiempo estaba despejado, y que podrían aterrizar sin peligro. Su explicación de cómo los cambios meteorológicos repentinos e inesperados podían causar estragos se les pasó por alto.

—Lamento que hayan tenido que pasar por eso —continuó—. Espero que no les haya impedido disfrutar del viaje.

Demasiado aturdidos para hablar, Selwyn y Jane se agarraron de las manos.

—Ha hecho falta una experiencia casi mortal para unirnos —susurró Jane mientras miraba a Selwyn a los ojos.

—Me aseguraré de que no haya otras que nos separen —contestó.

Cuando el helicóptero descendió y aterrizó sin percances, el sol empezó a brillar de nuevo. Selwyn ayudó a Jane a salir y la rodeó con el brazo, y ella se sintió como si flotara en una nube tan ligera como el aire.

No importaba que Jane estuviera cubierta de barro, sofocada, sudorosa y agotada por los acontecimientos del día. Le daba igual que el vestido se le pegara al bañador húmedo y se le subiera por las piernas. Ahora sabía que aquella extraña sensación que había experimentado no eran nervios ni un malestar estomacal, y que las mariposas que rebotaban a su alrededor tenían un significado.

Amor. Esa palabra desconocida. Algo que nunca había conocido hasta ahora. Jane estaba enamorada y quería gritarlo a los cuatro vientos.

Mientras esperaban a Curtis fuera de la terminal, Selwyn abrazó a Jane y volvió a besarla.

«Así que esto es lo que se siente», pensó Jane mientras sucumbía. No le importaba que acabara de aterrizar un vuelo y que decenas de pasajeros se dirigieran hacia allí. La dura experiencia que habían pasado la había unido a Selwyn, y, ahora que había terminado, la gorda estaba cantando.

28

Desafortunadamente para Bridgette, su charla, «Todo suciedad y magia», tenía poco que ver con cuidar la tierra para producir espectaculares jardines encantadores. En lugar de impartir una conferencia acerca de la sabiduría que había acumulado al competir durante años en eventos florales en los que la habían galardonado, no fue ella el centro de atención en el salón Neptuno más tarde ese mismo día por la tarde.

Los asistentes se habían enterado de que Bridgette formaba parte del grupo que había sufrido el robo durante su estancia en la isla de Antigua y, como el teléfono escacharrado, la historia había cobrado velocidad. El ambiente era casi de fiesta, ya que los pasajeros, que se estaban secando tras la repentina tormenta, no tenían ningún interés en la jardinería, pero querían oírlo todo sobre el robo.

Ante un público embelesado, Nancy cogió el micrófono de Bridgette y relató la experiencia cercana a la muerte que había sufrido el Capitán. Por suerte para él, Harold era el héroe del momento y había luchado contra múltiples atracadores armados, explicó Nancy entre lágrimas, pero no habían podido evitar el robo.

Nancy adornó la historia. Negándose a renunciar a su protagonismo, hizo creer a los pasajeros que Anne necesitaría una prótesis de rodilla, que Kath sufría una conmoción y que el Capitán había sido sedado y permanecía en la enfermería bajo la atenta mirada de los médicos del barco. Nancy se negó a retirarse del podio, aunque Bridgette daba golpecitos con el pie y ponía los ojos en blanco.

«¿Estaba loca Nancy?», se preguntó Bridgette mientras escuchaba la historia inventada que le impedía pronunciar su conferencia. Peter estaba de pie a un lado del escenario y ella llamó su atención. Levantando las manos en un gesto interrogativo, Bridgette se llevó los dedos a la garganta para indicarle que silenciara a Nancy. Se quedó atónita al ver que él se limitaba a encogerse de hombros en un gesto de autoderrota.

—Al diablo con esto... —murmuró Bridgette.

No tenía sentido seguir con su charla. Si el público quería fantasía, Nancy era la indicada. Sabiendo que se estaba celebrando una fiesta en la *suite* del Capitán, Bridgette cogió sus notas y, despidiéndose de Peter con la mano, bajó del escenario.

Mientras paseaba por el barco, Bridgette sonrió. El Capitán no era tan tonto como parecía. Se había reído cuando lo llevaron de vuelta al Diamond Star, donde los preocupados oficiales de la tripulación querían alertar a la policía de Antigua.

No había necesidad de intervención policial, dijo el Capitán. El Rolex que llevaba era falso. Lo había conseguido por unos euros cuando navegaba por las islas griegas y dijo a los funcionarios que se lo habría dado a aquel tío si se hubiera tomado la molestia de pedírselo. En cuanto a las rodillas de Anne, apenas tenían heridas, y las toallitas antisépticas de Kath habían borrado cualquier signo de lesión. El susto de Kath se disipó cuando el Capitán abrió la primera botella de Dom Pérignon.

—¡¿Hay hueco para una más?! —gritó Bridgette al entrar en la *suite* del Capitán.

Anne le dio a Bridgette una copa de champán y le indicó que salieran al balcón del Capitán para contemplar la puesta de sol.

—¿Te has enterado de que un helicóptero ha tenido problemas durante la tormenta? —preguntó Kath y chocó las copas con Bridgette.

—Nancy lo está contando con pelos y señales —respondió Bridgette—. Se ha apoderado de mi conferencia. Cualquiera pensaría que Harold estaba a bordo del helicóptero, con conocimiento de primera mano.

—Oí que estaba en el bar, en ese momento, recuperándose del robo —dijo Kath.

—Nancy ha dicho que los pasajeros del helicóptero eran del crucero italiano del muelle de al lado. —Bridgette dio un sorbo a su bebida, disfrutando del caro sabor de la bebida del Capitán.

—Se lo inventa sobre la marcha. —Kath negó con la cabeza—. Pero parece que el piloto era muy hábil y maniobró para sacarlos de allí.

—Siempre que los pasajeros estén bien, aunque deben de haber tenido un viaje movido. —Bridgette cogió la mano del Capitán y le ayudó suavemente a sentarse en una tumbona acolchada, de cara al sol poniente.

Cerró los ojos para disfrutar del momento y, si Kath y Anne no hubieran estado en la *suite*, Bridgette se habría desnudado y se habría tumbado a compartir un porro con el viejo.

—¿Alguien sabe algo de Jane? —preguntó Bridgette—. La vi salir con Selwyn esta mañana.

—Seguro que vuelve pronto —dijo Kath—, probablemente quejándose de estar todo el día con él. No importa cuánto se esfuerce Selwyn: Jane es ciega a sus insinuaciones.

—Él podría insinuársome el día de la semana que quisiera. —Anne se quitó las sandalias y se sentó junto al Capitán—. Creo que Selwyn es guapísimo.

—No habla de sí mismo —reflexionó Bridgette—. Selwyn es un hombre muy reservado.

—Pero es que hace poco perdió a su mujer —añadió Kath—, y el dolor afecta a cada persona de una forma diferente. —Pensó en sus propios altibajos de los últimos meses.

—Es verdad —aceptó Bridgette y se acordó de su querido Hugo.

—No creo que Selwyn esté afligido —dijo Anne—. Parece estar pasándoselo como nunca.

Kath hizo girar el champán en su copa.

—Jane me ha contado que él era conductor de metro, y su mujer, limpiadora del ayuntamiento.

—Vaya. —Anne miró a Kath—. Debe de haber ahorrado para venir a este crucero. Cuesta una fortuna. —Sabía que ella misma no estaría en el crucero de no ser por el apoyo económico de Kath y Jane.

—No creo que se pueda juzgar la situación económica de la gente. —Bridgette alargó la mano y acarició el brazo del Capitán con cariño—. Ninguno de nosotros sabe mucho de los demás.

El Capitán, con la mano temblorosa, cogió el brazo de Bridgette y le devolvió el tierno gesto.

—¿Otra botella, antigua? —propuso.

Con las copas llenas y cómodamente sentados, contemplaron cómo los últimos rayos del día brillaban en el cielo cada vez más oscuro y el sol empezaba a ocultarse.

—¿Acaso no somos afortunados? —observó Kath—. Somos afortunados de estar aquí, con nuevos amigos en un entorno tan maravilloso.

—Son momentos como este los que siempre recordaré —añadió Anne—. Son como suvenires.

—Guarda esos momentos en tu banco de la memoria —dijo Bridgette en voz baja—, y recuerda: los mejores suvenires son tus remembranzas.

Dicky se sentó entre bastidores en el camerino de los artistas y se miró la cara en el espejo. Tenía nuevas arrugas en la frente y ojeras. Entretener a señoras era agotador, pensó, y un hombre de su edad debería poder acostarse temprano de vez en cuando. Su imagen en el espejo le decía que estaba quemando la vela por los dos extremos. La acaudalada viuda era inagotable, y Dicky se preguntó si se estaría inyectando vitaminas. No había derecho a que aquella mujer tuviera tanto aguante. Después de un día de turismo y de complacer todos sus deseos, siguió una enérgica sesión. Era lo único que Dicky podía hacer para no caer en la cama y dormir durante una semana.

Aun así, no quedaba mucho; el crucero terminaría pronto, y Dicky, con otro reloj caro en la muñeca y un generoso regalo de más dólares para «darse un capricho», era un conejito feliz.

Mientras sus dedos buscaban el corrector de Melissa, recordó lo que había oído en la biblioteca la noche anterior. Si sus suposiciones eran correctas, las divagaciones de Kath cuando estaba ebria fueron una confesión. El «accidente» de su marido había sido, en realidad, un asesinato a sangre fría. Dicky sonrió y se secó la cara. La única prueba que tenía de ello era lo que había oído. Si Kath se lo había callado todo este tiempo y se había beneficiado de la muerte, él sabía que nunca admitiría lo que había hecho. Pero no había razón para no meterle el miedo en el cuerpo, además sería fácil sacarle una buena cantidad de dinero. Ella no tendría ni idea de cómo Dicky se había enterado de su culpabilidad, y la ansiedad la llevaría directamente a transferirle desde su cuenta corriente una gran suma.

Dicky se frotó las manos. Su plan para escapar de su matrimonio iba bien y los ahorros de su caja fuerte se iban acumulando. Pronto sería libre. Le apetecía pasar una temporada en la costa para disfrutar del buen tiempo y de los clubes de *cabaret*.

Adiós, Doncaster. ¡Hola, Benidorm!

Si al menos pudiera volver a caerle bien a Anne, pensó mientras cogía los polvos bronceadores de Melissa y se los aplicaba en las mejillas. Anne era especial y él había cometido el error de dejarla plantada.

—Quita tus manos ladronas de mis cosas. —Melissa entró en la habitación y cogió los polvos de la mano que Dicky tenía levantada—. No tengo nada que te mejore el aspecto. —Se tiró en una silla—. Podría hacer la compra de una semana con las bolsas que tienes debajo de los ojos.

—Ay, Melissa —arrulló Dicky—, eres un milagro a punto de ocurrir en la vida de otra persona.

—Que te den, Dicky. Hará falta un milagro para que parezcas humano y estés listo para salir al escenario. —Se sacudió los hombros y empezó a recogerse el pelo en una coleta apretada—. He oído que la viuda más rica del barco te tiene en sus garras.

—Lejos de eso, le gusta mi chispeante compañía y le doy energía.

—Lo único que le da energía es una dosis diaria de mis vitaminas especiales, y tienen un precio.

Dicky se quedó con la boca abierta y se recostó en la silla.

—¿Se las estás suministrando? —Negó con la cabeza—. ¿Qué más tienes en tu cajón secreto?

—No eres el único que se aprovecha de los pasajeros, así que no te escandalices. —Melissa empezó a maquillarse—. Y no estropees mi número de esta noche. —Se puso pestañas postizas y miró a Dicky con el ceño fruncido—. Ni se te ocurra salir hasta que no me llamen dos veces a escena y el público se haya puesto en pie.

El número cómico de Dicky seguía a la actuación en solitario de Melissa en el salón Neptuno. A menudo le gustaba subir al escenario justo cuando estaban aplaudiendo a Melissa. Interrumpir con unas palabras ingeniosas o un chiste a su costa desviaba la atención del público hacia él.

—Sin problema —respondió Dicky—, no te pongas así.

—Apuesto a que Jane McDonald nunca tuvo que aguantar tus tonterías.

—Jane y yo éramos grandes amigos. —Dicky suspiró y recordó los cruceros de antaño, al principio de su carrera.

—Sí, sí, y yo canté con Freddie Mercury...

Alguien llamó a la puerta.

—Diez minutos para el espectáculo, señorita Montana.

—Mucha mierda —le deseó Dicky.

Melissa se colocó la peluca y se metió detrás de un biombo.

—Te romperé el cuello si intentas algún truco esta noche —respondió.

Dicky bostezó. Mientras Melissa se cambiaba para el espectáculo, él se apresuró a cogerle el corrector.

—Tomo nota —dijo él, y se frotó el corrector por las ojeras a toda prisa. Cuando ella salió de detrás del biombo, Dicky sonrió—. Muy bien, los vas a dejar boquiabiertos.

—¿Qué quieres? —Melissa apoyó las manos en sus caderas recubiertas de lentejuelas e inclinó la cabeza caracterizada como Dolly Parton para estudiar al cómico.

Con su sonrisa más cálida y ojos suplicantes, Dicky giró en su silla. Mirando a Melissa, le preguntó:

—¿Tienes alguna pastilla de esas vitaminas de sobra?

Jane y Selwyn estaban delante de la puerta de Hibisco. Ella se echó hacia atrás para apoyar su peso en la pared mientras Selwyn avanzaba para besarla.

—¿Quieres pasar? —preguntó Jane.

—No, no quiero molestar a tus amigas, pero ¿cenamos juntos?

—Sí, me gustaría.

—Reservaré una mesa en el restaurante Atrium. Está en la cubierta de la carpa.

—Eso suena muy formal. Espero tener algo adecuado que ponerme.

—Estarás preciosa con lo que elijas.

Selwyn le acarició la mejilla a Jane y sonrió al desprenderse un copo de barro seco. Sus dedos recorrieron su cuello y, al ver su colgante de tortuga, tocó suavemente los ojos de diamante.

—Kath me lo ha regalado en Navidad —explicó Jane.

—El esmaltado es excelente; la tortuga representa un nuevo comienzo.

—Sí, lo sé.

—Qué apropiado.

—Será mejor que me dé una ducha. —Jane buscó en su bolsa la tarjeta de acceso a la habitación.

—Ojalá pudiera acompañarte.

—¡Vete! Hasta luego. —Le dio un beso en la mejilla y luego vio alejarse a Selwyn, con los ojos fijos en ella. «¡Dios mío, qué guapo es!», pensó.

Al entrar en Hibisco, Jane tiró la bolsa encima de la cama y se quitó las sandalias. Pasó al cuarto de baño, se quitó el vestido y el bañador. Al verse desnuda en el espejo, hinchó las mejillas.

—Así que este es el cuerpo que pronto verá Selwyn —le dijo Jane a su reflejo.

Ladeó la cabeza, se puso una mano en la cadera y se dio cuenta de que ya no le importaba tener sobrepeso. Era la sensación más liberadora que había experimentado nunca. Selwyn había dicho que le encantaban sus curvas y que su cuerpo le parecía sexi. Jane se sintió como si estuviera sumergiéndose en una tina de suave y cremoso chocolate. Cerró los ojos y se imaginó frotando la cálida y sensual sustancia por todo su cuerpo y luego lamiéndose los dedos con los labios. Jane sabía que a Selwyn le encantaba el chocolate, y su mente elaboraba fantasías que los involucraban a los dos.

—Ahh... —Dejó escapar un suspiro.

Jane no oyó abrirse la puerta de Hibisco, pero de pronto la voz de Kath gritó:

—Jane, ¿estás ahí? —El picaporte del baño sonó y asomó por la puerta la cabeza de Kath—. Santo cielo, ¿va todo bien?

Kath abrió mucho los ojos al ver el cuerpo desnudo de Jane y el montón de ropa en el suelo.

—Hola, Kath —murmuró Jane y cogió una toalla.

—Tienes la ropa llena de barro. —Kath se agachó para recoger el vestido de Jane—. ¿Ha pasado algo?

Jane entró en la ducha.

—Sí, vaya que sí —respondió—, algo muy serio.

—Oh, cariño. —El rostro de Kath era de preocupación—. Nunca debimos dejar que te fueras sola con Selwyn. —Apretó el vestido de Jane contra su pecho—. Tómate tu tiempo en una buena ducha caliente. —Kath empezó a ordenar el baño. Colocó cerca un mullido albornoz—. Voy a preparar una taza de té dulce y ahora nos cuentas todo. Coge cualquiera de mis nuevos productos. Espero que estés bien.

A través del vaho y el cristal esmerilado, Jane vio salir a Kath. Cogió el gel Jo Malone de pera y fresia de Kath y se lo pasó por la piel.

—No te preocupes, mi querida amiga —susurró—. Estoy mejor que nunca.

29

Kath y Anne se quedaron boquiabiertas cuando Jane les contó que los pasajeros del helicóptero que habían tenido aquel problema, en realidad, eran ella misma y Selwyn. A duras penas conteniendo su excitación, Jane habló de su día.

Anne fue directamente a la barra a servirse una copa.

—¿Estás enamorada? —preguntó mirando a Kath para asegurarse de que había oído bien a Jane—. Pero esta mañana estabas furiosa cuando Kath insistió en que aceptaras la invitación de Selwyn. Me atrevería a decir que casi pataleabas y tenías una rabieta. —Sirvió *prosecco*—. Sin embargo, aquí estás, solo unas horas más tarde, toda cariñosa y femenina. —Anne sonrió y dio un puñetazo al aire—. Ni siquiera te gustaba Selwyn, y ahora estás ardiendo de pasión.

—Me alegro mucho por ti —dijo Kath—. Inconscientemente te has sentido atraída por Selwyn, pero ha hecho falta un día de nuevas experiencias para darte cuenta.

—Tener una experiencia casi mortal probablemente ha sido clave. —Anne se rio.

—Sí, eso es justo lo que le dije a Selwyn. —Jane estuvo de acuerdo con su amiga—. ¿No es extraño cómo funcionan estas cosas?

—Me parece maravilloso. —Anne abrazó a Jane—. ¿Cuáles son tus planes?

—Vamos a cenar en el restaurante Atrium. Es muy elegante y no tengo ni idea de qué ponerme.

—¡Qué emocionante! —Anne aplaudió.

—Hay que ponerse en acción. —Kath cruzó la habitación y cogió el teléfono—. Hola, ¿recepción? Tenemos una ocasión especial en Hibisco. Me gustaría que enviaran a la estilista de la *boutique* del barco con una selección de trajes de noche para una señora grande. —Kath levantó la vista y sonrió a Jane—. ¿Podría pedirle también a Philippe, de la peluquería, que venga a nuestra *suite* si está libre?

—Excelente —dijo Anne—. Ahora vamos a maquillar esa cara. —Metió la mano en el bolso de mano—. Por fin Cenicienta ha encontrado a su Príncipe Azul.

Juntas, ayudaron a Jane a prepararse para su cena. De entre varios vestidos deslumbrantes, Jane eligió uno que se ajustaba perfectamente a su busto y caía hasta el suelo en suaves capas. El cuello abierto, adornado con pedrería plateada, cubría la parte superior de sus brazos y mostraba un favorecedor escote. Philippe había hecho magia; le había adornado la cabeza con una bonita cinta en el pelo y había recogido las trenzas de Jane en un moño a la altura de la nuca.

—Dios mío, qué elegante —exclamó Philippe mientras estudiaba su obra—. Espero que él valga la pena.

Kath sonrió. Los honorarios de Philippe por la sesión eran desorbitados, pero Jane no tuvo reparos y dejó una buena propina. Anne estaba como una adolescente: maquillaba a Jane e insistía en prestarle sus pendientes de gotitas de plata. Kath se emocionó al ver que Jane llevaba su collar de tortuga, que quedaba perfecto con el intenso color azul marino de su vestido.

Mientras veían a Jane salir de Hibisco, Kath y Anne se abrazaron y se preguntaron si su amiga volvería esa noche.

—¡No te esperaremos levantadas! —gritaron cuando Jane desaparecía de su vista.

Jane se paró junto al ascensor y respiró hondo. El corazón le latía con fuerza mientras se levantaba con cuidado los bajos del vestido y entraba.

—¿A qué planta va? —preguntó un hombre.
—A la cubierta de la carpa, por favor —respondió Jane.

—Debe de ser una ocasión especial. —Una mujer que acompañaba al hombre observó el aspecto de Jane—. Está impresionante. —La mujer sonrió.

—Sí, es una ocasión especial, gracias —murmuró Jane cuando el ascensor llegó a la siguiente planta y la pareja salió.

Las puertas se cerraron y Jane se dio cuenta de que estaba rodeada de espejos. Nerviosa, se volvió para ver su reflejo.

¿Qué diría Selwyn al verla tan arreglada, maquillada y con un vestido tan caro? Jane se mordió el labio e inclinó la cabeza. ¿Le parecería que se había excedido?

Pero, cuando se miró en el espejo, casi no podía creer lo que veían sus ojos, y Jane tuvo que admitir que la mujer tenía razón. Estaba impresionante. Sus amigas habían hecho magia y se sentía como Cenicienta yendo al baile. Cruzando los dedos, Jane entró en el Atrium y siguió las indicaciones que llevaban al restaurante.

—Señora —dijo el encargado haciendo una ligera reverencia—, su mesa está por aquí.

El restaurante, a la luz de las velas, estaba adornado con guirnaldas navideñas, iluminadas con mil lucecitas. En el centro de la sala, un enorme árbol de Navidad decorado con adornos de cristal brillaba mientras Jane era guiada a un discreto reservado donde Selwyn la esperaba.

Jane se detuvo y, parpadeando rápidamente, contuvo la respiración. Pero sus temores se desvanecieron de pronto al mirar fijamente a Selwyn a los ojos.

—Guau —susurró Selwyn y alargó la mano para cogerla y guiarla hasta la mesa—. Estás preciosa.

Selwyn llevaba su traje de etiqueta y la pajarita roja a juego con su faja de seda, y Jane pensó que parecía una estrella de cine, guapo y sofisticado. Cuando él se inclinó y besó a Jane en los labios, ella percibió su ya familiar olor especiado, sintió la suavidad de su piel y las mariposas de su barriga empezaron a bailar un tango.

Fue una cena perfecta.

El menú degustación que Selwyn había encargado con antelación estaba exquisitamente presentado en una serie de platos que hicieron que Jane se quedara boquiabierta al ver cada manjar colocado ante ellos. Pero el momento culminante llegó cuando el pianista empezó a cantar «Have Yourself A Merry Little Christmas», y Jaden apareció en su mesa. De pie ante un carrito, sonrió y preguntó a Jane si le gustaban los *crêpes*. Cuando ella asintió, entusiasmada, con la cabeza y cogió la mano de Selwyn, observaron fascinados cómo el chef empezaba a flamear Grand Marnier sobre los *crêpes* más ligeros que Jane había visto nunca.

—Tengo un regalo para ti —dijo Selwyn mientras un camarero les retiraba platos vacíos y un sumiller les servía más champán—. Espero que te guste.

Selwyn le puso en las manos un paquete magníficamente envuelto.

—No hacía falta que me trajeras nada... —empezó a decir Jane mientras aflojaba la cinta dorada y abría una caja encuadernada en piel.

Sobre una cama de terciopelo había una docena de pequeñas tortugas esmaltadas ensartadas en una pulsera de plata. Sus ojos de diamante brillaron cuando Selwyn se la ajustó a la muñeca.

—¡Oh! —exclamó Jane—. Es magnífica y hace juego con mi colgante. —Se llevó los dedos a la garganta mientras movía suavemente las tortugas, viéndolas brillar a la luz de las velas—. No puedo creer que hayas hecho esto.

—Feliz Navidad, Jane —le dijo Selwyn acariciándole la oreja—, y que todos tus sueños navideños se hagan realidad.

Horas más tarde, Jane yacía en brazos de Selwyn y se dio cuenta de que todos sus sueños se habían hecho realidad. En la espaciosa cama de su camarote, Selwyn le hizo el amor con una ternura y una emoción que ella nunca había experimentado. Descartando sus dudas y acallando sus preocupaciones con sus labios, era un amante apasionado que hacía que Jane se sintiera la mujer más adorada del mundo. Ella no se había preocupado de su talla ni por un momento cuando él le había quitado con cuidado el vestido deslizándolo por sus hombros y besó la suave piel de su cuello. Mientras sus manos exploraban sus curvas y acariciaban su cuerpo, Jane se había entregado por completo y, por primera vez en su vida, supo lo que era ser amada y adorada.

Cuando Selwyn le dijo a Jane que la amaba, su respuesta fue instantánea.

—Yo también te quiero —susurró ella—. Gracias por no rendirte conmigo.

—Nunca me rendiré contigo, cariño. Eres la dueña de mi corazón y de mi alma.

—¿Más que la música *reggae*? —se burló y le acarició la cara a Selwyn.

—Más que el maestro, Bob Marley. —Sonrió y, abrazando a Jane, volvió a hacerle el amor.

30

A la mañana siguiente, Kath se sentó en su sitio favorito del balcón de Hibisco. En su regazo, había un libro bocabajo y acunaba una taza de café. Llevaba un mono de algodón brillante y zapatillas de deporte con lentejuelas. Cómo deseaba que Jim y sus hijos pudieran verla. No reconocerían a la mujer del cuidado peinado y la ropa nueva y elegante, y, con su bronceado en pleno desarrollo, pensaba que su aspecto se había transformado.

Arrancaba otro hermoso día, y su intención era relajarse y aprovechar al máximo las instalaciones del barco y el magnífico sol. Pensó en Jane y sonrió. Había sucedido algo extraordinario, como si el hada de la Navidad hubiera agitado una varita y espolvoreado polvo mágico sobre su amiga. Era algo maravilloso lo que le había ocurrido a su amiga, sobre todo, porque, además, en Navidad.

Kath dejó su taza y, quitándose las gafas, se quedó mirando la isla de Antigua. Consideraba el Caribe el lugar más cautivador que había visitado nunca, lo cual tampoco era mucho decir. Garstang y Bournemouth no podían comparársele. No era de extrañar que Jane y Selwyn se hubieran sentido atraídos. Fue una atracción provocada y alimentada por la belleza de todo lo que les rodeaba.

Kath se levantó y, mirando el reloj, decidió estirar las piernas y dar un paseo. Cogió su bolso y sus gafas, salió de Hibisco y, en el pasillo, al doblar una esquina, oyó abrirse una puerta y vio a un hombre que salía de una habitación. Era el cómico Dicky. Cuando Kath se detuvo y se pegó a la pared, lo oyó gritar.

—No te olvides de decirles a tus amigos que pueden comprar mi libro y mi DVD a precio reducido —dijo, con tono de complicidad—, pero no quiero que se entere la gerente de la tienda.

Agachando el cuello, Kath observó a Dicky alejarse, que silbaba para sí mientras avanzaba por el pasillo y se detuvo a llamar a otra puerta.

—¡La entrega de Dicky! —dijo, y desapareció dentro.

—Así que es verdad —susurró Kath.

Nancy había mencionado que Dicky suministraba mercancía a precio reducido si le pagaban en efectivo. Kath negó con la cabeza. Las artimañas de aquel hombre no tenían fin. Debía de estar quebrantando su acuerdo con el Diamond Star con ventas ilícitas y haciéndose querer por viudas ricas para sacar beneficio.

—No es más que un *gigoló* —dijo, agradecida de que Anne no se hubiera liado con él.

Dejando a un lado sus pensamientos, Kath salió a la cubierta de paseo, donde brillaba el sol y el cielo era de un azul intenso. Sonrió al ver pasar a los pasajeros y gritó:

—¡Otro día maravilloso en el paraíso!

En el Diamond Star, atracado en San Cristóbal, se estaba tranquilo a bordo, ya que la mayoría de los pasajeros habían desembarcado para ir a las hermosas playas y ver los encantos de la isla. Anne, disfrutando de la soledad, tomaba el sol en una tumbona de la cubierta de la piscina para ponerse morena. La tranquilidad y el hecho de tener la piscina para ella sola eran un lujo, y jugueteó distraídamente con el anillo que le había regalado Kath, acariciando la suave piedra preciosa. Anne se acordó Kath y se alegró de que su amiga estuviera disfrutando del crucero y superando el duelo por la muerte de Jim. Sonrió al pensar en Kath paseando con otro traje nuevo por la cubierta.

Anne también estaba encantada de que Jane hubiera salido de su zona de confort y, por fin, se hubiera enrollado con Selwyn. Recordó que habían ido a visitar una atracción llamada Puente del Demonio, un arco natural de piedra caliza formado a partir de un arrecife donde el océano Atlántico chocaba con el mar Caribe. A su regreso, esperaba que Jane estuviera maravillada.

Es increíble lo que puede hacer el amor, reflexionó Anne.

No es que estuviera celosa de Jane. De hecho, no podía estar más contenta por su amiga. Con todo, la alegría de Jane resaltaba el vacío de Anne en lo que se refería a la caza de marido y, al coger sus gafas de sol, sintió una oleada de soledad. Tenía las emociones a flor de piel, desde el subidón de una ganancia inesperada en el casino hasta el bajón cuando se había visto abandonada por Dicky. Hacía un par de días, se había puesto verde de envidia al verlo de juerga por el puerto. Tendría que haber sido ella quien fuera en aquella preciosa lancha rápida, acurrucada en sus brazos. Pero no había hablado con él e intentó no pensar en lo que estaría haciendo en ese momento.

Con un suspiro, se metió en la piscina. El sol brillaba y el agua estaba cálida y reconfortante. Ojalá Dicky estuviera aquí, pensó, y añoró su compañía. Anne sabía que el cómico era un canalla y que la llevaría por mal camino; no obstante, tenía un carisma que a ella le resultaba irresistible.

Sin embargo, ella lo había alejado.

Pero ¿qué daño habría hecho una aventura de unos días? El tiempo apremiaba, y eso la distraería del reloj que marcaba la cuenta atrás para el vuelo de regreso a casa, donde tendría que enfrentarse al último paso de su divorcio. Anne alcanzó la escalera y, agarrándose a una barandilla, salió de la piscina y se metió en el *jacuzzi*. Acomodándose en la burbujeante bañera, pensó en el equipaje que tenía que hacer para abandonar la casa que había compartido con Barry. Ahora que Jane estaba en pleno romance, ¿seguiría en pie la oferta de una habitación en su casa de campo? Lo último que Anne quería era interponerse en la relación entre Jane y Selwyn.

Anne resopló y cerró los ojos.

—Por favor, que no le haga daño a Jane —susurró—, y que Selwyn sea el hombre de sus sueños.

—¿Hablando sola? —llamó una voz—. ¿O me estás invitando a entrar?

Anne abrió los ojos y vio a Dicky de pie junto al *jacuzzi*, con una toalla sobre los hombros profundamente bronceados y una mano en el bolsillo de su bañador de estampado tropical. Con una amplia sonrisa, se levantó las gafas de sol y le guiñó un ojo.

—¿Hay sitio para uno más? —preguntó y, sin esperar respuesta, tiró la toalla a un lado y se metió.

—¿Dónde está tu viuda? —preguntó Anne mientras se incorporaba y hacía pucheros—. ¿Se ha ido a mares más soleados?

—Sabes que eso no significa nada. Es parte de mi trabajo entretener a los pasajeros. —Dicky se movió por el *jacuzzi* y rodeó a Anne con el brazo.

—Especialmente a las ricas.

—Fuiste tú quien me echó —dijo Dicky.

Anne sintió sus dedos en la piel. Su tacto era sensual, y su cuerpo se estremeció de manera involuntaria a pesar del calor.

—¿Te apetece una copa? —preguntó Dicky y levantó la mano para llamar a un camarero—. Dos Doble D, por favor.

—Aclaremos una cosa —dijo Anne—. No tengo dinero.

—Bueno, ya somos dos. —Dicky sonrió.

—Y estoy a punto de divorciarme y de quedarme sin casa.

—Tenemos mucho en común. —Dicky dejó caer la cabeza hacia atrás y se echó a reír.

Anne sintió que se le levantaba el ánimo. Por fin. Un hombre estaba siendo sincero con ella. Se hundió en el brazo de Dicky con un suspiro de satisfacción mientras el camarero le ponía una copa en la mano y Dicky le besaba la coronilla. El cóctel estaba delicioso, y Anne se lamió los labios.

—Salud —susurró, y, de repente, todas sus preocupaciones se esfumaron.

31

En la mañana del 30 de diciembre, los motores del Diamond Star empezaron a zumbar suavemente mientras la tripulación comenzaba los preparativos para abandonar la isla de San Cristóbal y dirigirse hacia el sur, a Barbados. Al despertarse temprano, los pasajeros se quedaban en los balcones y cubiertas o miraban por los ojos de buey mientras el barco se alejaba lentamente para entrar en un canal conocido como Narrows. Al pasar por la vecina isla de Nieves, muchos se sintieron conmovidos al saber que iniciaban el tramo final del crucero. Otros pensaban en el día anterior y en el placer de desembarcar y descubrir las maravillas de San Cristóbal.

Mientras la embarcación iniciaba su travesía, Selwyn y Jane se sentaron erguidos en la cama de su camarote. Ambos miraban fijamente el cuadro que había sobre el escritorio de Selwyn.

Jane acunó una taza en la mano y sorbió el té caliente.

—¿Dónde lo vas a poner? —preguntó e inclinó la cabeza para observar a la colorida mujer bailando.

—No estoy seguro —respondió Selwyn—. Creía que tenía un sitio en casa, pero quizá no.

—Cada vez que la miro, parece que se mueve; es fascinante.

—Me recuerda a ti.

—Eso dijiste la primera vez que me enseñaste el cuadro. —Jane sonrió y apoyó la cabeza en el hombro de Selwyn—. Me has dado una confianza que no conocía.

Los ojos se le cerraron y, con mucha delicadeza, Selwyn le quitó la taza de las manos, luego le pasó el brazo por los hombros y le acarició la piel besada por el sol. Era cierto. Como si Jane hubiera bebido un elixir de amor, su confianza había crecido, y se había convertido en la mujer que él esperaba que fuera. Las pocas horas que había pasado con ella habían sido unas de las más felices de su vida.

Mientras Jane dormía, él le acariciaba el pelo y pensaba en el día que habían pasado fuera. Sabía que ella era reacia a quitarse el caftán y ponerse delante de él en bañador, pero se había atrevido y había disfrutado del baño; luego se había sentado al volante del *buggy* y se había deleitado con la emocionante conducción. Aunque su confianza había aumentado, había caído en picado cuando el helicóptero tuvo problemas. Pese a ello, el inquietante incidente los había unido y la cena había sido mágica. Estaba decidido a no dejarla marchar nunca.

Mientras Jane conducía, Selwyn había abierto cuidadosamente la funda de plástico y esparcido más cenizas de Flo. Había contemplado una tenue estela gris sobre las dunas de arena dorada, que subía y bajaba como si respirara, antes de ser arrastrada por el viento sobre la superficie ondulada y salir al océano. A Flo nunca le había gustado pisar la arena y no podía entender por qué alguien querría caminar descalzo por una playa.

—No dejes más que tus huellas —le había susurrado Selwyn—. Disfruta del viaje, cariño.

Mientras yacían abrazados en la oscuridad de la noche, Jane le había preguntado a Selwyn por su familia. Él le enseñó las fotos en su teléfono y le habló de Gloria y Gwen. Estaba seguro de que le caerían bien. Susan y Raymond serían más complicados, pero su nieta Charlene era adorable.

Jane sentía no haber tenido hijos; sin embargo, hablaba con cariño de su trabajo.

—Deberías explotar más tus habilidades culinarias —sugirió Selwyn—. Fuiste de lo más entretenida en el escenario con Jaden.

—Estaba en mi zona de confort culinario.

—Estoy deseando que llegue el día en que cocines para mí.

Jane quería saber cómo era Flo y Selwyn se había quedado pensativo antes de contestar:

—Era una mujer decente —contestó finalmente—, una buena

madre, cuidadosa con el dinero, una persona que vivía para su religión y la congregación de su iglesia.

No le dijo a Jane que Flo era estrecha de miras y tacaña. Una persona que creía que iría directa al infierno si no defendía su fe y la practicaba a diario. Con el paso de los años, ya apenas había calidez entre ellos, y la atractiva chica que coqueteaba y bromeaba con Selwyn antes de casarse acabó rechazando de un manotazo cualquier abrazo o consuelo a medida que envejecían. Flo no tenía espíritu aventurero y nunca iba lejos de casa. Sabía que debería haberse marchado hacía años y haber cumplido sus sueños de encontrar el amor verdadero y viajar, pero la responsabilidad pesaba, y Flo nunca habría vivido con la vergüenza del divorcio, ni habría sido capaz de valerse por sí misma.

—¿Cómo murió? —susurró Jane.

—Se fue mientras dormía —respondió—. El médico dijo que había sido el corazón. Fue una forma pacífica de morir.

Selwyn había guardado luto por su esposa, pero la muerte de Flo le había abierto la puerta a la libertad y, en pocos días, se sintió renacer. El crucero era el comienzo del resto de su vida, y ahora esperaba que Jane compartiera el viaje con él.

El día anterior había sido un día maravilloso, y Jane, relajada y a gusto consigo misma, era una compañía excelente. La excursión al Puente del Demonio había sido estimulante; también se había sentido bien al compartir la experiencia con alguien que ahora le importaba. Permanecieron cogidos del brazo, asombrados, mientras contemplaban los géiseres y los respiraderos, y las olas del Atlántico chocar contra las rocas. Jane preguntó a un guía cómo se llamaba el puente, y se le llenaron los ojos de lágrimas cuando supo que era el lugar donde los africanos esclavizados se suicidaban para escapar de los horrores de la esclavitud. Sin tierra entre el puente y África, la esperanza era que la furiosa corriente los llevara de vuelta a su patria.

Por la noche, los Marley Men habían actuado en el Teatro de la Sirena y, para deleite de Selwyn, Jane le había cogido de la mano y tirado de él hacia la pista de baile. Mientras se movían,

Toots cantaba las canciones favoritas de Selwyn, y él sentía que la música lo abrazaba.

Tarareando suavemente mientras Jane apoyaba la cabeza en su hombro, la había rodeado con los brazos y había sonreído, por fin era un hombre feliz.

En el Deck Café, el *brunch* estaba muy concurrido. Con todo el día en el mar por delante, la comida de media mañana era muy popular. Después de levantarse tarde, Kath y Anne se sentaron en una mesa de la esquina a tomar café y observar a la gente mientras los comensales llegaban y tomaban asiento.

—¿Nos acompañará Jane? —preguntó Anne. Llevaba un vestido de topos y unas gafas de sol gigantes y se lamía la espuma del capuchino.

—Sí, ha mandado un mensaje diciendo que vendría enseguida —respondió Kath—, pero anoche tardaste mucho en acostarte. ¿Fuiste otra vez al casino? —Dejó la taza y empezó a comer una selección de bollos.

—Tomé una copa en el bar.

—¿Con alguien que conozcamos?

—Eh, sí, lo conoces.

Kath cortó un cruasán y se sirvió mermelada de albaricoque. Sabía que la expresión de suficiencia de Anne explicaba el hecho de que hubiera ropa interior La Perla tirada en el cuarto de baño, y no era difícil averiguar dónde había estado Anne hasta altas horas de la madrugada.

—¿Estuviste con el Capitán? —Kath le siguió el juego—. ¿O quizá disfrutaste de un brandi con Bridgette, o de unas copas con Harold y Nancy?

—Nop.

—Me rindo —dijo Kath. Siguió comiendo y esperó a que Anne la iluminara.

—No va a gustarte...

—No si copa acabó en el camarote de un cómico bajo cubierta. —Kath se encogió de hombros—. Pero eres lo bastante mayor para saber lo que haces. Es solo que no quiero que te hagan daño.

—¿Cómo lo has adivinado? —Anne se levantó las gafas de sol y miró fijamente a Kath.

—Por favor, no me tomes por tonta. —Kath negó con la cabeza—. Puede que haya vivido como una ermitaña durante los últimos cuarenta años y que esté perdiendo la cabeza, pero no carezco por completo de intuición.

—Es solo un poco de diversión. Me gusta.

Kath palmeó la mano de Anne.

—Bien, diviértete. De todas formas, recuerda que Dicky es el *gigoló* del barco, y no dejes que te tome el pelo, ni emocional ni económicamente.

Anne sonrió cuando un camarero le cogió la taza de café vacía y ella pidió otra.

—Oh, no va a hacer eso. Creo que nos tenemos tomada la medida.

En ese momento, las amigas se distrajeron. Bridgette entró con Harold y Nancy a remolque, y se dirigieron directamente a su mesa.

—Buenos días, chicas —saludó Bridgette y dejó caer su bolso—. Nuestro penúltimo día. ¿Qué planes tenéis?

Antes de que pudieran contestar, Harold acercó una silla para Nancy. Esta enarcó una ceja y estudió los cruasanes de Kath.

—¿Te sobra alguno? —preguntó.

—Sírvete. —Kath empujó el plato hacia Nancy.

—Iré al bufé a por tu desayuno —dijo Harold, y se dio la vuelta.

—¿Va a ir contigo el Capitán? —preguntó Anne a Bridgette.

—No, y no contesta al teléfono. Le daré un poco más de tiempo y luego iré al ático. Probablemente esté acostado.

Kath observó cómo Bridgette se ponía una servilleta al regazo.

—Me parece admirable cómo cuidas de él.

—Le tengo mucho cariño. Nos hemos divertido mucho a lo largo de los años y especialmente en este crucero —respondió Bridgette—. Es muy interesante cuando tiene la cabeza en blanco y es amable. —Había una tetera en la mesa y ella se sirvió—.

Quiero asegurarme de que aproveche al máximo sus vacaciones. A nuestra edad, cada día es un regalo.

—¿Estás buscando marido? —Anne sonrió mientras se sentaba hacia delante y apoyaba la barbilla en las manos para mirar fijamente a Bridgette.

—Cielo santo, no. —Bridgette se rio—. No hace mucho que enterré a mi querido Hugo, y no pienso volver a casarme.

—Me alegré mucho de que el Capitán no sufriera ningún daño a causa del robo —dijo Kath.

—Qué raro que tuviera un Rolex falso —reflexionó Anne.

Bridgette sonrió.

—Es muy sensato no llevar objetos caros en alta mar —dijo—. No obstante, os aseguro que la caja fuerte del Capitán está llena de auténticos tesoros.

—¿En serio? —Anne tenía los ojos muy abiertos.

—Tiene una fortuna, pero ya no le queda familia; solo un sobrino lejano.

—¿Seguro que el sobrino heredará todo? —preguntó Anne.

—Desde luego, heredará una buena cantidad, aunque la mayor parte irá a parar a la Seafarers' Charity.

—Qué gesto tan bonito —dijo Kath, y recordó el contenido del testamento de Jim. Negó con la cabeza como si quisiera borrar el recuerdo.

—¿No hay noticias de los tortolitos esta mañana? —preguntó Bridgette.

—Si te refieres a Jane y Selwyn —dijo Kath—, ahí está Jane. —Levantó la mano para saludar a Jane cuando entró en la cafetería.

—Buenos días a todos —dijo Jane mientras se sentaba—. Selwyn ha ido a nadar, así que solo he venido yo.

—Y estamos encantados de contar con tu compañía —dijo Kath.

Mientras los comensales iban y venían del bufé, se discutieron los planes para el día. Nancy sostenía un ejemplar del *Diamond Star Daily* y leyó en voz alta, informando al grupo de que, junto con Harold, iba a la clase de ukelele.

—Creo que iré con vosotros —dijo Kath—. Me lo pasé muy bien la última vez.

—Esta tarde daré mi última charla —comentó Bridgette mientras mordía una rodaja de melón—. No es hasta la hora del té, y espero que estéis todos allí.

—Sí, nos encantaría. Eres tan interesante y estás tan bien informada. —Kath se dio cuenta de que Anne ponía los ojos en blanco y le dio una patada por debajo de la mesa—. ¿Cuál es el tema? —preguntó Kath.

—«La vuelta al mundo en ochenta jardines» —respondió Bridgette—. Como el crucero está terminando, la charla ayuda a los pasajeros a considerar futuros cruceros que hagan escala en puertos que tengan fascinantes fincas hortícolas.

—¿Y te llevas una comisión decente cuando todo el mundo corre al servicio de atención al cliente a reservar? —Sonrió Anne.

—No seas vulgar, querida. —Bridgette se limpió la boca con la servilleta y apartó la silla—. Creo que voy a ver al Capitán. No quiero que se pierda el *brunch*.

Vieron a Bridgette salir del café.

—Jaden organizará otra sesión de cocina, y Selwyn vendrá conmigo, así que ya tengo la tarde resuelta —dijo Jane.

—Yo tengo una cita en la piscina. —Anne sonrió.

Kath y Jane se quedaron mirando a Anne.

—No empecéis —dijo Anne—; es solo una aventura, un poco de diversión.

—Ten mucho cuidado, creo que hay algo sospechoso en Dicky. —Kath apartó el plato y cruzó las manos sobre el regazo.

—No os preocupéis por mí —respondió Anne.

Kath echó un vistazo a la mesa y vio a Harold absorto con un periódico mientras Nancy comía sus cereales, con la cabeza ladeada y las orejas sintonizadas como satélites, pendiente de cada una de sus palabras.

—Voy a dar una vuelta por la cubierta de paseo. ¿Alguien quiere acompañarme? —preguntó Kath.

—Me apunto. —Jane se levantó de un salto.

—Yo también. —Anne se levantó y enlazó sus brazos con Jane y Kath.

—¡No te olvides de la sesión de ukelele! —dijo Nancy, y empujó su silla hacia atrás.

Pero, antes de que Nancy pudiera soltar la cuchara e ir con ellas, las tres amigas se habían marchado.

Bridgette se tomó su tiempo mientras paseaba por el barco y se dirigía al ascensor que la llevaría al ático. Solo quedaban dos días de crucero y se sentía preparada para volver a casa. El jardín siempre necesitaba atención con independencia de la estación en la que estuvieran, y Bridgette estaba deseosa de asegurarse de que todas sus plantas pasaran bien el invierno. Disfrutaba de la llegada de cada nuevo año y siempre se hacía propósitos, que se esforzaba por cumplir en los meses siguientes. Este año sabía que mantendría el contacto con el Capitán y no solo en los cruceros. Se había sorprendido de disfrutar tanto de su compañía. A pesar de su enfermedad, habían compartido momentos felices.

—Esperemos que nos libremos de la gripe —dijo Bridgette mientras llamaba a la puerta del Capitán.

Recordando lo rápido que Hugo se había deteriorado, tenía pocas esperanzas en el Capitán si el virus invernal que atacaba a tantos ancianos asomaba su fea cabeza. Al no recibir respuesta a su llamada, Bridgette gritó:

—¡Despierta, despierta, hora de almorzar! —Rebuscó en su bolsillo y sacó la tarjeta-llave que el Capitán insistía en que guardara para poder entrar en su *suite*—. Vamos, querido —dijo Bridgette según abría la puerta y entraba—. Hace un día espléndido. Salgamos y aprovechémoslo...

Kath, Jane y Anne subieron a la cubierta de paseo, y Anne enlazó su brazo con el de Jane.

—Vamos —imploró—. Cuéntanos qué pasa entre Selwyn y tú. ¿Es serio?

—No puedo explicarlo —empezó a decir Jane—. He tenido una sensación rara desde el principio del crucero. Siempre que estaba cerca de Selwyn, no podía entender mis emociones. Estaba tan confundida que ni por un momento pensé que él estuviera interesado en mí.

—¿Y ahora? —insistió Anne.

—Me siento completamente bien cuando estoy con él.

—¿Es por el sexo?

—No del todo, aunque es maravilloso, pero nunca nadie me había hecho sentir tan femenina y querida. —Jane parecía soñadora mientras miraba el mar en calma—. Parece que nos llevamos bien y a los dos nos gusta la compañía del otro.

—¿Seguro que no está buscando una mujer rica para tener una jubilación más fácil?

—Oh, Anne, ¿por qué eres tan malpensada? —Jane negó con la cabeza—. No me cabe duda de que Selwyn ha sido cuidadoso con el dinero y ha planeado esta etapa de su vida.

Anne apretó el brazo de Jane.

—Estoy preocupada por ti y no quiero que te hagan daño. ¿Qué pasará al final del crucero? Vivís a cientos de kilómetros de distancia.

—No tengo ni idea, pero, si quiere seguir viéndome, encontraré la manera.

Su conversación continuó, cada una expresando sus ideas sobre el rumbo que podría tomar la vida. Anne sabía muy bien que Dicky era solo una diversión mientras estaba en el crucero, algo que la distraería de la angustiosa tarea de lidiar con su divorcio cuando regresara a casa. Kath admitió que estaba pensando en reservar otras vacaciones y que había estado ojeando folletos.

Llevaban casi una hora caminando cuando, al llegar al final de la última vuelta de la cubierta de paseo, Jane sacó su abanico y empezó a agitarlo.

—Caray, Kath —dijo—, ¿tienes que ir tan deprisa? —Enrojecida y resoplando, Jane se secó el sudor de la frente.

—Solo estoy paseando. Este no es mi ritmo normal —respondió Kath.

—Piensa en las calorías que estás quemando —le dijo Anne a Jane. Vestida con unos pantalones cortos de algodón y un chaleco blanco, miró el reloj—. Armani va a dar una clase de aeróbic acuático dentro de diez minutos. ¿Os apetece venir?

—Pensé que estabas ibas a ir con Dicky. —Jane se detuvo y, cerrando el abanico, metió las manos en los bolsillos de los coloridos pantalones de harén que llevaba puestos.

—Tiene ensayos hasta después de comer. Luego hemos quedado en el bar de la piscina.

—Voy a poner los pies en alto antes de ir a la sesión de ukelele —dijo Kath.

Pero Jane sonrió de repente. Selwyn caminaba hacia ellas.

—Voy a pasar un rato con mi amante —anunció.

—Hola, señoras. —Selwyn extendió los brazos para abrazar a Jane. Llevaba un bañador, camiseta y chanclas, y una toalla húmeda colgada del hombro.

—¿Has disfrutado del baño? —preguntó Kath.

—El agua estaba buenísima —respondió, y miró amorosamente a Jane a los ojos.

Jane se acurrucó cerca de Selwyn y le besó en la mejilla. Su piel estaba cálida, y ella le recorrió el pecho con los dedos.

—Cuidado —anunció Anne—. Aquí están Usain Bolt y su entrenador.

Todos se giraron y vieron a Harold trotando hacia ellos, en bañador y zapatillas deportivas. Resoplando y jadeando, se detuvo y se puso las manos en las caderas. Varios metros más atrás, Nancy montaba en un escúter. Llevaba un caftán ondulante y un cronómetro en la mano.

—Hola de nuevo —saludó Nancy dirigiéndose al grupo cuando el escúter se detuvo—. Le decía a Harold que corre cada vez más rápido. A los dos nos gusta mantenernos en forma.

Los ojos se posaron en el escúter, las cejas levantadas.

Harold aún estaba recuperando el aliento.

—Nancy monta cuando yo corro —explicó.

—Harold va a refrescarse con el aeróbic acuático de Armani. ¿Alguno de vosotros va también? —preguntó Nancy.

Pero, antes de que nadie pudiera responder, oyeron unos pasos que se dirigían hacia ellos. Era Diwa, y su rostro expresaba preocupación.

—¿Está aquí el señor Alleyne? —preguntó.

—Sí, estoy aquí. —Selwyn dio un paso adelante.

—Bridgette Howarth pregunta por usted —dijo Diwa. Bajó la voz y le tocó el brazo a Selwyn—. Está en la *suite* del ático y se pregunta si podría ir, por favor.

—¿En el ático? —preguntó Selwyn.

—Sí, es bastante urgente.

—¿Vamos contigo? —Jane se agarró al brazo de Selwyn.

—Tal vez sea mejor que el señor Alleyne vaya solo —respondió Diwa.

—Iremos con él, pero esperaremos fuera —dijo Jane.

Nancy aceleró el escúter y estaba a punto de seguir al grupo que desaparecía hacia los ascensores cuando Harold alargó la mano y, girando la llave, apagó el motor.

—Tranquila, Nancy —dijo—. Esto no es una fiesta. Esperaremos aquí abajo.

Diwa llevó a Selwyn a la *suite* del Capitán y cerró la puerta en silencio. En el salón, Bridgette estaba sentada en un sofá, con la cabeza inclinada mientras se secaba los ojos con un pañuelo.

—¿Bridgette? —dijo Selwyn y caminó suavemente por la alfombra hasta llegar a su lado. Se agachó y le cogió una mano—. ¿Qué ocurre? ¿Qué ha pasado? —Hablaba en voz baja, pero ya se temía lo peor—. ¿Es el Capitán?

—Gracias por venir. S-Sí —dijo sollozando Bridgette—. Me temo que sí.

Selwyn no estaba seguro de cómo formular su siguiente pregunta. Miró a Diwa, que asintió con la cabeza, y luego se volvió hacia Bridgette.

—Lo siento mucho —susurró Selwyn, aceptando lo inevitable.

—V-Vine a d-despertarlo. —La voz de Bridgette sonaba ahogada—. P-Pero no se m-movía; tenía los ojos cerrados y le toqué la c-cara. Estaba tan fría

Ella lloró y Selwyn se sentó a su lado y la abrazó.

—Shhh. Tranquila —dijo, con voz suave y tono amable—. No pasa nada. Estoy aquí.

La puerta de la habitación del Capitán se abrió y entró Peter. Le seguían un médico y una enfermera.

Selwyn levantó la vista.

—¿Qué sigue ahora? —se dirigió a Peter.

Peter les dijo en voz baja que llevarían al Capitán a la morgue del barco. Como Barbados era el siguiente puerto de escala, el equipo médico avisaría a las autoridades barbadenses para que hicieran una declaración de salud pública. Peter se volvió hacia la médico, que asintió con la cabeza.

—¿Conocemos a su pariente más cercano? —preguntó Selwyn.

—Sí, tenía un sobrino, y se le informará enseguida —dijo Peter.

—No soporto pensar en él en la morgue —resopló Bridgette—. Allí solo, y con tanto frío.

La enfermera se acercó y, arrodillándose, le cogió la mano a Bridgette.

—Yo cuidaré de él —le aseguró—. Será un honor para mí realizar los últimos oficios, bañarlo y vestirlo con una mortaja.

—Gracias, querida. —Bridgette levantó la vista—. Es usted muy amable. Solo soy una vieja tonta que ha perdido a otra buena persona.

—Lo entendemos —respondió la enfermera.

—Será m-mejor que se lo digas a los demás. —Bridgette resopló y agarró la mano de Selwyn. Se volvió hacia la enfermera—. Pero creo que el Capitán preferiría una camiseta a un sudario —añadió con una sonrisa conmovedora.

Selwyn se puso en pie.

—No te muevas; volveré en un momento. —Se acercó a Peter y le susurró—: ¿Puedo verle?

Peter miró al médico, que asintió con la cabeza, y Selwyn entró lentamente en el dormitorio del Capitán. La habitación estaba poco iluminada, pero un rayo de sol se colaba por una rendija de las cortinas. La luz brillaba cálida y constante, iluminando el cuerpo tendido en la cama. Las manos del Capitán estaban cruzadas cuidadosamente sobre su cuerpo, más abajo del lema de su camiseta, y Selwyn sonrió al leer las palabras «Titanic 1912 Equipo de Natación».

El viejo rio el último.

Selwyn extendió la mano y, con mucha suavidad, tocó las del Capitán.

—Adiós, señor, ha sido un honor conocerlo.

Pero las manos del anciano estaban frías y su rostro se parecía muy poco al del hombre travieso que habían conocido en los últimos días de su vida. Su espíritu se había desvanecido y había dejado una cáscara vacía de piel y huesos.

Selwyn oyó la voz de Flo en su oído.

—Ahora está a salvo —decía— en manos del Señor, que cuidará de él y lo guiará en su último viaje.

Para su sorpresa, las palabras de Flo reconfortaron a Selwyn.

—Gracias, querida —dijo.

Selwyn se dio la vuelta para marcharse. Las cortinas se agitaban y el rayo de sol empezaba a desvanecerse. Un escalofrío le recorrió el cuerpo de repente. Flo estaba susurrando:

—Gracias por llevarme a lugares a los que debería haber ido, para que experimentara en la muerte todas las cosas que me perdí en vida.

Selwyn sonrió y, al mirar hacia fuera, vio que las olas se movían de forma rítmica, como si fueran un latido acuático. Imaginó el alma del Capitán hundiéndose lentamente en las profundidades de su amado mar. Comprendió que el crucero espiritual en el que ahora se embarcaba el Capitán iba a ser su mejor viaje.

32

Mientras el Diamond Star se dirigía a Barbados, la noticia de la muerte del Capitán se comentaba en susurros silenciosos entre los pasajeros. Esa tarde se habían tomado medidas para trasladar su cuerpo, y se cerraron pasillos y ascensores para ofrecer intimidad en el trayecto hasta el centro médico. Peter le aseguró a Bridgette que las pertenencias del Capitán serían cuidadosamente empaquetadas y custodiadas por la policía barbadense, que se pondría en contacto con el sobrino del Capitán en cuanto llegase a la isla.

—Bueno, supongo que eso es todo. —Bridgette se sentó en la coctelería favorita del Capitán con Kath, Anne, Jane y Selwyn—. Y propongo un brindis —dijo—, ¡por el Capitán!

—¡Por el Capitán! —Todos alzaron las copas mientras miraban el taburete vacío, donde alguien había colocado la gorra del Capitán.

Tras beber dos dedos del *whisky* favorito del anciano caballero, se sentaron en silencio unos instantes antes de que Bridgette volviera a hablar.

—Supongo que tardará mucho en volver a Inglaterra —dijo—. He oído que el papeleo puede ser lentísimo.

—Sobre todo, si las autoridades locales deciden que hay que hacer autopsia —añadió Selwyn, recordando su conversación con los médicos.

—Espero que haya disfrutado de su último crucero —dijo Anne. Se sentía desdichada y se preguntaba si podría haber hecho algo más para que los últimos días del Capitán hubieran sido más felices.

—Creo que se lo pasó en grande —dijo Jane, sonriendo— con

la chispeante compañía de Bridgette, sobre todo el tiempo que pasaron juntos en la comodidad de su *suite*.

Cuando el grupo se volvió para mirar a Bridgette, su rostro se sonrojó y se bajó del taburete.

—Bueno, me temo que debo despedirme de todos vosotros, ya que tengo una charla en el salón Neptuno. El espectáculo debe continuar, como suele decirse.

Las actividades a bordo continuaron durante todo el día y, dadas las circunstancias, Peter estaba dispuesto a excusar a Bridgette de su charla. Pero ella se negó, afirmando que el Capitán habría insistido en que todos continuaran. Añadió que su espíritu estaría interrumpiendo desde la primera fila.

Kath cogió su bolso y dijo que Bridgette tenía toda la razón. Debían continuar, y ella apoyaría a Bridgette durante su charla. Jane y Selwyn discutieron si ir a la sesión de cocina de Jaden y, de acuerdo con los demás, decidieron que sí. En cambio, Anne dijo que se quedaría en el bar a tomar una copa más y que luego se reuniría con todos.

Sin embargo, lo de «una copa más» de Anne pronto se convirtieron en varias. La muerte del Capitán la había trastornado más de lo que creía y, al pensar en sus propias circunstancias, se sentía desdichada. Se dirigió al camarero y pidió otra copa.

—Mucha gente debe de morir en el mar —dijo—. Este barco es la sala de espera de Neptuno, la última escala antes de que todos caminemos por la pasarela de la muerte.

Tras perder la noción del tiempo, Anne estaba bastante achispada cuando salió con cuidado del bar y empezó a deambular por el barco, buscando la mejor ruta para volver a Hibisco. Se encontró en una cubierta abierta, se sujetó a la barandilla y se detuvo para respirar hondo y despejarse. Mientras miraba al mar, vio que la luz empezaba a desvanecerse y que las llamas del arcoíris del atardecer se perdían en el horizonte.

—Adiós, Capitán, querido —susurró Anne mientras se hacía la oscuridad. Las lágrimas cayeron sobre sus mejillas y se las secó con los dedos.

—¡Maldita sea! —gritó una voz—. Ahí estás. ¡Te he estado buscando por todas partes!

Anne se volvió y vio que Dicky se dirigía hacia ella.

—Creía que habíamos quedado para tomar algo en la piscina —se lamentó—, pero parece que te me has adelantado. —Extendió la mano para cogerla del brazo.

—Ahora no, Dicky —dijo Anne, apartándole la mano.

Lo vio tambalearse y se dio cuenta de que también estaba borracho.

—¿Qué pasa? —Dicky se puso de pie con los pies separados y miró fijamente a Anne—. Pareces disgustada.

—Te lo he dicho; ahora no. —Anne empezó a darse la vuelta. Sabía que estaba hecha un desastre y no quería que Dicky la viera en un estado tan vulnerable.

—¿No estarás triste por el viejo chocho que se ha muerto? —Dicky tenía los ojos muy abiertos y se balanceaba mientras se inclinaba para estudiar su rostro—. Por el amor de Dios, caen como moscas en estos cruceros.

Furiosa por la indiferencia de Dicky, Anne levantó de pronto el brazo y le dio. La palma de la mano golpeó la cara de Dicky.

—¡No lo llames así! —gritó—. ¿Es que no tienes ningún respeto?

Dicky estaba demasiado sorprendido para responder. Solo se tocaba con los dedos la mejilla escocida.

—Te veré cuando esté preparada —dijo Anne y, sin mirar atrás, se dio la vuelta y se alejó.

Dicky se quedó sin habla mientras veía alejarse a Anne. No recordaba que ninguna mujer le hubiera abofeteado nunca, aunque se lo había merecido muchas veces. Podía aceptar que le tiraran una almohada o le lanzaran un adorno, pero no que le dieran una bofetada física como la que le había propinado Anne. Le dolía la mejilla y esperaba no volver a necesitar el corrector de Melissa. ¿Quién demonios se creía Anne que era? Sintió que le hervía la sangre y se crujió los nudillos mientras se daba la vuelta para tambalearse por la cubierta. ¡Otra que muerde el polvo!

Llevaba toda la tarde bebiendo en el bar que había junto a la piscina mientras esperaba a Anne, furioso porque la rica viuda se había puesto a flirtear con el gerente del restaurante, Nathaniel. Dicky contaba con que Anne le permitiera quedarse con ella cuando regresaran al Reino Unido mientras se preparaba para nuevas oportunidades, pero ahora eso parecía improbable. Para colmo de males, no tenía ni idea de lo que le había provocado tanta rabia a Anne.

—Malditas mujeres... —murmuró Dicky para sí.

—Deberías mostrar más respeto.

—¿Eh? —Dicky levantó la vista.

Kath estaba delante de él.

—Acabamos de perder a una persona muy querida, y tú lo has llamado «viejo chocho» —dijo. Agarrando su bolso, Kath se mantuvo firme—. ¿Nunca piensas en nadie más que en ti mismo?

El corazón de Kath le latía con fuerza y se mordió el labio. No había previsto un encuentro con Dicky cuando abandonó la charla de Bridgette y vino en busca de Anne, temiendo que su amiga pudiera estar triste. Kath odiaba la confrontación y nunca se había enfrentado a Jim por si podía escaparse un golpe. Pero Dicky no tenía derecho a hablarle así a Anne, sobre todo cuando su amiga estaba claramente angustiada.

—¿Qué has dicho? —preguntó Dicky y dio un paso adelante. Le latía una vena en la frente y se le notaba el sudor en la piel.

—Ya me has oído. —Kath sintió un repentino arrebato de ira, como si años de emociones reprimidas se hubieran desbordado—. Abusas de las mujeres y las maltratas —exclamó—. Te he visto alardear de ti mismo y de tu mercancía dentro y fuera de los camarotes. ¿Tu contrato te permite venderles directamente a los pasajeros? —Kath se irguió y mantuvo la barbilla alta mientras miraba fijamente a Dicky, pero cuando vio sus ojos desorbitados y que daba un paso hacia ella, Kath se dio cuenta de que se había pasado de la raya.

—¿Quién demonios eres tú para sermonearme? —La voz de Dicky era grave y amenazadora—. ¡Lo dice la mujer que mató a su marido!

Sorprendida, Kath pegó un grito y retrocedió dando tumbos. Se sintió sin aliento, como si le hubieran dado un puñetazo, y, mientras se llevaba la mano a la garganta, el bolso se le cayó al suelo.

—¿Q-Qué has dicho? —preguntó, con el cuerpo tembloroso.

—Sé lo que hiciste —le soltó Dicky—, así que no me sermonees. —Le señaló con el dedo a la cara—. Y, si no quieres que te arresten al final de este crucero, puedes pagar para silenciarme.

Kath empezó a tambalearse. Su mente se agitaba y no podía pensar con claridad. ¿Dicky acababa de decirle que conocía su secreto? ¿Cómo podía saber que la caída de Jim no había sido un accidente?

Kath se agarró a la barandilla e intentó despejarse. La cara de Dicky se había transformado en la de Jim. Sus labios se curvaron en la misma mueca de desprecio que Jim le había dedicado aquella mañana hacía tantos meses, y ella no podía quitársela de la cabeza. Aunque Dicky estaba despotricando, su voz se volvió distante, mientras que el recuerdo de Jim abriendo la puerta principal de su casa se hacía vívido.

—Me voy al abogado —había dicho—. Es hora de actualizar mi testamento para asegurarme de que Hugh y Harry hereden todo. —Le había agitado un sobre en la cara—. No se puede confiar en ti con las finanzas, pero sin duda los chicos harán alguna provisión para ti.

Kath sabía que con «provisión» quería decir una residencia de ancianos. Había oído a sus hijos hablar del tema muchas veces, cuando pensaban que ella estaba atareada en la cocina preparando comida. Tan pronto como la tierra cubriera el ataúd de Jim, ella se iría a pasar sus días en una silla con otras almas sin nombre cuyas vidas sin sentido se desvanecían en los lúgubres confines de una residencia de ancianos compartida donde el tiempo era un ladrón que robaba lo poco que te quedaba.

Cuando Jim se dio la vuelta para marcharse, algo en Kath se quebró. Al abrir la puerta, ella se precipitó hacia delante y, cogiendo el sobre, empujó a su bruto marido con todas sus fuerzas. Sobresaltado, Jim intentó sujetarse a Kath, pero ella retrocedió de un salto y él perdió el equilibrio. Los escalones eran empinados, y Jim perdió pie. Kath vio caer el peso muerto de su cuerpo, con los ojos muy abiertos por el miedo, mientras se catapultaba fatalmente hacia el suelo.

En cuestión de segundos, el sobre estaba guardado en el bolsillo de Kath.

En cuestión de minutos, Jim estaba muerto.

El tiempo se detuvo mientras Kath se agarraba a la barandilla, estupefacta por el inquietante recuerdo. Jim había provocado a Kath durante meses diciéndole que iba a cambiar su testamento. Ella no podía permitirle ir al abogado aquel día.

De repente, se dio cuenta de que Dicky la miraba con malicia. Vio cómo movía los labios y le brillaban los dientes. La amenazó y le dijo cuánto dinero quería.

Cerca de ella, Kath olió el aliento a alcohol rancio de Dicky y sintió el calor de su cuerpo. Entonces, sin previo aviso, Dicky levantó los puños para gesticular y despotricar.

Kath se acobardó, temiendo un golpe. Instintivamente, extendió los brazos y, cuando sus manos tocaron el pecho de Dicky, lo empujó con todas sus fuerzas.

—Qué demonios... —Dicky maldijo al tropezar con el voluminoso bolso de Kath.

Sus pies perdieron agarre y, aún inestable, patinó hacia atrás sobre la superficie de la cubierta. Antes de que ella pudiera alcanzarlo y detenerlo, Dicky perdió el equilibrio y se precipitó por la barandilla.

Kath se quedó paralizada; estaba demasiado aturdida para moverse. En un momento Dicky le estaba gritando, y, al siguiente, ya no estaba.

—¡Oh, Dios mío! —soltó—. Pero ¿qué demonios he hecho?

Mirando a su alrededor, Kath no vio a nadie más que a sí

misma en la cubierta. Antes de que tuviera tiempo de detenerse a pensar en lo que había hecho, se agachó para coger su bolso arrugado y corrió hacia Hibisco.

33

—¡No seas ridícula! —dijo Jane mientras agarraba a Kath por los brazos y la sujetaba con fuerza—. ¡No es posible que hayas matado a Dicky!

Kath estaba de pie en el centro de la *suite*, con los ojos cerrados y el cuerpo tembloroso mientras repetía que había empujado a Dicky al mar.

—No podrías haberlo hecho. —Anne se puso a su lado, con cara de perplejidad—. No hace ni un cuarto de hora que he estado con él. —Miró su bebida y decidió que era hora de parar; su cerebro estaba aturdido y no encontraba sentido a las divagaciones de Kath.

—No lo entendéis —insistió Kath—. ¡Dicky sabe lo que hice!

Jane, que había vuelto a Hibisco para cambiarse, negó con la cabeza.

—No tengo ni la más remota idea de lo que estás diciendo, pero te sugiero que te sientes y te relajes. Respira hondo y cuéntanoslo todo. —Cogió a Kath por los hombros y la llevó al sofá—. Buena chica —dijo mientras se sentaba junto a Kath y le hacía señas a Anne para que lo hiciera también—. Estás entre amigas, y lo que haya pasado se arreglará. —Le tendió un vaso de agua a Kath.

—P-Pero no se puede arreglar —balbuceó Kath—. Soy una asesina... —Apartó el agua.

Jane se encogió de hombros y miró a Anne, que negó con la cabeza y frunció el ceño.

—Empieza por el principio y cuéntanos exactamente lo que ha pasado y lo que crees que puede que hayas hecho. —Jane habló en voz baja y acarició el brazo de Kath.

Quince minutos después, Jane se encontraba sentada muy erguida y Anne estaba sobria.

—Mierda... —susurró Anne—. ¿Estás segura de que Dicky se cayó por la barandilla?

—Claro que estoy segura —contestó Kath—. Estaba muy bebido y, cuando lo empujé, tropezó con mi bolso y desapareció en un santiamén.

—Oh, Dios mío. —Anne, que se había quedado con la boca abierta, miraba a Kath y parpadeaba lentamente.

—Guau... —Jane se puso de pie—. En primer lugar, tenemos que volver sobre sus pasos y ver si hay algún rastro de Dicky, y, si no, puede que tengamos que notificar a alguien con autoridad que podría haber un hombre que se ha caído por la borda.

—Pero ¿y lo de Jim? —sollozó Kath—. Ahora sabéis la verdad.

—¡Oh, tonterías! —Jane negó con la cabeza—. Por el amor de Dios, por favor, deja de pensar que la muerte de Jim fue culpa tuya. El hombre tuvo un accidente muy desafortunado y simplemente no prestó atención, se tropezó y se cayó. Podría haberle pasado a cualquiera. Los escalones de tu casa son empinadísimos, como tu cartero le dijo a la policía. Todos sabemos lo olvidadiza que eres. Estás confundida, debido al *shock*.

No obstante, Jane tenía dudas y, a medida que se avanzaba el relato de Kath acerca del testamento de su marido, entendió que era probable que fuera cierto. Recordaba muchas ocasiones en las que Kath se excusaba por un corte o un moratón, diciendo que había sido torpe en la cocina o en el jardín. ¿Quién podía culparla por atacar a su abusivo marido cuando él la amenazaba con arruinar lo que le quedaba de vida? Si Kath había conseguido destruir el testamento actualizado de Jim, Jane no podía culparla. Se sentía culpable por no haber sido mejor amiga suya a lo largo de los años y se daba cuenta de que Kath había sido maltratada.

Pero ahora no era el momento de cavilar sobre problemas del pasado, y Jane sabía que había que actuar con rapidez. Más que nunca, Kath necesitaba a sus amigas, y Jane no estaba dispuesta a defraudarla.

—Vamos. —Jane tiró de Kath—. Muéstranos exactamente dónde estabas cuando Dicky cayó. —Se volvió hacia Anne—. Y tú puedes reponerte y ayudarnos, en lugar de quedarte ahí sentada, aturdida e inútil. —Jane dio un empujón al pie de Anne para que entrara en acción—. Te entrenaron para situaciones de emergencia —añadió.

—Para pasajeros maltratadores y para un posible secuestro —murmuró Anne mientras se calzaba las sandalias—. No para homicidios y ahogamientos.

Minutos después, el trío estaba en la cubierta donde Kath había visto a Dicky por última vez.

—¿Seguro que es aquí? —preguntó Jane. Se puso las manos en sus robustas caderas y miró alrededor.

—Sí, es la cubierta que lleva al salón Neptuno, de donde yo venía porque había estado en la charla de Bridgette —respondió Kath.

—Y está al lado del bar donde yo he pasado la tarde —dijo Anne.

Jane se sujetó a la barandilla e, inclinándose peligrosamente, miró hacia abajo. Cerró los ojos y suspiró aliviada al ver que habría sido imposible que Dicky cayera por la borda. La cubierta inferior daba a una zona muy frecuentada por los bañistas.

—Vamos —dijo a las demás—. Es imposible que se haya caído al mar. Está demasiado oscuro para ver lo que hay ahí abajo, pero es muy posible que se haya roto la espalda al caer por la barandilla.

—Oh, Dios, ¿qué he hecho? —se lamentó Kath mientras corría detrás de Jane y Anne.

Bajaron por las escaleras a toda velocidad hasta la cubierta inferior. Jane, poco acostumbrada al ejercicio, de repente tenía alas en los pies mientras aceleraba varios metros por delante de sus amigas.

—Aquí estamos —gritó—. Creo que este debe de ser el lugar.

Kath se tapó los ojos.

—¿Hay mucha sangre? —preguntó.

Anne se abalanzó sobre el sitio en cuestión.

—¿Tengo que hacer la RCP? —aventuró.

Sin embargo, el trío se quedó desconcertado. No había ni rastro de Dicky, ni vivo ni muerto. No había nada en la cubierta, excepto un largo banco, cerrado por una barandilla, donde se habían apilado varias colchonetas para tomar el sol directamente debajo de la cubierta superior.

—¡Shhh! Escuchad... —Jane levantó la mano y ladeó la cabeza.

—¿Qué pasa? —susurró Anne.

—Suena como el ronroneo de un gato. —Kath frunció el ceño y cerró los ojos para concentrarse en el sonido.

—¡Maldita sea! —gritó de repente Jane—. No es un puñetero polizón —dijo y empezó a trepar por la barandilla hasta el banco—. Es un comediante inconsciente que ronca como un soldado.

—¡Oh, mi querido Dicky! —Anne chilló y, en cuestión de segundos, se levantó la falda y se unió a Jane. Se agarró a las colchonetas para auparse—. ¡Está aquí! —exclamó y abrazó el cuerpo dormido.

—¿Q-Qué pasa? —Dicky, muy adormilado, empezó a moverse. Sus ojos se abrieron de par en par al darse cuenta de que Anne estaba a horcajadas encima de él, enseñando sus bragas de encaje y acariciándole la cara.

—Creíamos que te habías muerto —arrulló y le besó las orejas.

—Oh, cariño —murmuró Dicky—. Creía que me habías dado la patada otra vez, pero ¿dónde estoy? —Como un avestruz, levantó la cabeza y miró a su alrededor. Cuando sus ojos se encontraron con la feroz mirada de Jane, dio un respingo.

—Estás con tres muy buenas amigas —dijo Jane, con voz grave y amenazadora—, y una de ellas es muy olvidadiza.

Dicky sentía el aliento caliente de Jane en su piel, mientras su encontronazo con Kath empezó a volver a su memoria, y todo encajó de repente.

—Si nuestra olvidadiza amiga se entera alguna vez de que estás contando historias sobre ella, puedes estar seguro de que tú y tu boca de cloaca tendréis que véroslas conmigo. —Jane se levantó y agarró con fuerza el brazo de Dicky—. ¿Me he expresado con claridad?

Dicky, inmovilizado contra la colchoneta que había amortiguado su caída, no podía moverse. Anne le acariciaba el brazo por un lado, pero un agarre como de acero le entumecía la circulación por el otro. Aquella hembra montañesa era la mujer más aterradora con la que se había topado jamás. Sin ningún deseo de quedar más mutilado, asintió con su cabeza despeinada.

—Bien, me alegro de que hayamos aclarado ese asunto. Mientras cumplas tu palabra, yo también tendré amnesia temporal y no informaré de tus ventas ilícitas ni de tus visitas a las cabinas. —Jane lo soltó y bajó—. Se reanuda el servicio normal —le dijo a Kath y la cogió del brazo.

—¿Quieres decir que Dicky no me va a traer problemas? —balbuceó Kath.

—No, a menos que quiera encontrarse en el aire y hundirse en el mar. —Jane sonrió y señaló hacia la pila de colchonetas, donde Anne acariciaba la frente de Dicky—. Ahora dejemos a los tortolitos solos, ¿vale?

Alargando el brazo y rodeando el hombro de Kath, Jane se llevó a su amiga.

En Hibisco, Jane le preparó a Kath una taza de té y le añadió abundante azúcar. Kath seguía alterada y le temblaba la mano al coger el té.

—Bebe esto —dijo Jane—. Es bueno para los sustos.

—G-Gracias. —Kath evitó los ojos de Jane y empezó a beber.

Jane puso la mano en el brazo de Kath para asegurarse de que ambas estaban cómodas.

—Hoy has tenido un disgusto —empezó a explicar Jane—. Lo que te ha pasado con Dicky ha debido de ser un horrible recordatorio de la muerte de Jim. —La voz de Jane era suave y sintió que Kath se estremecía.

—Me aterra que se sepa la verdad sobre lo de Jim —murmuró Kath.

—Bueno, tenemos que aclarar eso de una vez por todas —dijo Jane—. Tienes que quitarte de la cabeza que empujaste a Jim. Con el mayor de los respetos, todos sabemos lo olvidadiza que eres, y creo que estás confundida en ese punto.

—P-Pero... —balbuceó Kath.

—Déjame terminar —insistió Jane y levantó la mano. Hizo una pausa para pensar cómo formular su siguiente frase—. No es necesario que repasemos todo lo desagradable que pasó con Jim; de todas formas, debo decirte que siento que fracasé como amiga tuya. No me había dado cuenta de que te trataban tan mal.

—No... No, no tienes que disculparte —interrumpió Kath—. No fue culpa tuya.

—Por favor, no. —Jane volvió a levantar la mano—. Tú eras la víctima, la que soportó una situación atroz porque tenías miedo y te intimidaban. Debería haberme dado cuenta. —Jane negó con la cabeza—. Pero lo hecho, hecho está. Afortunadamente ahora estás en posición de disfrutar de los años que te quedan.

Kath miró a Jane. Todo le parecía tan confuso que empezaba a pensar que Jim había tropezado de verdad, y ella había cogido el sobre al caer.

—Pero... —Jane hizo una pausa—. Debo preguntarte una cosa, y, por favor, has de saber que lo que digas nunca saldrá de esta habitación. —Miró fijamente a Kath—. Es sobre el asunto de la última voluntad de Jim. ¿Alguien te ha preguntado alguna vez qué pasó con ella?

Kath inclinó la cabeza como si recordara.

—Hicimos un testamento, en nuestros primeros años juntos, donde nos dejábamos todo el uno al otro en caso de que algo le sucediera a alguno de los dos. Fue atestiguado por nuestros vecinos, que murieron hace muchos años.

—¿También lo presenció un abogado?

—Sí, el señor Clarke, de Clarke y Co., Abogados de Familia de Garstang. Tenía una copia y se utilizó en la legalización.

—Y ¿sabes qué pasó con el testamento que Jim iba a llevar al abogado el día que tuvo el accidente?

Kath se volvió y miró inocentemente a Jane.

—Fue destruido, con muchos de los papeles de Jim. Era un fanático de guardar facturas y recibos viejos, y yo los quemé todos. —Negó con la cabeza—. Destrocé el ordenador que Jim tenía en su despacho, por si había algo en él que no quisiera que vieran los chicos.

Los ojos de Jane se abrieron de par en par. El ordenador que Jim había utilizado para redactar su nuevo testamento antes de llevárselo al abogado para que lo preparase había sido destruido, había desaparecido para siempre. Cualquier información que flotara en la nube de Jim se había perdido en el ciberespacio.

—¡Excelente! —Jane sonrió—. Eso aclara el misterio. —Acarició los cojines del sofá y se afanó en ordenar un poco la habitación—. Creo que ha sido un día muy largo para ti y sería una buena idea que te dieras un buen baño y durmieras bien esta noche.

—Bueno, si tú lo dicho, pero ¿crees que Dicky está bien?

—No te preocupes por él. Anne le administrará muchos cuidados cariñosos.

—¿Qué vas a hacer?

—¿Yo? —Jane se detuvo y sonrió a Kath—. En cuanto te deje bien acomodada, me escaparé a cenar con Selwyn. —Cogió a Kath y la abrazó.

—Oh, Jane, eres tan amable. —Kath hundió la cabeza en el hombro de su amiga.

—Tonterías. Ahora anímate mientras te preparo un baño.

Mientras Jane se afanaba en el baño, pensó en todo lo que había aprendido aquella noche. Recordó las respuestas de Kath y se preguntó si era tan inocente como parecía. Pero a Jane no le correspondía poner pegas; al fin y al cabo, muchas cosas se volvían problemáticas con la edad. Anne y ella habían visto a menudo cómo la memoria olvidadiza de Kath le jugaba malas pasadas.

Jane agitó las burbujas en la bañera y se secó las manos. No hacía falta que Anne supiera más. De todos modos, con los acontecimientos que se desarrollaban en el solárium, los problemas de Kath serían lo más alejado de la mente de Anne.

—¡Vaya día! —Jane suspiró mientras colocaba una toalla mullida al alcance de Kath.

Por si no fuera bastante con la muerte del Capitán, con las revelaciones de Kath, ¿quién habría esperado que las cosas salieran como habían salido? No obstante, bien está lo que bien acaba, pensó, y bajó la intensidad de la luz. Satisfecha con el ambiente que le había preparado a su amiga, gritó:

—¡El baño está listo!

34

El último día del crucero comenzó cuando el Diamond Star llegó a Barbados y los pasajeros se despertaron con el sonido del barco atracando en Bridgetown. En el vestíbulo de la nave, Dicky estaba de pie junto al mostrador curvo de recepción y tamborileaba con los dedos sobre su superficie.

Diwa estaba sentada frente a él, con los dedos golpeando un teclado mientras miraba una pantalla.

—No debería darte acceso. —Frunció el ceño—. Pero aquí tienes la cuenta. —Diwa imprimió un extracto y se lo entregó a Dicky.

Dicky suspiró. La cantidad era mucho mayor de lo que había previsto. Rebuscó en el bolsillo, sacó una pinza para billetes y extrajo unos dólares.

—Añado quinientos más —dijo, al recordar el día en que Anne había pagado.

—Pero eso haría que la cuenta tuviera crédito. —Diwa parecía desconcertada.

—Así es.

—Entonces, lo cargaremos en la tarjeta de la pasajera cuando se vaya. —Diwa cogió el dinero y, satisfecha de tener la cantidad correcta, entregó a Dicky un recibo.

Cuando este se embolsó el recibo y se alejó del mostrador, un cliente le dio un golpecito en el hombro.

—Nos han encantado sus actuaciones —dijo Harold—. Gracias por hacerlos tan entretenidos.

Dicky sonrió y, cogiendo la mano de Harold, se la estrechó con firmeza.

—Es un placer. Es un honor para mí poder entretenerles.

—De hecho —continuó Harold—, le he dicho a Nancy que deberíamos pedirle a Dicky un par de ejemplares más de su libro. Serían regalos estupendos para los vecinos.

—Es muy amable.

—¿Puede pasar por nuestra habitación un poco más tarde? —preguntó Harold.

—Lo siento, colega. —Dicky negó con la cabeza—. Tendrá que comprarlos en la tienda, donde he firmado varios ejemplares.

Harold estaba a punto de protestar, pero Dicky se soltó de la mano y, con una sonrisa, se dio la vuelta. Miró el reloj y, al ver la hora, se dio cuenta de que sería muy temprano en Doncaster. Aun así, tenía que hacer una llamada y de nada servía aplazarla. Fuera la hora que fuera, el resultado final sería el mismo.

Agradeciendo los saludos de los sonrientes pasajeros, Dicky se dirigió a su camarote.

En la habitación de Selwyn, Jane se despertó al oír el ruido de los motores y se asomó para ver salir el sol sobre la isla.

—Selwyn —susurró—. Despierta. Estoy segura de que el Capitán dejará el barco pronto y me gustaría estar allí para despedirlo.

—Por supuesto. —Selwyn, somnoliento, movió la cabeza y dio unas palmaditas en el trasero de Jane mientras esta salía de la cama.

En Hibisco, Kath también estaba despierta.

—Anne —susurró—. ¿Crees que las autoridades se encontrarán con el barco temprano para venir a por el Capitán?

—Sip. —Anne se revolvió y sacudió las mantas de la cama—. Seguro que sí. —Se incorporó y, con un bostezo, estiró los brazos, cansada por la falta de sueño.

—Vamos, ¿no? —propuso Kath—. Odiaría pensar que no había nadie allí cuando lo saquen del barco.

Bridgette también estaba despierta y vestida, lista para la partida del Capitán del Diamond Star.

—Espero que te cuiden —dijo en voz baja a su querido amigo fallecido mientras se abría paso por el barco.

Era Nochevieja y la tripulación se afanaba en decorar el barco con banderolas y globos para preparar las celebraciones. Varios se detuvieron, curiosos por ver la actividad que se desarrollaba en las cubiertas donde se reunían los pasajeros.

Bridgette entró en la cubierta principal y se quedó boquiabierta al ver a tanta gente. Selwyn y Jane, junto a Kath y Anne, estaban con Harold y Nancy. Las barandillas estaban repletas de pasajeros. Bridgette se quedó mirando, ya que muchos miembros de la tripulación también se hallaban presentes para presentar sus respetos.

Un largo coche fúnebre negro se detuvo junto a la pasarela cuando llegaron las autoridades. Todos guardaron silencio mientras se sacaba el féretro del Capitán del barco y se le subía al vehículo.

—¡El Capitán! —gritaba la multitud, con el eco de sus voces a lo largo del muelle.

A falta de flores, muchos habían cogido hojas de las palmeras de sagú que adornaban el barco y las arrojaban al agua. Bridgette hizo una mueca de dolor y trató de no pensar en el daño causado a las plantas.

Kath sonrió al ver aparecer a Dicky. Este la miró de reojo mientras rodeaba la cintura de Anne con el brazo.

—Que Dios bendiga al viejo caballero —oyó decir Kath a Dicky mientras inclinaba respetuosamente la cabeza.

A Bridgette le habría gustado que se hiciera algo más apropiado para despedir al Capitán. Quería cantar un himno o lanzar fuegos artificiales. Sin embargo, sabía que a él le habría emocionado que tantos hubieran asistido a su partida del último crucero.

Pero, de repente, sonó una voz. Clara y melódica, una mujer comenzó a cantar.

*¿Deberían olvidarse las viejas amistades
y nunca recordarse?*[4]

Era Melissa Montana. Estaba junto a una barandilla y miraba el coche fúnebre que se alejaba lentamente del barco. Melissa levantó la mano y empezó a saludar. Todo el mundo hizo lo mismo y Bridgette sintió que le caían lágrimas por las mejillas mientras susurraba:

*Por los viejos tiempos, amigo mío,
por los viejos tiempos:
tomaremos una copa de cordialidad
por los viejos tiempos.*

---

[4] Estos versos y los siguientes son de la canción popular escocesa «Auld Lang Syne» («Hace mucho tiempo»), cuya letra proviene de un poema escrito por Robert Burns. Se la conoce también como «Canción de la despedida». *Should auld acquaintance be forgot / And never brought to mind. 'For auld lang syne, my dear, for auld lang syne. / We'll take a cup of kindness yet, the sake of auld lang syne.'*

35

Tras el triste comienzo del día, pronto llegó la Nochevieja, y las últimas horas del crucero se convirtieron en un torbellino de actividades para los pasajeros. Dicky, que estaba a punto de empezar los ensayos para el espectáculo de la noche, cogió la mano de Anne cuando se retiraron de la barandilla.

—¿Puedo hablar contigo? —preguntó.

—Sí, por supuesto, ¿todo bien?

La condujo a la biblioteca y se sentaron en el rincón tranquilo que era el favorito de Dicky.

—He tenido una especie de epifanía desde que me caí a la cubierta —empezó a explicar.

Anne sonrió.

—¿Creíste que te había llegado la hora?

—Bueno, la verdad es que sí.

—Dios mío. —Anne extendió la mano y cogió la de Dicky—. ¿Cómo te sientes?

—Siento que, si no digo lo que voy a decir, me arrepentiré toda la vida.

—Continúa.

—He sido un idiota a lo largo de los años, he cometido errores estúpidos y he tratado a la gente muy mal. —Dicky agachó la cabeza.

—No hace falta que expliques... —El comentario de Anne se interrumpió cuando Dicky le agarró la mano.

—Sí hace falta. He pensado mucho en ello porque quiero arreglar las cosas. —La miró fijamente a los ojos—. ¿Crees que podrías considerar pasar tiempo conmigo después del crucero?

—Dicky, no lo sé. —Anne negó con la cabeza—. Lo que hemos tenido ha sido solo un poco de diversión.

—Sabes que estoy casado, pero he hablado con mi mujer y piensa lo mismo. Hemos acordado que lo mejor es que cada uno siga su camino y nos divorciemos.

—¿Estás seguro?

—Sí, ella se va a quedar con la casa. Es lo justo, y yo quiero empezar de nuevo.

A Anne le daba vueltas la cabeza. ¿De verdad había oído a Dicky reconocer los errores que había cometido? Aunque lo habían pasado bien en el crucero, ella no quería caer en otra mala relación. Estudió su rostro mientras esperaba su respuesta, con los dedos acariciando suavemente su mano. Los ojos de Dicky estaban ansiosos, deseando que ella respondiera.

Anne suspiró.

Barry siempre le mentía. Nunca decía la verdad, ni reconocía sus defectos, e incluso ahora seguía tratándola deshonrosamente, disputándose cada céntimo que les quedaba. En cambio, ahí estaba Dicky, con el corazón en la mano y preguntando si podrían intentarlo.

—No espero que contribuyas con nada —añadió Dicky—. Yo me haré cargo de todas las facturas y trabajaré para pagar nuestros gastos.

—¿Puedes darme un poco de tiempo para pensarlo? —preguntó Anne y le soltó la mano.

—Por supuesto —dijo Dicky.

Él se miró el reloj y suspiró. Llegaba tarde a los ensayos. Mientras Dicky veía alejarse a Anne, sintió un nudo en la garganta y se le hundieron los hombros. Se le había acabado el tiempo y el cómico no se reía. Esta vez la broma era para él.

Mientras muchos pasajeros pasaban sus últimas horas recorriendo la isla de Barbados, otros emprendían excursiones en catamarán o aventuras de buceo.

Para el grupo que se había reunido en la cena de la primera noche, se acordó un día de playa, y Kath, Anne, Jane y Selwyn se subieron a un monovolumen con Bridgette. Harold y Nancy también se unieron al grupo. El Boatyard Resort de la bahía de Carlisle prometía diversión, y vieron hinchables en el agua y la hora feliz en el bar cuando entraron en el aparcamiento y contemplaron la playa de arena.

—Me pido ser la primera en el tobogán —dijo Jane cuando desembarcaron y se instalaron en las sombrillas a pocos metros del mar turquesa—. ¿Dónde está Dicky? —preguntó mientras Anne se quitaba el vestido sin mangas.

—Está ensayando para el espectáculo de esta noche —dijo Anne mientras se sentaba en un mullida colchoneta.

—Pasaste la mayor parte de la noche con él. —Jane empezó a desatarse el pareo—. ¿Estás bien?

Anne suspiró.

—Quiere pasar tiempo conmigo cuando volvamos —dijo.

Kath y Jane intercambiaron miradas ansiosas.

—Quiere que nos demos una oportunidad. —Anne negó con la cabeza—. Pero nunca va a funcionar. Estaré hasta arriba de empaquetar cajas y Barry me acosará desde la costa para que lo tenga todo preparado cuando llegue el día.

—Entonces, ¿qué hará Dicky? —preguntó Jane.

—Probablemente se vaya a Benidorm. Quiere hacer *cabaret* allí.

Jane se volvió, distraída por Selwyn, que le tiraba de la mano, y juntos se encaminaron hacia el mar.

—¿Crees que deberías estar pensando en Dicky? —Kath se estiró junto a Anne, y se bajó el sombrero sobre la cara.

—Probablemente no; sin embargo, es divertido y me gusta, y Dios sabe que me vendría bien algo de diversión.

Anne se dio cuenta de que su amiga buscaba a tientas sus gafas de sol. Las sacó del bolso y las colocó junto a Kath.

—¿Tiene esposa en casa? —preguntó Kath.

—La tenía, pero la ha dejado, y no tiene dinero.

—No sé por qué, no me sorprende; sin embargo, he de decir que estoy encantada de que él haya sido honesto contigo —dijo Kath y le dio unas palmaditas en la mano a su amiga.

—Pero ¿y tú? —preguntó Anne—. ¿Cómo se presenta la vida en Garstang en los próximos meses?

—No estoy segura. —Kath se quedó pensando—. Hugh y Harry se van a sorprender cuando vean mi nuevo aspecto. No creo que les guste.

—Al diablo con ellos. Ahora es tu momento. —Anne pensaba en secreto que Kath debía hacer lo que pudiera mientras su memoria aún se lo permitiera. La confusa historia que les había contado sobre la muerte de Jim era obviamente demencia. A Anne le preocupaba que pudiera aparecer antes de lo que creían.

Pero sus preocupaciones se olvidaron cuando Harold y Nancy aparecieron a la vista, con ropa de playa a juego de pantalones cortos, camisas y panamás tropicales y con una bandeja cargada de cócteles.

—La hora feliz —cantó Harold mientras los repartía—. Se llaman «¡Enciende el Año Nuevo!».

—Nos apuntamos —dijo Anne, y le pasó un cóctel a Kath.

Bridgette apareció con su bañador con falda estampada de amapolas, decepcionada porque Barbados prohibía tomar el sol desnuda.

—Es una tontería —dijo—. Debería haber una sección separada en la playa para los nudistas. —Al ver las bebidas, extendió la mano—. Necesito una de estas —murmuró.

—Relájate. Es la hora feliz; tienes dos. —Nancy puso otra en la mano de Bridgette.

El grupo se sentó contento bajo el sol, viendo a Jane y Selwyn retozar en el agua, montando en flamencos gigantes y tirándose por toboganes.

—Mírala. —Kath sonrió.

—¿Quién lo hubiera dicho? —Anne sonrió—. Es otra.

—Esto es vida —añadió Harold—. Es mejor que Gran Bretaña en un día invernal.

—No por mucho tiempo. —Nancy se cargó el momento—. Mañana a estas horas estaremos todos de vuelta.

En una fila sincronizada, alargaron las manos, bebieron y Harold fue a por más.

Jane y Selwyn salieron del agua y caminaron de la mano para unirse al grupo.

—Leí en alguna parte que, una vez que has estado en Barbados, la isla se te mete en los huesos y nunca la olvidas —reflexionó Kath—. Los lugareños tienen una expresión que significa que siempre volverás.

—Por favor, ilumínanos. —Bridgette miró fijamente a Kath.

—Dicen: «Mi ombligo está enterrado en Barbados» —informó Kath.

—Creo que mi ombligo está enterrado en el Diamond Star. —Asintió Anne con la cabeza.

—¡Y yo no encuentro mi ombligo! —añadió Jane y se palpó la barriga.

Harold regresó y todos chocaron las copas.

—¡Feliz Año Nuevo! —gritaron juntos.

El *cabaret* nocturno tuvo un ambiente festivo y los pasajeros, ataviados con disfraces de películas, disfrutaron de un fabuloso espectáculo a cargo de los artistas del Diamond Star. Dicky, como anfitrión, se mostró de lo más cómico al presentar las actuaciones. En el papel de Danny, y Melissa de Sandy, vestía vaqueros, camiseta blanca, una chaqueta de cuero y llevaba el pelo engominado. Cantaron un popurrí del musical *Grease*, mientras Melissa se contoneaba con un *body* a lo Bardot y tacones rojos, y su melena rubia rebotaba. El público se puso en pie cuando Danny y Sandy se dijeron que eran «The One That I Want!».

Al final, la banda se unió a todos los artistas para cantar su canción de despedida. Los Marley Men enlazaron sus brazos con los bailarines, y Melissa y Dicky invitaron a todo el mundo a levantar los brazos y balancearse.

Nos volveremos a ver, no sé dónde, no sé cuándo...

A muchos se les llenaron los ojos de lágrimas mientras cantaban.

—¡Ahora no estéis tristes! —gritó Dicky—. Es casi medianoche y no olvidéis que la fiesta continúa después de la cuenta atrás.

—¿Estáis preparados? —animó Melissa al público—. Diez, nueve, ocho...

Junto con Dicky, a ritmo de tambor, contaron los segundos.

—Tres, dos, uno... ¡FELIZ AÑO NUEVO!

Todo el mundo estaba en pie y se volvía hacia su pareja y amigos para abrazarlos.

Anne abrazó a Kath y ambas se volvieron para alcanzar a Jane. Pero su amiga estaba abrazada a Selwyn y era poco probable que saliera a respirar pronto.

—¡Feliz Año Nuevo! —gritaron Harold y Nancy.

La pareja estaba irreconocible como Morticia y Gómez de *La familia Addams*. Nancy tropezó con el bajo de su largo vestido negro, y, al hacerlo, se le cayó la peluca negro azabache y se manchó de carmín rojo rubí.

—Tranquila, muchacha —balbuceó Harold, que llevaba un traje de raya diplomática, con un puro apagado cuando la cogió.

Con Nancy de nuevo en pie, Harold se volvió para mirar a Armani, que había aparecido en patines con una visera y una barra luminosa en la mano.

—Por Dios, ¡es Barbie! —Sonrió y se quedó mirando el escotado maillot que llevaba Armani sobre unos pantalones cortos rosa bebé.

—¡Abajo, Gómez! —rugió Morticia.

Las redes del techo se abrieron para lanzar globos y confeti dorado en cascada sobre los asistentes a la fiesta y, bajo una bola de discoteca giratoria, la pista de baile se llenó cuando la banda empezó a tocar.

Con gafas redondas y una bufanda de Gryffindor anudada al cuello, Peter levantó una varita y señaló a Kath y Anne.

—¿Habéis disfrutado del crucero? —preguntó.

—¡Brillante, Harry! —respondieron ambos.

Kath era inconfundiblemente Mary Poppins y se aferraba a su abultado bolso.

—Repítemelo: ¿quién se supone que eres? —le preguntó a Anne.

—Lara Croft. —Anne puso los ojos en blanco—. De *Tomb Raider*.

—No tengo ni idea de quién es, pero me gusta tu pelo recogido en una coleta, y esas botas de combate parecen cómodas.

Anne negó con la cabeza. Había visto la película con Kath dos veces en Netflix.

Bridgette iba disfrazada de Cruella de Vil.

—¿Os divertís? —preguntó, luego enarcó las cejas y puso morritos rojos.

—Dios mío, ¿cómo demonios te has metido en eso? —preguntó Kath y se quedó mirando el ajustado traje de cuero que se ceñía a cada centímetro del cuerpo de Bridgette.

—Sin ropa interior y con mucho talco. —Bridgette movió su peluca bicolor blanca y negra—. Creo que al Capitán le habría gustado.

Jane iba vestida de carnaval caribeño y, en lo que al disfraz se refería, se llevó la palma. Sobre un colorido bañador con la parte de atrás de tipo tanga llevaba un gigantesco tocado con vibrantes plumas como un pavo real desplegando la cola. Cubierta de purpurina corporal y con los ojos deslumbrantes de maquillaje, Jane fue la primera en ir a la pista de baile con Selwyn. La pareja constituía un espectáculo llamativo.

—Apenas puedo creer lo que ven mis ojos —dijo Kath al ver a Jane bailar perreo mientras Selwyn, caracterizado como Maverick de *Top Gun*, se movía con un traje verde de aviador, con las placas de identificación al viento y las gafas de aviador bien puestas.

—Lo mismo me pasa a mí. —Anne sonrió—. ¿Qué pasó con la sencilla y tímida Jane que se embarcó en este crucero?

—Se enamoró. —Kath sonrió—. Creo que en un crucero puede pasar cualquier cosa.

—¡Y pensar que era yo la que venía de vacaciones a cazar marido! —reflexionó Anne mientras miraba cómo se contoneaba Jane.

Pero Kath se había agarrado a los hombros de Anne mientras Danny Zuko bailaba hacia ellas, moviendo el flequillo, con un brillo decidido en los ojos.

Anne miró fijamente a Dicky y su sonrisa empezó a extenderse. Recordó que había ido al servicio de atención al cliente para liquidar su cuenta a bordo y le habían dicho que estaba pagada y que le habían ingresado quinientos dólares en la tarjeta. Dicky había ido a tiempo.

—¡Tú eres a quien quiero! —cantó Dicky y extendió las manos.

—Como diría una de las camisetas del Capitán —Kath se rio y empujó a Anne en brazos de Dicky—: ¡Es hora de navegar el día!

36

Tres meses después

En una larga franja de playa dorada bajo los blancos acantilados de Dover, un grupo, de pie, miraba fijamente mar adentro. Habían llegado de distintos lugares para despedirse del Capitán, cuyo sobrino había accedido a que los amigos esparcieran las cenizas de su tío.

—Parece apropiado esparcirlo en el mar en el que tantas veces zarpó —dijo Bridgette. Aferraba una urna con forma de barco.

Uno a uno, fueron cogiendo un puñado de cenizas y las arrojaron al canal de la Mancha.

Bridgette gritó al cielo que, con el tiempo, se uniría al Capitán y a Hugo, pero aún le faltaba navegar más cruceros y dar más charlas.

Anne y Dicky iban de la mano. Pronto viajarían a Benidorm —Dicky había firmado un contrato para trabajar seis meses en un club de la ciudad—. Él había calmado toda la ansiedad y las preocupaciones del divorcio de Anne mediante el trabajo duro de ayudarla a vaciar la casa, y habían disfrutado alojándose en la acogedora casita de Jane mientras se completaba el papeleo. Anne había dejado de buscar marido. Metió el dinero que ganó en el casino en un depósito y confió a sus amigas que iba a divertirse con Dicky y a ver cómo salían las cosas.

—Estamos dándonos una oportunidad —gritó Anne al viento mientras arrojaba cenizas al mar.

—¡Igual que el Capitán! —dijo Dicky y lanzó un puñado también.

Su sonrisa era amplia y, mientras abrazaba a Anne, juró en

silencio hacer todo lo posible para que ella fuera feliz. Con el dinero de su contrato del crucero, había podido empezar de nuevo. Peter le había pagado todo el importe y le había dicho a Clive que Dicky había superado todas las expectativas y que sería bienvenido de nuevo en cualquier momento.

Para Kath, el día parecía un nuevo comienzo. En lugar de volver a casa, se dirigía a la terminal de cruceros de Dover para embarcar en un crucero alrededor del mundo de la Diamond Star. Iba a estar fuera casi un año. Sus hijos se pusieron furiosos cuando Kath alquiló la casa y les dijo que no tenía ni idea de cuándo volvería, pero ella no se dio por aludida con su enfado.

—Solo soy una vieja tonta y olvidadiza —le había murmurado a Hugh por teléfono cuando este empezó a despotricar.

Luego colgó y bloqueó los números de sus hijos.

El viento cambió de repente, y las cenizas del Capitán volaron hacia atrás y cubrieron el abrigo húmedo de Kath. Ella sonrió. Las cenizas se asentaron como si fueran cemento.

—Parece que te vienes conmigo, querido Capitán. —Rio Kath—. Seguiremos navegando los dos.

Cuando le llegó el turno a Selwyn, añadió en la urna lo que quedaba del contenido de su lata de té Typhoo y se despidió de Flo. Quizá ya estaba disfrutando del paraíso junto al Capitán. En la muerte, había experimentado lo que nunca había conocido en vida conforme Selwyn fue repartiendo sus cenizas por el Caribe. Él esperaba que ella hubiera disfrutado de sus andanzas posteriores a la muerte y que, dondequiera que su espíritu hubiera ido a descansar, fuera feliz.

Selwyn no podía estar más contento.

Había abandonado el barco con Jane la mañana del día de Año Nuevo sin mirar atrás ni un solo momento. Habían oído los gritos de Peter mientras se alejaban, su voz llena de preocupación cuando les decía que perderían el vuelo. Pero la pérdida del vuelo era irrelevante, ya que habían subido a un taxi para dirigirse a un caro hotel de la costa occidental y empezar a planear su boda en una playa de Barbados.

Jane sostuvo las cenizas del Capitán en la mano y sintió la suave sustancia arenosa mientras permanecía de pie a la orilla del mar, con sus elegantes botas nuevas tocando el agua helada. Sonrió cuando su alianza de diamantes brilló bajo el sol de la mañana. Al arrojar las cenizas del Capitán, Jane quiso pellizcarse, pues aún se preguntaba si su nueva vida era un sueño.

Un sueño que nunca habría imaginado al comienzo del crucero.

Ahora, casada y locamente enamorada, Jane estaba a punto de empezar una carrera como chef de televisión en un programa matinal. Sus tardes con Jaden habían dado sus frutos. Sin que Jane lo supiera, un ejecutivo de Optimax TV la había visto en el barco y la había invitado a una prueba de cámara en Londres. Les encantó su estilo desenfadado y natural, y el ejecutivo le aseguró a Jane que tendría un gran éxito. Dijo que *Anímate con Jane* conquistaría el corazón del país y que los telespectadores la adorarían.

Jane pensó en el joven equipo de la productora que la había despedido hacía muchos meses y sonrió.

Pero su mayor sorpresa había sido Selwyn.

Le preocupaba la idea de mudarse con él a Lambeth. ¿Qué pensarían las hijas de él de que su padre sustituyera a su madre en el domicilio conyugal tan poco tiempo después del fallecimiento de esta?

Selwyn se había limitado a sonreír y, sentando a Jane en la suave arena de una playa caribeña al atardecer, le cogió la mano y le contó que tenía un secreto.

Durante su matrimonio, dijo Selwyn, mientras Flo daba dinero a la iglesia cada mes, él también apartaba una cantidad. Con el tiempo había acumulado lo suficiente para pagar la entrada de una casa adosada en Notting Hill. El modesto alquiler que cobraba a la gente desfavorecida que necesitaba un techo mientras se establecía cubría fácilmente la hipoteca. Pronto, con el aumento del valor de la propiedad, Selwyn compró otro adosado en la misma calle. Mientras Jane escuchaba, él le explicó que a finales de los setenta y principios de los ochenta las propiedades eran asequibles.

—Dios mío, esas casas deben de valer una fortuna ahora. —Jane estaba asombrada.

—Ambas casas, vendidas recientemente, tenían un valor desorbitado, al igual que las otras seis que tengo en cartera.

—¿Q-Qué dices? —Jane se quedó perpleja.

—Flo nunca quiso lujos y nunca tuvo caprichos, así que nunca se los di. Se contentaba con lo que tenía. He esperado a encontrar a la persona adecuada. Mi familia se beneficiará y, por supuesto, la iglesia, pero tú y yo podemos buscar nuestro propio lugar donde empezaremos nuestra nueva vida juntos.

Y así fue como Jane se encontró viendo apartamentos con vistas al río Támesis con el hombre de sus sueños y planeando su futuro juntos. Recordó el encuentro en el *pub*, meses atrás, cuando Anne le contó que Sylvia Adams-Anstruther cazaba marido en el mar.

—¿Quién lo hubiera dicho? —dijo Jane al sentir la cálida mano de Selwyn serpenteando alrededor de su cuerpo.

A lo lejos, un débil sol británico empezaba a asomar entre la línea de mar gris y un cielo nublado mientras un crucero se movía lentamente en el horizonte. Jane se preguntó adónde se dirigía el barco y qué aventuras vivirían los pasajeros en su viaje.

—Por el crucero —susurró Jane.

—El crucero —respondió su marido.

Agradecimientos

Yo nunca quise hacer un crucero, no le veía la gracia a estar en un barco con la misma gente todos los días, sin ir más allá de los puertos indicados en el itinerario. Pero mi hermana Cathy hizo que todo eso cambiase. Le encantaban los cruceros y hasta se casó en alta mar. Un día me preguntó: «¿Cómo puedes criticar algo que no has probado? Si fueras conferenciante invitada, podrías probar los cruceros gratis». Así que seguí su consejo y me entrevisté con un agente que colocaba conferenciantes en cruceros. Varios meses después, zarpé y comenzó la historia de amor. Cath, gracias por tu guía espiritual; estuviste conmigo durante todo el proceso de escritura de esta novela. Siempre conseguíamos «navegar el día» juntas, y espero que estés disfrutando de muchas felices travesías en tu hogar celestial.

Quiero agradecerle al fabuloso equipo de One More Chapter, especialmente a Charlotte Ledger, el que tuviese la visión de *El crucero* y me permitiera volver a visitar virtualmente un lugar que conozco bien: el Caribe. Charlotte, gracias por creer en mi escritura.

Por último, como siempre, doy las gracias a Eric, mi roca. ILYTTMAB.

Otros títulos de nuestra colección Harper+ por si quieres seguir leyendo

Una deliciosa casa de campo en la Provenza, una boda a punto de celebrarse, un asesinato y una detective novata dispuesta a resolver su primer caso. Miss Ashford ha llegado para quedarse.

www.ingramcontent.com/pod-product-compliance
Lightning Source LLC
LaVergne TN
LVHW091628070526
838199LV00044B/986